프랑스 문인협회가 선정한 세계 200대 문인

시인 구상의 문학세계

우종상 지음

글마당
Gulmadang

시작하면서

내가 태어나자마자 선친께서 구한말舊韓末 성균박사成均博士를 역임하셨던 채기수蔡基守님께 삼고초려三顧草廬의 심경으로 작명을 부탁하셨다는 말씀을 어린 시절 듣고 나도 그분과 같은 학자가 되는 것이 꿈이었다.

대학 4학년 2학기 때 고향의 모교인 거창 대성중·고에서 교직생활을 2년 하다가 임용고사를 거쳐 공립교사가 되었다. 그때 임용고사를 대비하여 공부한 것을 토대로 82년 대학원에 비사장학생으로 입학하여 졸업을 하게 되었다.

그후 영자신문The Korea Times을 구독하면서 토플공부를 하게 된 것을 계기로 계명대학교 대학원 박사과정에서 국문학을 전공하게 되었다.

현대시 전공을 권유하시던 원명수元明洙 교수님의 후의厚意가 없었다면 오늘의 나는 있지 않았을 것이다. 학문의 길로 인도하여 주신 교수님의 은혜는 결코 잊을 수 없을 것이다.

특히 원 교수님의 학자로서 치밀함과 넉넉한 인품은 후학들에게 귀감이 되고도 남음직하였다.

학이시습지 불역열호學而時習之 不亦說乎

유붕자원방래 불역락호有朋自遠方來 不亦樂乎

인부지이불온 불역군자호人不知而不慍, 不亦君子乎

논어論語 학이편學而篇의 모두冒頭에서 알 수 있듯이 공자孔子는 인간의 가장 큰 기쁨이 배우고 익힘에 있다고 하였는데 나는 구상具常을 통해서 배움이 주는 괴로움과 즐거움이란 양면성은 충분히 느꼈다고 생각한다.

국문학 논문집을 통독하며 아직까지 다루어지지 않은 분야를 살피다가 구상에 대한 총괄적인 논문이 없음을 알고 구상에 대한 자료를 수집하기 시작했다. 방송과 신문, 잡지 등 구상이란 말만 나오면 스크랩을 하여 필요한 자료를 정리하고 구상의 시 세계를 어떻게 하면 체계적으로 연구할 수 있을까를 생각하다가 현실의식과 구원사상이란 측면에서 다루게 되었다.

연구 자료가 충분하지 않은 관계로 몇 번이나 그만둘까 고민도 했으나 퇴계 이황退溪 李滉의 다음 시조 구절에 힘을 얻어 구상 문학에 몰두하게 되었다.

'당시當時에 녀든 길흘 몃 ᄒᆡ를 ᄇᆞ려 두고 / 어듸가 ᄃᆞ니다가 이제 ᅀᅡ 도라온고 / 이제나 돌아오나니 년듸 ᄆᆞ ᅀᆞᆷ 마로리.'

내가 힘들 때마다 격려로 희망의 메신저가 되어준 아내조은희에게 나는 항상 고마움을 가지고 있다. 하얗게 밤을 새우면서 연구에 골몰하는 내게 방해되지 않으려고 항상 조심조심 생활해 준 사라, 소라, 훈일에게 나는 미안함과 죄의식까지 가지게 되었다.

구상은 나에게 필생의 화두話頭로 자리 잡았고 구상 문학의 좌표 설정은 해야 하지 않겠는가라는 사명감으로 구상의 시 세계에 천착穿鑿하게 되었다.

논문다운 논문을 쓰기 위한 노력은 말로 다 표현할 수가 없다. 자나 깨나, 앉으나 서나 나의 머릿속에는 오직 구상만이 있었다.

왜 구상이냐 하는 물음을 누군가 한다면 나는 서슴지 않고 대답할 수 있을 것이다. 구상 연구에 시금석試金石을 놓고 싶었다고….

교수님을 비롯한 주위 분들이 앞으로 구상에 대해 연구하는 사람들을 위해 책으로 내는 것이 어떻겠냐는 말씀에 힘입어 용기를 내어 발간하게 되었다. 모쪼록 이 책이 구상을 사랑하고 연구하는 사람들이 구상을 이해하는데 도움이 되었으면 하는 바램뿐이다.

문득 대학 시절 바람이 불 때의 구덕산 송뢰松籟 소리가 그리워진다. 그것은 마치 파도 소리같이 들려왔으며 답답한 일상사의 청량제처럼 심신을 맑게 하는 소리였다. 이 책도 그 송뢰 소리와 같이 궁금증을 해소시켜 주는 구상에 대한 안내서가 되기를 진심으로 바란다.

먼저 임마누엘 하나님께 영광을 올려 드린다. 바쁘신 중에도 추천사를 주신 원명수 교수님, 구상기념사업회 김상훈 회장님 그리고 기꺼이 출판을 맡아주신 글마당 최수경 사장님께 감사의 마음을 전하며 이 글을 읽는 분들의 많은 격려를 부탁드린다.

2011년 1월

난지당蘭芝堂에서 우종상禹鐘相 근서謹書

추천사 1

먼저 우종상 교수가 『시인 구상의 문학세계』를 출간하게 된 것을 축하합니다. 오늘까지 구상 시에 대한 단편적인 논문이나 비평문은 있었으나, 구상 선생의 시를 전체적으로 그리고 구체적으로 다룬 저서가 없었기에 더욱 기쁜 마음으로 축하하는 것입니다.

우종상 교수는 동아대학교 국어국문학과를 졸업하고, 계명대학교 대학원에서 석사와 박사학위 과정을 밟아 문학박사가 되었습니다.

나와의 인연은 82년 계명대학교 대학원 석사과정에 입학하면서 시작되었습니다. 부족한 내가 그의 지도교수로 지내면서 가르쳤다기보다는 오히려 많은 것을 배웠습니다.

우종상 교수는 문학에 대한 기초가 단단하고, 문학작품을 보는 시야가 넓어서 문학작품에서 다른 사람들이 보지 못하는 부분까지 파악해 냈습니다. 더욱이 우 교수는 기독교 사상을 바탕으로 갖고 있는 사람이라 특이한 관점에서 문학작품과 작가를 보았습니다. 그의 석사학위 논문인 「김현승 시에 나타난 기독교 사상고」가 다른 사람들의 논문들에 비해 돋보이는 것도 그 이유입니다.

우 교수는 박사학위 과정을 밟으면서 구상의 시 세계에 대해 관심을 갖고, 기존에 존재하는 거의 모든 자료를 수집하여 연구하기 시작했습니다. 그는 누구보다도 기독교 사상과 동양종교 사상을 바탕으로 구상의 문학세계를 연구하는 데 적합한 학자입니다. 왜냐하면 그는 국어국문학과를 다니면서 동양종교에 대한 기초적인 지식을 쌓았고, 교회에서 기독교에 대해 공부했기 때문입니다. 그는 교회 장로로서 기독교에 대한 연구와 사랑의 실천에 앞장 서는 모범적인 기독교인입니다.

우종상 교수는 구상의 문학세계에 대해 연구하면서 그의 치밀한 연구태도와 넓은 안목을 살려 구상의 시 세계를 깊이 있게 연구하고 정리했습니다. 또 기존에 존재했던 모든 연구업적을 섭렵하고, 주제와 형식이라는 면에서 몇 가지 특징을 찾아냈습니다. 또한 그는 형식이라는 면에서 몇 가지 실험적인 기법을 찾아내어 정리하고, 구상 시의 현실 비판의식과 존재의 내면탐구와 기독교적 구원사상에 대해 연구했습니다. 그것이 그가 학계에 기여한 연구이고, 구상 시의 진면목이 세상에 드러나게 한 업적입니다.

우 교수는 학문적인 면에서만 우수하고 훌륭한 것이 아니라, 인간적인 면에서 마음이 착하고, 정이 있으며, 의리가 있는 사람입니다. 내가 그를 알게 된지가 무척 오래 되었지만, 한번도 성을 내거나 섭섭해 하는 모습을 본 적이 없습니다. 주위에 있는 사람들이 그를 서운하게 한 적이 많았으나 언제나 웃음을 잃지 않고, 겸손한 마음으로 학문에 매진하는 모습은 스승인 나에게 많은 가르침을 주었습니다.

나는 우종상 교수를 제자로 둔 것을 늘 자랑스럽게 생각합니다.

내 제자 가운데 시나 희곡을 주제로 박사학위 논문을 쓴 사람이 여러 명 있으나, 순수시로서 그만큼 우수한 논문으로 박사학위를 받은 사람은 없는 것 같습니다. 더욱이 우 교수는 지역 문단에서, 기독교 문단에서, 전국 문단에서 많은 활동을 하고 있습니다. 대학에서 강의도 하고 있는 그는 「월간고신」사 주관 제 4회 기독교신인문학상을 소설로 수상하기도 했고, 월간 「문학세계」가 주는 신인문학상평론을 받기도 했고, 계간 「시세계」가 주는 신인문학상시을 수상하기도 했습니다.

2007년 11월에는 세계문인협회 한국본부 선정위원회에서 해마다 각계 각층의 사회지도자, 문인들을 대상으로 한 '한국문학을 빛낸 200인'에 선정된 바도 있습니다. 그리고 지난해에는 교육과학기술부가 후원하는 제 11회 한국종합예술대회 문학 부문에서 평론으로 대상을 수상하는 쾌거를 올리기도 했습니다. 나로서는 이렇게 훌륭한 제자를 둔 것을 자랑스럽게 생각하지 않을 수 없습니다.

다시 한번 『시인 구상의 문학세계』 출간을 축하하며, 이것을 계기로 더욱 한국어문학계와 문단을 위하여 기여하고, 구상의 문학세계를 세계에 알리는 계기가 되기를 바라면서, 축하하는 서문에 대합니다.

2011년 1월

원명수

계명대학교 한국어문학과 교수, 문학박사

추천사 2

선생님의 문학세계를 이해하는 좋은 지침서로 활용을…

구상 선생님은 우리 민족의 격동기였던 일제 강점기 치하와 8·15해방, 6·25와 자유당 독재시절, 5·16 군사정권과 80년대 민주화시대를 살아오면서 우리에게 참으로 많은 가르침을 남기고 떠나셨습니다. 특별히 이러한 격변기를 살면서 어떤 처신이 예술가로서 진정한 자세인지를 몸소 실천하시고 보여주셔서 후학들에게 큰 귀감이 되셨습니다.

그런 까닭에 구상 시인은 프랑스 문인협회가 선정한 세계 200대 문인 중에 한 분으로 우리나라 현대문학사에 큰 족적을 남기신 시인이며 언론계, 학계에도 왕성한 활동을 펼치신 분이십니다.

구상 시인은 한국문학사에 보기 드물게 존재론적 시의 세계를 펼쳐 문학의 철학적 깊이를 더하셨고, 일찍이 노벨문학상 후보로 추천됨으로써 한국문학의 지평을 세계문학으로 발돋움하게 하셨습니다.

구상선생기념사업회는 선생님께서 남기신 가르침을 이어받아 이를 널리 알리기 위해 만든 사단법인입니다. 구상 선생님께서 선종善終하시기 전부터 선생님을 기리는 많은 분들이 모임을 가져왔습니다. 그러다가 선생님께서 선종하신 뒤 모임의 폭을 넓혀 지난 2007년 2월에는 드디어 문화관광부의 인가를 받아 '사단법인 구상선생기념사업회' 를 정식 발족하였습니다. 그리고 지난해부터는 영등포구와 구상선생기념사업회에서 구상 시인의 탄생 90주년과 선종 5주기를 맞아 숭고한 시 정신과 문학적 가치를 기려 〈구상문학상〉을 제정, 시상함으로써 한국문학이 노벨문학상을 수상하게 되는 디딤돌이 되고 있습니다.

또한 6·25 전쟁 후인 1953년부터 20여 년간을 머물면서 왕성한 시적 예술의 산실이었던 〈관수재〉가 있는 칠곡군에서는 지난 2002년 10월 구상문학관을 개관하였습니다.

이처럼 여러 곳에서 구상 시인의 문학적 활동을 높이 기리고 후학들에게 그의 구도자적 정신세계를 이어가고 있습니다.

이러한 때에 계명대학교 대학원에서 구상 선생님의 시 세계를 조명하는 귀한 연구로 박사학위를 취득한 우종상 교수께서 비평집인 『시인 구상의 문학세계』를 펴내게 된 것을 축하드립니다.

모쪼록 이 책을 통하여 구상 선생님의 빛나는 문학적 업적은 물론 그 분의 사상, 인품, 신앙 등을 널리 알려지고 이해함으로써 우리 사회가 보다 예술을 사랑하고, 사람됨을 되찾는 귀한 계기가 되어질 것입니다.

보기 드물게 깊은 학문적 바탕으로 구상 선생의 시 세계를 일목요연하게 조명한 그 땀흘림에 다시 한번 감사를 아끼지 않으면서 이 책이 많은 분들에게 구상 선생님의 문학세계를 널리 공부하는 좋은 지침서로 활용되어지기를 염원합니다.

2011년 1월

김상훈

구상기념사업회 회장, 전 부산일보 사장

프롤로그

구상具常, 1919~2004은 해방 전후 민족의 분단기에 몸소 체험한 우리의 역사와 존재의 문제를 숙고熟考하고 통찰해 온 현대 한국시단의 대표적인 시인이다. 구상은 1947년 시집 『응향凝香』의 필화사건으로 월남한 이래 꾸준히 실존과 역사에 대해 노래했다. 2004년 5월 11일 86세를 일기로 작고作故할 때까지 8권의 시집[1]과 5백여 편의 작품을 통하여 주로 자연, 인간, 신을 주제로 삶과 역사적 현실에 바탕을 둔 시를 지어 시대의 양심을 토로하였다.

구상에 대한 연구는 그가 차지하고 있는 문학의 비중에 비해서 매우 미진해 단편적으로 간혹 논의되었을 뿐이며, 그에 대해 종합적으로 정리되어 있지 않았기 때문에 상충相衝된 주장을 보이는 경우도 있다.

표현상의 특징에 있어 대부분의 사람들은 평이성, 탈기교성, 산문성을 들어 비시적非詩的이라고 보았는데 이와 대조적으로 몇몇이는 포멀리스트Formalist와 인생을 성찰하고 명상하는 데 필요한 완전한 형태로서의 문체로 보는 시각도 있었다.

그러나 구상의 시는 시어의 진정성을 가지고 혼탁하고 어려운 격동기

---

1 8권의 시집은 『구상(1951)』, 『초토의 시(1956)』, 『밭 일기(1967)』, 『그리스도 폴의 강(1978)』, 『까마귀(1981)』, 『모과 옹두리에도 사연이(1984)』, 『유치찬란(1989)』, 『인류의 맹점에서(1998)』이며 이것들은 대체로 『구상문학선(1975)』과 『구상 시 전집(1986)』에 수록되어 있다. 구상 문학은 총서로 제1권 자전 시문집 『모과 옹두리에도 사연이(2002)』, 제2권 시 『오늘 속의 영원, 영원 속의 오늘(2004)』, 제3권 연작시 『개똥밭(2004)』이 발행되었다. 그리고 2010년 2월 총서로 10권이 홍성사에서 완간되었다. 그러나 시집의 내용이 중첩된 것들로 보면 20여 권이 되어 연구의 한계가 되기도 한다.

에 따뜻한 인간미와 휴머니즘을 토대로 정체성을 확립했다. 또한 구상은 신앙을 바탕으로 신과 인간과 자연의 존재를 시화시켰으며 구상이 다른 신앙시인과 다른 점은 인간 존재의 본질을 끈질기게 탐구한 점이라고 볼 수 있다.

현재까지 문단·학계에서 연구되어 온 「구상론具常論」은 논문 4편과 시집, 시선집, 시전집 해설과 혹은 서평, 단평, 월평과 신문기사 등 40여 편에 이르는데 이러한 연구물들은 대개 구상의 시 세계를 문제의식을 가지고 깊이 있게 다루었다기보다 부분적이고 단편적인 면을 다루었기에 아쉽게도 시인의 문학적인 업적의 평가가 미진하다고 볼 수밖에 없다. 구상에 대한 연구 성과가 구상의 문학적 업적에 비해 소홀히 다루어졌기에 그의 시를 중심으로 문학을 결산할 필요성은 시대적인 요청으로 보고 이를 살펴보고자 한다.

이 책에서는 구상의 시 세계를 알기 위하여 구상이 살았던 시대적 배경을 중시하여 시대를 바라보는 작가의 시각이 어떻게 작품에 투영되어 나타났는지를 밝힐 것이다.

> "심리비평가는 작품 배후에 있는 인간—다시 말하면 창작자의 정신의 반영과 표현으로서의 작품—을 연구하기 위해서 그리고 창작과정 그 자체를 연구하기 위해서 정신분석학의 방법을 직접 도입하거나 그 자신의 필요에 맞게 그것을 변화시켜 사용한다."[2]

---

2 르네 웰렉·오스틴 워렌, 『문학의 이론』, 李京洙 譯, 서울: 문예출판사, 1995, p. 287.

정신분석학이 내세운 가설의 하나는 인간의 성격이 어려서 결정된다고 하는 것이다. 그렇다면 구상의 도덕적, 신앙적 자아도 유년기에 이미 그 원형이 형성되었을 것으로 가정하고 구상 시의 정신적 배경이 되는 연구는 그의 자전시집 『모과 옹두리에도 사연이』를 근간으로 삼아 설명하려고 한다.

"시란 존재의미와 미의식의 영역 확대여야 하되 시와 시어가 생명의 충족성이라든지 이데아가 된 미감이어야 하므로 존재나 역사의 내면 문제의식이 없는 감성이라든가 생경한 지식은 배격할 수밖에 없다."[3]는 구상의 견해를 참조하여 구상의 작품을 살펴보건대 그의 시관이 작품에 잘 드러나고 있음을 발견할 수 있을 것이다.

그리고 구상의 시가 연작시에 의존하고 있음에 착안하여 시대별로 구상 시의 특성을 잘 알 수 있는 연작시를 참고로 하여 그의 시 세계를 고찰한 후에 이것을 통해 그의 문학적 특성과 시사적 위치를 밝혀 보는 것이 의미 있는 일이라고 생각한다.

작가와 작품의 역사적 배경과 사회적 환경을 중시한 사회·역사주의적 비평방법은 시 세계의 종합적인 통찰에 도움이 될 것이다. 문학비평에서 "역사 속에는 사회가 포함되어야 하고 사회 속에 역사가 포함된다. 따라서 이들은 모두 문학의 원인이 되고 배경이 되고 재료가 된다. 다만 문학적인 삶은 시간을 우선할 것인가 공간을 우선할 것인가의 차이가

---

3 구상, "우리 시의 두가지 통념", 『구상문학선』, 서울: 성바오로출판사, 1975, p. 470.

있을 뿐이며 이는 손바닥과 손등의 관계일 뿐이다."[4]라고 하여 역사와 문학과의 밀접한 관계를 중시하고 있다.

사회, 구조적인 조건이 문학을 창조한다는 견해가 사회학적 방법이라고 하겠는데 이것은 문학작품과 삶의 현실과의 상호관계를 살펴 작가와 작품을 살펴보는 방법으로 구상의 현실의식을 반영한 작품을 연구하는데 적절한 방법이 되지 않을까 생각한다.

"시작품이 포함하는 모든 것은 필연적으로 언어를 통과한다고 단언하면서 동시에 우리는 언어활동의 중개 기능으로 인해 시작품이 사회에 밀접하게 결부되어 있다는 사실을 말하고자 한다."[5]

"시대의 폭력과 사회의 타락에 저항하고 건강한 민중의 생활과 올바른 역사의 진행에 이바지하는 것이 새롭고 참다운 문학의 창작과 비평을 위해서도 필요불가결한 조건임을 사회 · 문화적 비평은 굳게 믿는다. <중략> 근본적으로 강조하는 것은 현실과 역사에 대한 합리적 이해와 극복의 훈련이며, 우리의 삶을 바르게 질서화하고 편견에 맞서 싸우려는 인간다운 인식의 확인이라고 할 수 있다."[6]

그래서 이 책은 구상의 출생, 성장, 학문, 사회적 참여도, 문단 활동과

---

4 홍문표, 『현대문학비평이론』, 서울: 창조문학사, 2003, p. 95.
5 피에르 지마, 『문학의 사회비평론』, 정수철 역, 서울: 태학사, 1996, p. 174.
6 Ibid., p. 74.

그의 작품 중에서 그의 사상과 문학성을 잘 표출하고 있는 시들을 연구 대상으로 하여 그의 시 세계와 문학성에 대해 살펴보고자 하였다.

『응향』사건 이후 1956년 『초토焦土의 시詩』, 1967년 발간된 시집 『밭 일기日記』, 70년대 자전시집 『모과木瓜 옹두리에도 사연이』, 『까마귀』, 1980년 발간된 『그리스도 폴의 강江』, 『말씀의 실상』, 1987년 발간된 『개똥밭』과 1988년 발간된 이야기 시집 『저런 죽일 놈』, 1989년 발간된 시화집 『유치찬란』, 1998년 발간된 『인류의 맹점盲點에서』, 2001년 발간된 신앙시집 『두 이레 강아지만큼이라도 마음의 눈을 뜨게 하소서』의 5백여 편의 시 중에서도 그의 문학관이 잘 투영되었다고 판단한 작품을 기본 자료로 설정하였다. 물론 구상의 시는 중복적으로 실린 작품도 많지만 각 시집별 작품에 투영된 시정신을 중심으로 작품의 특성을 규명하고 나아가 구상 시의 위상을 정립해 나가려 한다.

르네 웰렉René Wellek과 오스틴 워런Austin Warren은 『문학의 이론Theory of Literature』에서 다음과 같은 견해를 밝히고 있다.

> "문학은 학문으로 연구함에 있어서 자연스럽고 현명한 출발점은 문학작품 그 자체를 해석하고 분석하는 데 있다. 도대체 작품 그 자체만이 작가의 삶이나 그의 사회적 환경 및 문화의 전 과정에 대한 우리의 관심을 정당화 해 줄 수가 있다."[7]

7 Ibid., p. 135.

시인에게 있어 작품은 그 사람의 인생관, 사상, 감정 등이 복합적으로 반영되었기에 작품의 해석과 분석은 문학성을 규명하는데 매우 중요하다고 볼 수 있다.

구상의 시 세계를 현실의식과 구원사상으로 대별할 수 있는데 그의 시에 보이는 치열한 현실의식은 바로 그의 민족과 시대에 대한 사랑으로 볼 수 있으며 이것은 시인의 시적 욕구를 충족시키기 위하여 창조된 환경created environment에 의한 휴머니즘humanism의 구현일 것이다.

달리 말하면 시와 역사적 현실에 대한 성찰의 결과로도 볼 수 있다. 전쟁의 참화를 시로 고발하며 분단현실의 인식을 시적 형상화하여 민족정신을 일깨워 문학의 교훈적인 면을 강조하였으며 형식에 치우치지 않고 시대적 양심을 시화한 일, 권력과 시류에 편승하지 않고 공의를 옹호하며 긍정적인 삶의 자각에 눈뜬 일, 자연현상을 통하여 존재론적 세계관을 시적으로 형상화하여 전인적 인간화를 표출한 점은 진리와 정의와 양심의 발로일 것이다. 아울러 구상은 인간의 진실한 가치 추구의 단면을 시를 통하여 적나라하게 제시하였다고 본다.

구상의 현실에 대한 의식이 시에 나타난 일반정신이라고 본다면 종교인으로서 신이 전제가 된 신중심주의가 바로 특수정신인 구원사상일 것이다. 구원은 그리스도께서 인류의 죄원죄와 자범죄를 씻고 인간을 죄악에서 구하는 구원사업을 말하는데, 구원Redemption은 '잃어버린 물건을 다시 산다' 는 뜻이다. 그리스도께서 어려움과 빈곤과 박해 가운데 인간의 구원을 완성하신 것같이 우리가 구원의 은혜를 받고 형제에게 전하기 위해서는 우리도 그리스도와 같이 우리의 죄 보상을 위해 고난의 길을 걸어야 한다고 한다.

구상은 불안한 시대상과 절망감을 신에 의한 믿음으로 극복하기 위해 노력하였으며 사랑과 화해를 통한 영적 신앙생활을 실천하는 한 방편으로 시를 통한 존재와 영원의 종교적 승화를 노래하였다. 구상에게 있어 그리스도는 바로 존재의 근원이며 아울러 이유와 목적이 되었고 곧 모든 가치의 절대적 기준으로 되어 그의 생애를 통하여 추구한 대상이다.

이렇게 현실의식과 구원사상을 중심으로 한 시인의 전기적인 면과 시 정신의 분석을 통하여 시의 실체를 파악할 수 있다는 전제하에 시인의 생애와 시작동기와 시대상과 시어의 분석을 통하여 그의 시 세계를 살펴보았다.

첫째, Section 1에서 시인의 생애와 현실에 대한 의식을 통하여 그의 전기적 사실과 시가 어떻게 변모되어 가는지를 밝혀 보고자 한다. 이것은 작가의 창작태도와 밀접한 연관을 가질 수 있으며 작품 이해에 대한 선지식을 보여 줄 수 있기에 시 세계의 규명에 매우 도움이 될 것이라 믿는다.

둘째, Section 2에서 전반적인 작품을 다루면서 구상 시가 갖는 시 세계의 다양한 형식적 특성도 함께 고찰하였다. 그것은 다양한 시적 표출이 시적인 다양성을 갖기에 필요하다고 할 것이다. 주제를 이해하고 시인의 사상적인 편모를 살펴보는 것 못지않게 시적인 특성을 규명함도 시사적 위치를 설정하는 데 반드시 필요한 선행 작업일 것이다.

셋째, Section 3~4장에서는 구상의 초기 시집인 『응향凝香』에서부터 마지막 시집인 『두 이레 강아지만큼이라도 마음의 눈을 뜨게 하소서』까지 5백여 편의 작품을 현실 측면에서는 비판적 현실인식과 구원사상을 중심으로 이상 측면에서는 존재의 내면탐구와 기독교적 구원사상으로 대별하였다. 이렇게 하여 구상 시 정신의 변모를 추적하면 시인의 인생관과 자연관과 사상의 변화를 알 수 있으며 아울러 시적 특징을 파악할 수 있을 것이다. 단 작품 분석에서는 사회적 현실이 작품의 창작 심리에 잘 투영된 작품과 그의 사상적 종교관을 잘 읽을 수 있는 작품을 우선적으로 선정하였다.

넷째, 시사적 의의에서는 문학사적 위치와 업적보다 소홀히 다루어져 있는 구상의 시사적 위치를 설정하였다.

이상과 같이 구상의 일생을 지배하는 시 정신의 실체와 시적 형상화를 분석하면 시인이 살았던 시대와 함께 시인이 추구하였던 시 정신의 변모에 대한 탐구도 아울러 할 수 있을 것이다.

차례

지붕이에 밤 그림자 같이

머리를 쥐었는 六根이나 七罪의

[illegible]海燕보다도

몸이를 쓱 苞桐은 치나

東風의 業報의 따끔씨

날래 뛰는 구름慶보다도

또 다시 거품으로 놓아 흐르는

마음을 같이 바삭거리는

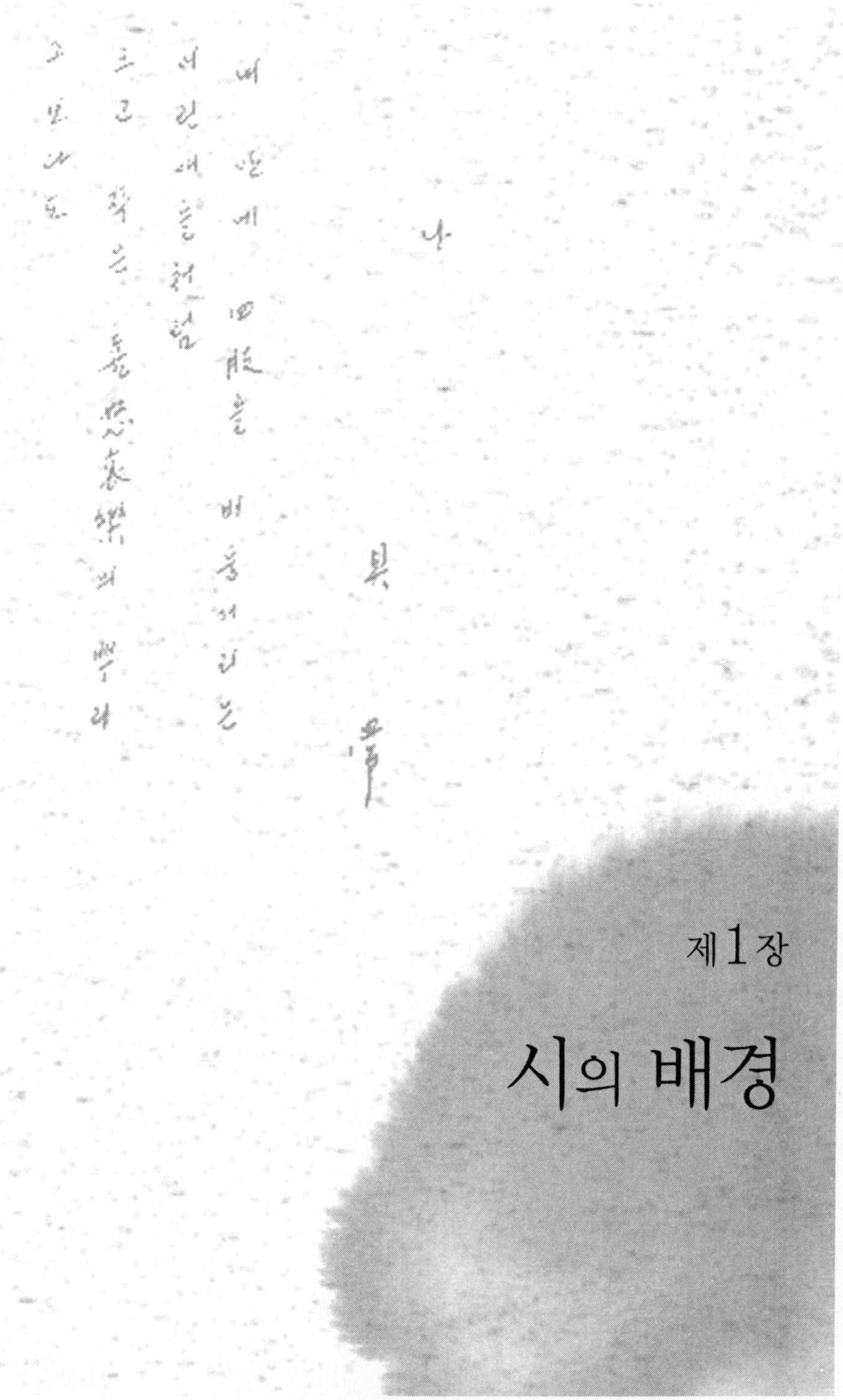

제1장

시의 배경

1. 문학적 선택

『응향凝香』 사건

구상은 1919년 9월 28일 서울시 종로구 이화동에서 구종진具種震, 아씨시 프란치스코과 이정자李貞子, 마리아 사이의 막내로 태어났다. 본명은 상준常浚이며 필명은 상常이었다.

1922년 구상의 나이 4세 때 함경남도 문천군 문천면 덕원리로 이사하여 그곳에서 유년시절을 보냈다. 구종진이 독일계 가톨릭 베네딕트 수도원의 교육사업을 위촉받은 선교사로서 함경도 지구 선교를 맡아 문천, 덕원에 내려가 옥평, 문평, 신고산에 초등교육기관인 해성학원海星學院을 세웠다고 한다.

논발 속에 자갈을 깐
플랫폼을 내려서
양 옆구리에 채마밭을 낀
역 앞 길을 나서면

국도가 가로 지르고
과수원과 묘포를 따라서면
읍내 향교가 보이고
저 멀리 마식령 골짝
절이 보이고
철도 건널목을 넘으면
조, 수수밭이 널려 있고
밭 속에 산을 뚫은
신작로가 베폭처럼 깔려 있고
콩밭 옆 용소를 지나서 적전강 다리 위에 서면
서방, 들판이 한눈에 들어오는데
북으로는 우거진 수풀 속에
카톨릭 수도원 종각,
발치로는 출삭이는 동해,
동으론 성황당 고개가 보이는
어구 돌아서
뒷산 시제터 아래
상여막이 있는 마을
이태백이 달 속 초가삼간에
신선이 다 된 노부처가
아들 하나를 심산心算의 동삼童參같이 기리고 있었다. 8

위의 시는 구상의 고향인 함경도 덕원의 모습을 잘 묘사하고 있다. 구상을 '동삼童參'으로 비유한 것은 곧 자식을 애지중지하는 부모의 사랑을 표현한 것이다. 구상具常의 소년 시절의 체험은 1960년대 연작시인 『밭

---

8 구상, 『예술가의 삶』, 서울: 혜화당, 1993, pp. 37~40.

일기』에도 잘 나타나고 있다.

그의 큰형은 일본으로 유학 가서 동경 대지진때 행방불명이 되고 둘째형인 대준大浚은 가톨릭 신부가브리엘가 되어 성직자로서의 임무를 다하다가 1950년 6·25동란 때 북한 정치 보위부에 납치된 이후 생사 불명이어서 학살된 것으로 추정하고 있다.

그의 조부가 울산 부사였으며 외조부가 백두진사白頭進士였으며 부친도 구한말 궁내부 주사였다.

구상具常은 모친인 아산 이씨에게서 천자문, 동몽선습, 명심보감, 고시조, 이조의 평민소설을 비롯해 신소설 또 한글 토가 달린 삼국지연의, 수호지, 홍루몽 등을 배웠다[9]는 점에서 그는 일찍이 유년시절부터 유학이 정신적 토대가 되었음을 알 수 있다.

구상具常은 아버지의 유훈遺訓인 채근담菜根譚 구절을 〈나를 감동시킨 말 한마디〉로 꼽고 있다.

> 나는 청소년 시절 악지어린 고집가 세서 그것이 나의 장래에 대한 심려의 대상이 되셨던지 아버지께서는 바로 돌아가시기 전전날, 나를 병석 앞에 불러 앉히시고는 "너는 매사에 기승氣勝을 말라! 아무리 네가 옳고 바른 일에라도 말이다"하시면서 손수 채근담菜根譚을 펼쳐 보이신 대목이
>
> "인생은 조금 줄여서 사는 것이 곧 조금 초탈해 사는 것이니라"
>
> 인생감성일분편초탈일분人生減省一分便超脫一分이라는 대목이었다.
>
> 저때 나는 즉시 깨닫고 마음을 고쳐 먹었다기 보다 노환老患의 소극적 인생관으로 여겼었지만 그러나 잠언箴言은 내 가슴속에 깊이 새겨져 내가 심신이 더불어 유약하면서도 80에 이르도록 큰 망신 없이 지내고 있음이 저 유훈 덕택이라고 이제는 이렇듯 서슴없이 말하게 되었다.[10]

---

9 구상, "에토스적 시와 삶", 『시와 삶의 노트』, 서울: 자유문학사, 1988, p. 156.
10 구상 외 46인, 『오직 올바르게 살자』, 서울: 나산출판사, 2003, p. 318.

그는 15세 때 신부가 되려고 왜관의 베네딕도 수도원 신학교에 입학하여 3년을 다니다가 1935년 환속하여 1937년 일본 동경으로 유학을 떠나 니혼日本대학 종교학과와 메이지明治대학 문예과 두 곳에 합격을 하였지만 역시 문학보다 구경적究竟的 공부를 해야 한다고 생각하여 종교학을 전공하였으며 1941년 니혼대학 종교학과를 졸업하여 형이상학적인 이해의 폭을 넓힐 수 있게 되었다. 그런데 당시 이 대학 종교학과의 교과과정은 60퍼센트가 불교 경전의 주석이며, 나머지는 종교의 학문적 이론이나 체계, 기독교나 기타 종교학 개론 등으로 종교 중에도 불교에 대한 지식의 폭을 넓힐 수 있었다고 한다. 그 후 대학 시절은 그에게 정신적인 근원을 다질 수 있게 해 주었다.

> "이제 추억으로 임해 보아도 저렇듯 나의 대학 생활은 청춘의 찬란한 낭만과는 등진 일종의 정신적 우범자의 오뇌와 고독 속에서 보냈다 하겠습니다." 11

문학적인 자질은 자기 자질에 대한 실망 중에서도 진실에 대한 욕구가 시를 쓰게 되는 이유라고 하겠다.

그는 소학교 6학년 때 『가톨릭 소년』북간도 용정 천주교 연길교구 발행에 「아침」이란 동요가 투고란에 실린 것이 계기가 되어 중학시절 방인근이 주재한 『학우구락부』에 「하루사리」란 시를 투고하여 실린 것이 문학을 하는 중요한 계기가 되었다.

> "그야 나도 문학, 특히 시야말로 사내대장부가 전심치지全心致知 일생을 걸어 바쳐야 하고 또 바쳐서 후회 없을 가장 존귀한 소업所業인 줄 이제는 알게 되었고, 또 나의 삶의 최고의 성실이 시 이외에 없음을 깨닫고 있기도 하다." 12

---

11 구상, 『실존적 확신을 위하여』, 서울: 홍성사, 1992, p. 121.
12 구상, 『시와 삶의 노트』, p. 141.

이처럼 그의 진솔한 이야기가 문학을 하게 된 근본 이유가 될 것이다.

그의 시적인 경향은 형이상학적인 추구와 존재에 대한 인식에 기반을 두고 출발을 하였다는 것이 시선詩選에 잘 나타나고 있다.[13] 특히 가톨릭 사상을 바탕으로 존재와 현상과의 관계를 형이상학적으로 작품에 투영하고 있다고 본다. 그래서 처음부터 인간의 구원에 대한 문제와 존재론적인 문제에 관심을 두었을 것이다.

> "형이상학은 존재 자체, 실재, 신 같은 초경험적인 대상에 관한 의사표시이기 때문에, 그것은 진위를 가릴 수 있는 지식이 아니고, 일종의 <형이상학적 시>라는 것이다."[14]

일본에서 귀국하여 고향에 돌아온 그는 징용을 피하기 위해 대동아전쟁이 한창인 1942년 봄, 함흥에 있는 「북선매일신문」기자로 재직하면서 시를 발표하였는데 「세레나데」, 「예언」, 「수난의 장」 등이 이때 쓰여진 작품이다. 그는 젊어서부터 인간과 자연, 인간과 사회, 만상과 우주의 존재에 대하여 형이상학적 추구에 기울어져 영원성을 추구하려고 하였고, 기독교적 명제인 하나님으로 향한 인지와 이웃에 대한 사랑에 부합하려는 그의 노력의 산물이 바로 시 세계였다고 여겨진다.

시는 자아를 철학적 사유와 종교적 신앙과 연관지어 시인의 내면적 의식으로 창조화 되는 문학적 장르이다. 가톨릭 시학을 정신적 배경으로 창작된 그의 시에서는 '사랑의 실천' 을 강조하는 시학적 특징이 강하게 표출될 수밖에 없을 것이다. 시인의 삶과 시 창작의 정신이 합일될 때 참다운 시의 가치를 구현하였다고 할 수 있을 것이다.

그는 사회적 인식보다 현실에 대한 안주가 의식공간에 깊게 자리하였다는 심원섭의 다음 진술은 시사하는 바가 크다.

---

13 구상, 『말씀의 실상』, 서울: 성바오로출판사, 1980.
14 馬光洙, 『象徵詩學』, 서울: 청하, 1997, p. 74.

"구상이라는 인간이 지니고 있는 삶의 방식, 현실 인식 방식의 특성을 단적으로 표현하고 있는 예가 아닌가 생각한다. 구상은 기본적으로 구체적인 역사 과정을 분석하고 이를 구조적으로 인식하는 사고 방법을 소유하기는 어려웠던 인간 유형으로서 그러한 문화적 공간에서 성장했으며 그렇게 살아간 것이 아니었겠는가 하는 것이다. 그런 의미에서 그는 소위 관념론적 유형의 세계 인식 방법—개인의 선한 의지와 현실과의 무매개적 조화를 믿는, 따라서 계급과 제도와 조직과 역사 운동에 대한 인식이 둔화되어 있는—을 그의 삶의 중추로 삼고 살아간 유형에 속하지 않겠는가 생각된다." [15]

그는 해방 이듬해인 1946년 원산 문예총 위원장인 박경수朴庚守에게서 해방기념 시집 발간에 작품을 내달라는 간곡한 청탁을 받고 시집 『응향凝香』에 다섯 편의 시를 수록하였는데 다섯 편의 시가 1947년 북조선문학예술동맹 상임위원회에서 "퇴폐주의적이요 악마주의적이요 부르조아적이요 반역사적이요 현실도피적이며 절망적이고 반동적인 시"로 규정되어 규탄을 당하였으며 그 결과 1947년 봄 월남을 결심하게 되었다.

북조선 원산 문학가 동맹에서 발간한 시집 『응향』은 시인들의 열린 사고방식이 표출되어 있었다. 곧 가혹한 일제 식민 통치하에서 벗어나 인민의 꿈이요 이상인 민주주의에 대해 열망하며 현실을 인식하는 시인들을 제도적인 구습으로 볼 때 북한 공산주의 당국자들은 불령한 시인으로밖에 간주할 수 없었을 것이다.

그들은 구상의 작품 중 「길」과 「여명도1」, 「여명도2」가 현실을 그로테스크Grotesque하게 보았다고 여겨 북조선 현실의 회의적이며 퇴폐적이고 현실도피적이며 절망적인 경향을 나타낸 시로 볼 수밖에 없었을 것이다.

---

15 심원섭, p. 200.

『응향』의 집필자는 거의 모두 원산문학동맹의 중심인물이다. 더욱 『응향』에 수록된 작품의 하나나 둘이 이상 지적한 바와 같은 경향을 가진 것이 아니고 여러 사람이 거의 동상이몽적 관점을 가지고 있다는 점이 중요하다. 즉 원산문학가동맹이 이러한 이단적인 유파를 조직으로 형성되고 있는 것을 알 수 있는 것이다. 이것은 안으로는 북조선예술운동을 좀 먹는 것이며 밖으로는 아직 문화적으로 약체인 인민대중에게 악기류를 유포하는 계기가 된다.

이에 관하여 북조선문학예술총동맹중앙상임위원회는 조선예술운동의 건전한 발전과 또는 예술작품의 제고를 위하여 다음과 같이 결정한다.

1. 북조선문학예술동맹이 산하문학예술단체의 운동이론과 문학예술행동에 관한 구체적 지도와 예술영역에서의 반대세력에 대한 검토와 그와의 투쟁정신이 부족하였음을 자기비판하는 동시 북조선문학운동내부에 잔존한 모든 반동적 경향을 청산하고 속히 사상적통일우에 바른 노선을 세울 것이다.

2. 원산문학동맹이 위에서 지적한 바와 같은 과오를 범한데 대하여 그 직접지도의 책임을 가진 원산예술동맹이 또한 이러한 과오를 가능케 하는 사상적 정치적 예술적 조직적 투쟁사업을 전개할 것이다.

3. 북조선문학예술총동맹은 즉시 『응향』의 발매를 금지시킬 것.

4. 북조선문학예술총동맹은 이 문제의 비판과 시정을 위하여 검열원을 파견하는 동시에 북조선문학동맹에 다음과 같은 과업을 위임한다.

가) 현지에 검열원을 파견하여 시집 『응향』이 편집 발행되기까지의 경위를 상세히 조사할 것.

나) 시집 『응향』의 편집자와 작가들과의 연합회담을 개최하고 작품의 검토, 비판과 작자의 자기비판을 가지게 할 것.

다) 원산문학동맹의 사상 검토와 비판을 행한 후 책임자 또는 간부의 갱질과 그 동맹을 바른 궤도에 세울 적당한 방법을 강구할 것.

라) 이때까지 원산문학동맹에서 발간한 출판물은 북조선문학예술총동맹

에 보내지 않은 것을 조상하여 그 내용을 검토할 것.

마) 시집 『응향』의 원고검열 전말을 조사할 것.[16]

이러한 결정을 내리게 된 이유 중에 우리가 주목할 것은 시집 『응향』에는 대체로 시의 경향이 북한당국의 노선과는 어울리지 않는 말세기적이며 암울한 관념주의가 지배적이라는 것이다.

이 사건은 북한 공산당의 인민에 대한 지배과정에서 일어난 문화적인 유일한 큰 사건일 뿐 아니라 공산주의 독재이념의 공식적인 문화지배였다고 보며 해방 직후 남북문단 또는 범문화계에 경악과 충격을 불러일으켜 결속을 다지게 되는 빌미를 제공하였다고 본다.

북한의 문학사에 나타난 『응향』에 대한 그들의 주장은 다음과 같다.

"동 출판물에 나타난 부르조아사상 잔재의 발호를 적발, 규탄하고 우리 문학의 혁명적 전터성을 제고提高하고 -<중략>- 이 문헌(규탄문헌)들은 1946년 서울에서 미제美帝의 고용간첩인 박헌영, 이승엽, 임화 도당들이 날조한 '문화테제'에 결정적 타격을 주었으며 우리 문학의 당성과 계급성을 거세시키려는 원수들의 기도를 제때에 폭로, 분쇄하였다." [17]

『응향』에 대하여 백인준白仁俊은 「문학 예술은 인민에게 복무하여야 할 것이다」에서 매우 신랄하게 비평하였다.

"모든 작가들이 인민 대중의 사랑을 받을 뿐만 아니라, 인민을 교육함으로써 그 수준을 제고시키며 조직하고 선전하는, 곧 인민에게 복무하는 작품이 되도록 노력하고 있음과 동시에 한편으론 작품 활동을 비롯해서 서클 조직, 현지 방문 등을 통해서 적극적으로 인민 속에 침투하려고 힘써 왔다. 그럼에도 불구하고 전번 원산 문학 동맹에서 편집한 시집 『응향』에는 이상에

16 北朝鮮文學藝術總同盟中央委員會, "詩集 凝香에 關한 決定書", 『文學』, 1947, 제3호, pp.72~73.
17 구상, 『시와 삶의 노트』, p. 227.

말한 바 북조선 문학 예술 총동맹의 노선과는 전혀 연관이 없을 뿐만 아니라, 이를 반대하고 이에 위반하는 현상이 나타나 있다. 이 시집 속에 수록된 시의 태반 이상이 일본 제국주의가 남겨놓고 간 말세기적 · 타락적 · 퇴폐적 · 반민주적 예술의 관념 바로 그것이다." 18

그들 나름의 시각으로 허황한 날조를 하여 공산당 정책에 반한 구상의 시를 매도하였다.

문제가 된 작품은 구상의 「여명도黎明圖」, 「길」과 「밤」인데 「여명도」에서는 시의 제목이 암시하듯 일제치하의 혹독한 암흑시대가 가고 광복의 여명을 맞은 우리의 시대상황을 여러 가지 불길한 조짐과 시련으로 파악하였다.

그리고 북한의 현실에서 새로운 광복을 회복하기 위해서는 새로운 힘이 나타나야 하며 그런 대광복의 도래를 위하여 자신은 민족과 조국을 위해서 희생자가 되어야 한다는 염원과 각오를 피력하고 있다. 「여명도」는 구상의 시적 정열과 시대적 계몽자로서의 사명감이 잘 나타내고 있다고 하겠다.

「길」은 구상의 자화상적인 작품으로 북한 정권은 비과학적이며 관념적이고 비현실적이라고 규탄을 받은 작품으로서 구상 자신의 확고한 자유의지를 표명한 작품으로서 그의 현실인식과 역사의식을 휴머니티화 하였다.

1947년 정초 북한의 전체 신문들은 일면 톱기사에 '북조선 문학예술 총동맹 상임위원회'의 시집 『응향』에 대한 규탄 결정서를 게재揭載하는 동시에 검열사업을 확대하도록 결의하였다. 그 결과 구상은 1947년 2월에 남한행을 택하게 되었는데 남하한 후에도 남로당계 문학가동맹기관

18 김상선, 『광복 뒤의 우리 문학 연구』, 서울: 집문당, 1996, p. 335.

지에 구상에 대한 기사가 대서특필되어 민족진영 작가들이 반론항의를 하기도 했다.

『응향』 사건은 해방 이후 좌, 우익으로 사상적인 대립을 보인 남북한의 정치상을 극명하게 보여주는 사건이며 시인 자신의 삶의 운명을 결정적으로 바꿔 놓은 사건이었다.

구상은 북한의 정치적 탄압을 피해 월남하였기에 문단의 중요한 자리를 선점하게 되며 아울러 '자유를 찾아 남하한 투사鬪士' 로서의 자격을 획득하게 되었다.

2. 현실에 대한 의식

한국전쟁 종군과 역사의식

구상은 현실을 초자연적인 것의 투영으로, 또는 영원 속의 오늘로 인식하고 있었다. 서울에서 1950년 6월 25일 한국전쟁을 당하여 민족의 비극적 체험을 하면서 진리와 자유, 선과 악, 이데올로기와 민족의 이질성에서 느낀 실존의식과 심정을 시로써 표출하고자 한 것이 1956년 출간된 연작시인 『초토焦土의 시詩』이다.

"청마와 지훈이 6·25를, 민족과 역사의 당위성이라는 측면에서 시화詩化한 반면에 나는 인간의 실존적 국면에서 6·25를 시화詩化하는 작업을 했지요." [19] 라는 그의 말에서 한국전쟁인 6·25를 그는 인간의 실존과 연관하여 시를 창작하였음을 알 수 있다.

---

19 구상은 유치환의 「보병과 더불어」 와 조지훈의 「역사·앞에서」를 대표적 종군시집으로 보았다. 『月刊文學』, 1986년 6월호 인터뷰, p. 16.

구상은 한국전쟁이 갖는 시대적 의미를 다음과 같이 정의하고 있다.

"한국동란이 자유세계의 방위투쟁防衛鬪爭이요 멸공투쟁이요, 하고 우리가 내거는 슬로건보다 더 한번 근본적으로 따진다면 유물주의와 신본주의神本主義와의 최후적이요 결정적인 무력투쟁의 전초전前哨戰임을 우리는 인지할 수 있을 것입니다." 20

유물주의에 대항한 신본주의의 투쟁이 곧 한국전쟁이며 유물주의에 대한 승리가 인간구원의 길이기도 하다는 것이 그의 견해인 것을 알 수 있다.

그는 1949년 연합신문사 문화부장으로 재직하다가 한국전쟁 당시 국방부 정훈국 요청으로 대북한 선전지인 잡지 「봉화」와 「북한특보」를 주재하였는데 전쟁 후 국군이 전략상 후퇴를 하자 수원에서 신성모 국방부장관의 포고문을 작성하며 군과 깊은 관계를 갖는다.

그는 한국전쟁으로 전국문화단체총연합회문총에서 1950년 6월 27일 문총구국대를 조직했는데 대구를 중심으로 1950년 9월 28일 서울이 수복할 때까지 육, 해, 공군의 종군작가단으로 활약하게 되었다.

"지금 내 기억으로는 조지훈, 박목월, 서정주, 조영암, 김광섭, 이헌구, 김송, 조흔파, 임긍재, 최독견 등인데, 최독견은 〈흑방비곡〉을 쓴 최상덕을 말합니다." 21

그때 구상은 대구에서 아군에게 보내는 전단인 「승리」를 만들었는데 그것은 수복 후에 국방부 기관지 「승리일보」로 창간되었고, 1953년 7월 휴전까지 그는 「승리일보」를 주재하며 주간으로서 국방부의 일원으로 일하게 된다. 군과 문화단체의 매개체 역할을 하면서 그는 육군종군작

---

20 구상, 『그분이 홀로서 가듯』, 서울: 홍성사, 1994, p.195.
21 朴珍淑, "구상 선생을 찾아서", 『月刊文學』, 1986년 6월호, p. 14.

가단의 부단장을 맡아 민간인 최초로 화랑금성무공훈장을 수여받는다. 9·28 수복 때에는 국방부 정훈국 선발대의 일원으로 일주일 앞서 미군 수송기로 김포에 내려서 입성 준비를 하였는데 이때 국방부 기관지인 「승리일보」로 전쟁 중 국민들의 알 권리를 충족시켜 주었다.

구상은 민족상잔인 한국전쟁의 참화를 직접 겪으면서 그 비애를 연작시 『초토焦土의 시詩』에서 생생하게 증언하며 고발하였다.

"『초토의 시』는 동란중에 썼지요. 전쟁의 와중에서 우리가 잃고 얻는 것은 무엇이며, 인간의 선악은 어떻게 발현되는가 하는 인간실존에 대한 고민과 갈등이 모티브였습니다. 이 시는 81년 『까마귀』라는 근작시집에 『난중시초亂中詩抄』로 재편집해서 내가 겪은 이 민족의 비극을 내 나름대로 증언해 놓았지요. 『초토의 시』와 『난중시초』에 내가 겪은 6·25가 다 적혀 있다고 보아도 무방할 만큼 그 두 연작시편에 남김없이 쏟았습니다." [22]

조병춘은 『초토의 시』를 다음과 같이 평하고 있다.

"전쟁이라는 비극적인 상처와 현대문명의 복합성을 인간의 실존적인 인식과 역사의식으로 끌어올리기 위한 하나의 시적 대응방식으로서 연작 장시의 형식이 시도되고 있음을 알 수 있다. 이러한 시작 방법詩作 方法은 일찍이 이철범李哲範이 현대와 현대시의 특징으로 '산문정신 내지 산문적 체험의 순수화' 를 든 것과 관련된다." [23]

그의 말대로 한국전쟁이라는 비극적 동족상잔의 참혹상과 이데올로기에 의한 분단의 현실을 직접 목도하고 경험한 사실을 시적 안목으로 형상화하여 역사적인 안목으로 비판하고 있음을 알 수 있을 것이다.

구상은 1·4후퇴 시 대구로 피난을 가서 계속적으로 신문을 발간하면

---

22 Ibid., pp.14~15.
23 曺秉春, p. 392.

서 종군작가로 활발한 활동을 하게 된다.

1952년 전선이 교착상태에 이르러 일반 언론기관이 서서히 기능을 발휘하게 되자 그는 1953년 「영남일보」의 요청으로 주필 겸 편집국장이 되어 사회정의를 불태우게 된다. 이 시기에 그는 중임을 하려던 이승만 독재정권에 항거하여 직필로 신문의 논설과 편집을 맡으면서 친군과 반독재의 선봉에 서게 되었다.

독재정권에 적극적인 비판을 가하던 글들을 모아서 『민주고발』이란 책자를 발간하게 되지만 곧 판매 금지령이 내리게 된다.

구상은 『민주고발』로 정권을 비판하다가 투옥을 당하고 감옥에서 삶의 행로를 영적통고靈的痛苦의 길로 전환하게 되며 그리스도 폴과 같이 존재론적 인식을 지향한 구도求道의 자세로 시를 쓸 결심을 하게 되었다.

필화 사건과 현실 비판의식

그는 1955년 환도하는데 「대구매일신문」의 요청으로 상임고문을 맡으면서 최석채 주필의 사설 「학도를 도구로 이용하지 말라」가 자유당 정권의 비위를 건드려 테러단이 9월 14일 대낮에 신문사를 습격하여 인쇄기를 비롯한 신문사 기물을 부순 사건이 일어났다.

이때 그는 서울과 대구를 오가면서 국회에서의 증언과 나름대로 사태수습에 골몰하였으나 신문사는 운영난에 허덕였고 최석채 주필은 국가보안법 위반 혐의로 1개월 구속되는 선에서 타협점을 찾게 되었다.

1959년 국가보안법 파동이 일어나자 야당에서는 민권수호 국민총동맹이라는 범국민단체를 만들었는데 그는 문화부장직을 맡게 되어 정부의 따가운 눈총을 받게 되는 사건이 일어나게 된다.

그의 오랜 지기인 재일교포 우한용 씨가 당시 동경대학에서 바다의 연체동물을 연구하는 자기 사위故 최상崔相 박사, 전 KIST 연구위원의 연구용으로 미제 진공관 2개를 사서 친구인 노영환 편으로 보낸 일이 있었는데 그것을 좀 더 사서 보내라는 기별이 있어 남대문시장의 상인에게 선금을 주고 부탁하였으나 돈만 떼인 적이 있었다.

구상은 그런 고충을 알고 미군 병기창에 근무하는 대자代子[24] 이광규에게 상인들의 이야기인 '미군에서의 불하'가 거짓임을 확인하여 주었고 이창복이라는 군 수사요원에게 상인에게서 우한용씨의 돈을 돌려받아 주라는 부탁을 하게 되었다.

그때 그는 노기남 대주교가 주선하여 프랑스 파리 가톨릭 대학원에 가기로 되어 여권수속마저 끝내고 있었는데 우한용의 친구로서 치안국의 공작금을 받아 구상에게 접근하던 기관원이 이런 사실을 알자 구상이 외국에 나가면 국가보안법 파동과 「경향신문」 폐간 등의 국내 사정을 폭로하면서 장면 박사의 밀명을 받은 것으로 오해 받아 그를 국내에 잡아 두기 위하여 사건을 조작했다. 그는 우한용을 비롯한 상인들과 같이 이적병기를 북한에 보내려 하였다고 죄목을 뒤집어 씌어 구속시켰다. 반공법 위반과 이적 행위의 죄로 6개월 동안 투옥되었지만 결국 무죄 선고를 받고 출소하게 되었는데 이것이 소위 〈레다 사건〉이다.

그는 이런 사정을 희곡 「수치羞恥」로 표현하였으며 1965년 드라마센터에서 공연하게 되었다가 공연 직전 당국에 의하여 연극 대사가 국립경찰을 모독하였다는 이유로 용공극容共劇으로 규정, 공연 보류 조치를 당하게 되어 조야를 떠들썩하게 만들었다.

그는 그의 고백과 같이 1959년 이승만 독재정권에서 옥고獄苦를 치르면서 프랑스 실존주의 작가들의 이론과 작품을 정독할 기회를 갖게 되어 "인간의 실존의 사다리는 불안이 아니라 수치"라는 명제를 깨닫게 되

---

24 가톨릭에서 성세(聖洗) 성사와 견진(堅振) 성사를 받은 남자의 대부(代父)에 대한 친분관계를 말한다.

었다고 한다.[25]

그는 수치야말로 "인간 최초의 것이요, 본연실존의 것이요, 또한 구제의 가능성이요, 모든 규범의 시원이기도 하다"[26] 고 보았다.

인간이 가장 인간다울 수 있으며 다른 동물과 구별될 수 있는 중요한 특징이 바로 수치라는 것이 이 시의 주제일 것이며 구상 시의 관점을 파악하는 문제해결의 실마리를 제공하여 주는 시어로 볼 수 있을 것이다.

창경원 철책과 철망 속을
기웃거리며
부끄러움을 아는 동물을 찾고 있다.
여보, 원정園丁!
행여나 원숭이의 그 빨간 엉덩짝에
무슨 조짐이라도 없소?

혹시는 곰의 연신 핥는 발바닥에나
물개의 수염에나
아니면 잉꼬 암놈 부리에나
무슨 징후라도 없소?

이 도성都城 시민에게선
이미 퇴화된 부끄러움을
동물원에 와서 찾고 있다.

-「羞恥」 전문 -

---

25 구상, 『시와 삶의 노트』, p.41.
나는 알베르 까뮈의 희곡 〈오해(誤解)〉를 보고 그들 주인공의 실존적 진실에서 빠진 것이 있다면 그것은 바로 수치심이라는 확신을 명백히 하였다. 그래서 나는 흥분하였다.

26 Ibid., pp. 101~102.

그는 위의 시를 이렇게 이야기하고 있다.

"나의 시대관, 사회관, 또는 인간관 같은 것을 단적으로 나타내고 있다. 그러나 이 시의 소재라든가 또 주제가 되고 있는 수치羞恥가 나의 존재론적 명제가 된 것은 퍽 오래 전 일이다." 27

부끄러움은 구약성경의 창세기에 이브가 뱀의 유혹으로 선악과를 따서 먹음으로써 최초로 느낀 원초적인 인간의 감정일 것이다. 결국 죄의식과 관련된 참회의식의 잔재로 볼 수 있다. 인간이 원래부터 소유하고 있던 가장 인간적인 감정인 부끄러움을 망각하고 사는 몰염치한 현대인에게 그는 부끄러움을 동물원의 동물들에서 발견할 수 있다는 역설적인 표현을 함으로 부끄러운 감정의 인식을 상징적으로 표현하고 있다.

곧 수치를 모르는 인간은 본성을 말살한 동물보다 못하다고 함으로 인간의 양심과 의식이 실종된 사회현실을 폭로하면서 현실에 대한 생생한 비판성을 다룬 것이 위의 작품이라고 할 것이다.

문단활동과 현실 극복의식

두 차례의 필화사건과 1960년 4·19혁명으로 제2공화국이 수립되자 장면 총리가 경북 칠곡 민의원 후보로 공천하니 그는 강원도의 한 부대에 가서 20일을 숨어서 후보 등록 마감일을 넘겼던 일과 참의원 선거에 나가 달라는 장면의 부탁을 제주도로 피신하여 승려 고은과 40일을 지내다 서울로 돌아온 일은 유명한 비화이다.

이후에도 구상은 1961년 일체의 정치 참여를 거부하고 동경으로 피신

27 Ibid., p.387.

하여 가브리엘 마르셀의 철학에 심취하고 삶을 긍정적으로 생활하면서 가톨릭에서 경영하던 「경향신문」의 동경지국장을 자청하게 된다. 구상은 1965년 일본서 두 번의 폐 수술을 받고 구사일생으로 살아나게 된다. 그는 사회평론집인 『민주고발』을 출간하는 바람에 현실문제에 참여할 것인가 또는 문학의 길로 전념할 것인가 하는 고민에서 평생 문학의 길로 걸어가기로 굳게 결심을 하였다고 한다.

> 그와 마주앉은 것은 5월 19일 저녁, 기관총을 실은 장갑차가 마당에
> 놓인 어느 빈 호텔의 한 방
> 그도 나도 잠자코 술잔만을 거듭 비웠다.
> 마침내 그가 뚱딴지같은 소리를 꺼냈다.
> 「미국엘 좀 안가 주시렵니까?」
> 「내가 영어를 알아야죠?」
> 「영어야 통역을 시키면 되죠?」
> 「하다못해 양식탁의 매너도 모르는 걸요!」
> 「그럼 어떤 분야라도 한몫 져 주셔야지!」
> 「나는 그냥 남산골 샌님으로 놔두세요!」
> 얼핏 들으면 만담 같은 이야기를 주고받으며
> 우리는 술잔을 거듭 비웠다. [28]

「모과 옹두리에도 사연이」 연작시 〈60〉에 나오는 시편의 전문이다. 담담한 어조로 마치 삽화조로 기술된 시에서 역사적인 이면사를 살피게 한다. 역사에 대한 관념적인 사상이 잘 나타나고 있다. 구상은 시적 표현에서 기교를 부리지 않고도 시화가 될 수 있음을 위의 시에서 보여주고 있다. 아울러 시인 자신의 현실에 타협하지 않고 초연한 성격의 단면

---

28 구상, 『구상 시 전집』, 서울: 서문당, 1992, p. 481.

도 제시하고 있다. 생활 속에서 진실을 수반한 시인의 시 정신이 시로 승화되고 있음을 잘 나타내주고 있다.

제자인 이승하씨를 통해 구상의 일면을 살펴보면;

"그는 5·16 군사혁명의 주역 박정희 장군을 말하며 빈 호텔은 지금 KAL 빌딩이 서 있는 자리에 있던 국제호텔을 말하는데 박정희로부터 수차례 입각의 권유를 받았지만 끝내 1961년부터 1965년까지 경향신문사 논설위원겸 동경지국장으로 가게 되었다. 또 제5공화국 전두환 대통령의 측근인 허모씨로부터도 같은 입각의 권유를 받았으나 수염을 기르면서까지 거부한 것은 구상의 올곧은 신념을 나타낸 것이라고 할 수 있다."[29]

군에서 같이 근무한 적이 있는 18년 지기 박정희는 5·16 군사혁명 이후 상임 고문실을 만들어 놓고 그를 불렀지만 거절당했으며 제5공화국 시절에 전두환 대통령은 당 총재 고문을 맡으라고 불렀으나 거절당한 사건도 있었다.

또 서라벌 예술대학, 국민대학교, 신구전문대학 등의 총장과 학장을 권유받기도 하나 그가 거절한 일은 지금도 계속 회자膾炙되고 있는 일화이다. 이것은 그가 세속적인 명예욕이나 영예욕을 초월한 인격의 소유자임을 보여주고 있는 것이다.

그는 1970년부터 1974년까지 하와이대학교 극동어문학과 조교수와 1976년 중앙대학교 예술대학 문예창작과 대우교수로 1999년까지 재직하면서 후진들을 양성하게 되었다.

그의 공적 직함은 대한민국 예술원회원1979~2004과 1986년 제2차 아세아시인회의 서울대회장, 1991년 세계시인대회 명예대회장과 국제펜클럽 한국본부 고문, 1993년 제5차 아시아시인대회 서울대회장, 한국문인협회 고문, 성천아카데미 명예원장 등 소수에 불과할 뿐 문학과 관계되

---

29 이승하, "구상-시인과 인간이 일치가 된 큰 어른", 『현대시』, 2004년 6월호, p. 30.

지 않은 일에는 관여하지 않았음을 그의 연보가 증명하고 있다.

> "그는 또한 자신이 소장하고 있던 이중섭 화백의 작품을 판 1억 원을 이웃을 위해 스스럼없이 내놓은 것을 비롯해 투병 중에도 장애우 문학지인 『솟대문학』에 그동안 아껴 두었던 2억 원을 쾌척하는 등 가난하고 소외된 이웃에 늘 관심을 가져왔다." 30

성자와 같이 소외된 이웃을 사랑으로 돌아 본 그의 삶은 "허무에서 긍정으로, 홀로이지만 더불어, 유한을 아는 데서 초월을 배워, 우리도 시방 영원을 사는 길에 따라 나서야겠습니다. 선생과 우리는 함께 가고 있는 것입니다." 31 라는 상기의 예화를 통하여 우리는 그의 올곧은 신념과 현실에 기반을 둔 그의 문학적 사상을 알 수 있을 것이다.

---

30 시인구상추모문집 간행위원회, 『홀로와 더불어』, 서울: 나무와 숲, 2005, p. 539.
31 Ibid., p. 5.

미알이에 밤 그림자 같이
머리를 휘감는 六根이나 七罪의
汚濁烈 밑에는
몸이 울 속 悲哀은 지나
衆生의 業報의 씨앗에
날래 뛰는 生命處世에로
땅에서 거름으로 놓아 흐르는
아롱을 같이 바삭거려는

제 2 장

시 형식의 실험과 존재의 규명

1. 시론

시란 인간의 사상과 감정의 주관적, 미적 체험을 정서적으로 순화시켜 비유나 유추와 상징을 통하여 압축하고 통일해서 운율적 언어로 표현한 운문 문학이라고 한다. 인간은 응축된 감정의 표현인 시를 통하여 삶을 가꾸기에 시는 언어의 집이라고도 한다.

그가 처음 시를 발표한 것은 1932년 『가톨릭 소년』에 동요 「아침」을 발표한 직후부터 이다. 이후 그는 시를 발표하면서도 결코 시론은 쓰지 않았다. 1948년부터 서울예술학원서라벌예대 전신에서 시창작법을 강의하면서 중앙대에서 1998년 은퇴하기까지 시창작이론과 실작지도를 하는 도중에 『현대문학』의 위촉으로 1986년 6월부터 1988년 2월까지 20회를 연재하면서 40년 동안의 강의노트를 정리하여 1988년 9월 『현대시창작입문』이란 제목으로 발간한 것이 그의 유일한 시론집이다.

그의 시론을 형이상학적 시론과 일탈적 시론으로 나누어 보면 대체로 형이상학적 시론은 철학적이며 사상적인 시론일 것이며 일탈적 시론은 정통시학인 일반적 시론에 위배되는 시론을 말한다고 할 수도 있을 것이다.

형이상학적 시론

운문 중에서도 가장 언어에 민감한 장르가 시이다. 시인은 제한된 형식과 언어 속에 체험이나 사상이나 정서 등을 표현해야 하기에 시어의 선택에 남다른 고심과 노력을 경주해야 하지만 시어는 관습적인 의미보다는 새롭게 창조된 시인만의 언어로 의미를 가져야만 한다.

즉 지시적 의미인 외연과 함축적 의미인 내포를 동시에 갖고 있어야 하기에 다양한 의미가 가능하며 또 시의 의미와 가치를 풍부하게 할 수도 있을 것이다.

그는 시어에 대해 말하면서 언어에는 내재하는 신령한 힘이 있다고 보았으며 인식과 시적 체험과 언어의 진실성이 시의 가치를 추구한다고 하였다.

> "내재하는 논리적 개념이나 지각의 개념이 없는 언어의 유희를 어떻게 시라고 하겠습니까? <중략> 시에 있어서의 언어란 존재에 대한 인식의 높이와 깊이와 그 넓이에 비례하는 것입니다. 이것을 실재 작품에서 따지면 나타난 언어 그 표상은 보이지 않는 인식의 치열성과 그 경험의 부피가 생명을 결정하는 것입니다. <중략> 그래서 시의 언어가 생명을 지니고 힘을 지니기 위해서는 그 말을 지탱하는 내면적 진실, 그 말의 개념이 지니는 등가량의 추구와 체험이 요구되는 것입니다." 32

표상되는 시어가 생명을 가진다는 의미에서는 타당성을 확보하였다고 할 수 있을 것이다.

그는 현존과 영원의 관계에서 존재의 실존을 시적 감수성으로 시화시켰으며 우리 삶에 인간이 다양하게 접할 수 있는 문제를 다루기도 하였다.

---

32 구상, 『시와 삶의 노트』, pp. 303~305.

그는 진정한 문학에 대하여 이렇게 말하고 있다.

"문학은 우리 육신생활에 있어 식량이나 마찬가지로 우리 정신생활에 있어서의 양식이요 또한 종합 비타민 같이 여러 영양소를 함유한 정신의 활력소인 것이다. 왜냐하면 문학은 다른 분야의 지식처럼 사물의 이치만을 깨우쳐준다든지 사물의 형상만을 살피게 한다든지, 감성이나 감각의 어느 면만을 세련시켜 주는 것이 아니라 모든 지식을 전반적으로 흡수하게 하고 인간의 감정이나 심리도 아주 다양하고 심층적으로 통찰하게 하며, 이것도 조미와 조리를 하여 누구나의 구미에 맞도록 제공하고 있기 때문이다."[33]

그의 말에서도 엿볼 수 있듯이 그는 문학이 정신세계와 밀접한 연관성을 가지고 있다고 보았다.

"실상 인간의 삶이란 눈에 보이는 것만으로 이루어지는 것이 아니라 도리나 사리와 같은 막중한 삶의 필수적인 것은 눈에 보이지 않는 것으로 이러한 마음의 눈으로 보아야 하는 인식의 세계가 우리 시에는 빈곤하다고 하겠다."[34]

영적인 마음의 눈으로 세계를 바라보는 시인의 사물에 대한 인식 속에 형이상학적 인식의 세계가 깃들여 있으면 시에 대한 외경심과 감동이 크다고 할 것이다.

한국전쟁과 4·19 학생혁명과 5·16 군사정변 등 역사의 변혁기를 몸소 겪으며 그가 느낀 사상과 정서를 시로 표출하면서 구상의 시 정신은 시대에 따라 다른 양상을 보이기도 하였다.

그러다 보니 서정성보다 사상성이 강하게 되었으며 존재의 인식과 존재에 대한 물음으로 자연히 형이상학적인 기조를 유지하게 되었다.

---

33 구상, 『우리 삶 마음의 눈이 떠야』, 서울: 세명세관, 1995, p. 390.
34 Ibid., p. 272.

"구상은 단지 시인詩人이 아닌 그 이상의 존재이기를 바란다. 그는 시인일 뿐 아니라 '역사적 존재歷史的 存在, historical being로서의 나', '크리스천으로서의 나' 곧 전인적 실존全人的 實存에 도달하려 한다. 까닭에 그의 시는 '아아티전장인 匠人' 적인 면보다 '프리이스트사제 司祭' 적인 면에 경도傾倒되어 있다. 그는 '창조자로서의 핍진하는 추구력과 고양高揚된 심혼心魂의 개안開眼' 에 몰두함으로써 '괴기·붕괴·황량함·소외의 미학美學' 인 모더니즘의 감각적 언어기교言語技巧를 타매한다. 자연과 인간의 무차별無差別이 빚는 '감상적 오류' 나 비정적 타자성非情的 他者性에 빠진 인간상실人間喪失의 자연서정주의自然抒情主義나, 현상現象을 그 표피表皮에서만 포착捕捉하기에 그치는 현대주의現代主義를 비판하는 자리에서 그의 시는 비롯된다."[35]

위와 같이 김봉군은 구상의 시가 우리 시단에서 차지하는 시사적 몫을 각별하게 평가하였다.

구상은 초기 『응향』을 중심으로 한 범신론과 존재론적 자아의 몰입기를 거쳐 한국전쟁 이후 『초토의 시』를 중심으로 전쟁의 참상을 몸소 증언하고 분단 조국의 현실에 눈을 돌려 역사와 민족 앞에 통회하는 심경으로 작시를 하였다. 『밭 일기』에서는 긍정적인 삶의 시각으로 신생, 성장, 소멸의 우주 만물의 속성을 파악하였으며 「모과 옹두리에도 사연이」에서는 자전적 경험을 시로 서술하였고 「까마귀」를 통하여 사회와 민족의 경각심을 환기시켜 바른 가치관의 계도와 시대상황의 현실비판과 고발을 시화하였다.

정신적인 시인의 편력과 체험의 시인 「그리스도 폴의 강」을 통해서는 다시 형이상학적인 인식으로 죽음을 초월한 존재의 내면세계를 추구하였고 가톨릭적 상상력과 교의를 바탕으로 사랑과 화해, 영적 교감의 시정신을 신앙생활로 표상하였다. 「개똥밭」, 「저런 죽일 놈」, 「동심초=유

---

35 김봉군, 『具常의 「焦土의 詩」 研究』, 聖心女子大學 論文集(1983.7), p. 5.

치찬란」에서는 존재의 비의, 자연의 서경과 인간성의 회복을 염원하였으며 말년에 해당하는 「인류의 맹점에서」, 「두 이레 강아지만큼이라도 마음의 눈을 뜨게 하소서」에서는 존재와 영원의 종교적인 승화로 영원성을 추구하였다.

그의 시 세계는 시집별로 시 정신이 잘 드러나는데 그의 고백과 같이 하나의 세계에 대한 집중적인 내면 탐구를 취하였기 때문일 것이다.

관념성을 표출하기 위하여 그는 한자의 전고典故와 한자 어휘를 사용하여 형이상학적인 주제를 강조하였으며 의태어와 의성어와 속어 등을 차용하여 기어綺語를 부리지 않고 시적인 진실성을 강조하였다.

구상은 시를 불러일으키는 마음인 시심詩心을 다음과 같이 정의하고 있다.

> "시적인 생각이나 느낌이나 흥취는 이해를 떠난 무아적無我的인 것임을 발견할 수가 있다. 다시 말하면 그 감동 상태는 대상과 하나가 되어 자기를 잊는 몰아적沒我的인 가장 순수한 마음의 상태인 것이다. 그리고 우리가 어떤 자연이나 인간이나 세상살이의 그 생성과 소멸 속에서 신비한 본질이나 진, 선, 미의 모습을 발견한다든가, 이와는 반대로 아주 고귀하고 아름답다고 여겼던 사물 속에서 무상감이나 연민憐憫을 느꼈을 때 저러한 감동 상태에 드는 것이다." 36

즉 시심이란 각자의 마음속에서 일어나는 독특한 자기만의 에너지를 말하는데 이러한 자연발생적 감동과 감흥을 표현하려는 시적화자의 마음의 상태를 말한다고 하였다.

이러한 시심을 표현하여 시로 정착하는 시의 작업에서 가장 먼저 해야 할 것이 "자기가 받은 그 감동과 감흥의 대상사물에 대한 집중적 관

---

36 구상, 『현대시창작입문』, 서울: 현대문학사, 1997, pp. 10~11.
37 Ibid., p. 21.

찰—이것을 응시凝視라고도 한다—과 상상력의 발동에 의해서 현실적 경험을 시적 경험으로 재구성하는 일이다" 37 라고 하였는데 상상력과 관찰을 토대로 시를 짓게 되며 새로운 감동의 세계를 재구성하게 된다고 보았다.

"시에 있어서의 관찰은 어린이와 같은, 또는 최초의 인간과 같은 시력, 즉 눈과 마음의 순수성을 필요로 한다." 38

시인이 사물에서 실재의 새로움을 발견했을 때의 느낌은 마치 어린이의 마음과 같이 티 없는 순진함과 사물을 처음 대하는 최초의 인간의 마음과 같은 순수함을 필요로 한다고 하였으며 관찰과 상상력은 사물의 사실성이 아니라 시공을 초월한 사물의 실재성이라고 보았다.

구상은 시에 있어서 언어의 중요성을 말하며, 시에 쓰이는 단어는 그 자체에 내포적이며 외연적인 요소를 갖추고 있는데 그것을 바로 시어로 보았다.

"시는 그것을 형성하는 소재 하나하나 즉 낱말 하나하나가 소우주를 이루고 있다는 데 바로 시의 비밀이나 어려움이 있다고 하며 말 자체에 비실용적이요, 복합적이요, 신비하다고 말할 수밖에 없는 또 다른 기능이 있는데, 그것이 바로 시에 있어서의 말이다." 39

구상은 "훌륭한 시인이 되려면 말의 표면적인 의미만이 아니라 다시 리처즈의 말을 빌면 〈의미 속의 의미〉 즉 말의 정서적 기능을 체득하는 것이 절대적 조건이라 하겠다." 40 고 하여 〈의미 속의 의미〉를 중요시하였다.

구상의 시어는 실존적인 의식을 기본 골격으로 하는데 그의 의도된

---

38 Ibid., p. 33.
39 Ibid., pp. 44~45.
40 Ibid., p. 48.

시어는 진실을 규명하는데 사용되어진다.

"시인의 구체적 사상이나 정서 등에 일치하는 실존적 근거에 중점을 둔다."[41] 는 신익호의 말은 구상 시어의 실체를 적절히 표현한다.

그러나 시란 일상적인 언어를 가지고 우리 의식을 뛰어 넘는 언어의 세계를 표출하는 것이므로 시를 창작하는 어려움이 내재한다고 하겠으며 언어가 갖는 고유한 의미적 기능과 정서적 기능을 어떻게 시적으로 표현하느냐에 시적인 성공여부가 달려있다고 하겠다.

구상은 또 언어의 기능에 새로운 역할을 하는 것이 비유라고 보고, 시에 있어서 비유의 중요성을 다음과 같이 말했다.

> "자기가 경험한 상념이나 감정의 특수한 상태를 그냥 서술적인 말로써 표현했을 경우, 그 경험의 독자성과 표현된 말의 간격을 느낌으로써 그 간격을 최소한 줄이기 위한 입체적 표현방법이 바로 비유라 하겠다.
>
> 비유는 어떤 한 가지 사물이나 사실을 말하려 할 경우 그것 자체를 구체적으로 설명하거나 묘사하는 것이 아니라 전혀 다른 사물이나 사실을 말하면서 〈암시〉로써 그 목적하는 바를 표현하려든다는 점이다."[42]

그러나 구상의 개인적 취향은 다음과 같은 내용에서도 엿볼 수 있다.

> "내가 의식적으로 시에서 비유를 피하고 평면적 서술을 택하는 일면도 있습니다. 그것은 나의 시의 주제가 지니는 관념이나 비평이 그 내면적 진실을 순수하게 전달하기에는 기경적奇驚的 비유가 오히려 배격되고 또 현란한 이미지의 조형을 피해야 하기 때문입니다. 결국 시란 그 전체가 주제를 복합적이고 종합적으로 비유한 것이요, 또 자기의 궁극적 본질이 독자들에게 받아들여져야 한다고 생각하고 있기 때문입니다. 그래서 나는 시에 있어서 아어雅語나 비유의 습관적 사용은 물론 시의 한 구, 한 절에다 그것이 직유든 은유든

---

41 신익호, p. 140.
42 구상, p. 73.

유추를 담뿍 늘어놓는 시를 별로 좋아하지 않습니다. 이것은 한시漢詩에서의 영향인지도 모르겠고 또 나의 시에 동양적애매하고 일반적 말이지만 아니 묵화적墨畵的 풍격이 있다면 이런 나의 내적 취향을 말함일 것입니다." 43

"존재로서의 존재를 문제 삼으려고 하는 것이 제일철학이며, 형이상학인 것이다. 아리스토텔레스의 형이상학은 존재론이라고 부른다." 44

그러나 아리스토텔레스의 존재론은 시간이 지나자 차차 변형되어 직관론으로 바뀌게 된다. 언어의 기능을 의사표현과 대상표현으로 나눌 때 형이상학은 초월적인 대상에 대한 의사표현이기에 그러한 기능으로 표현한 시를 형이상학적 시라고 부를 수 있는 것이다. 결국 형이상학이란 철학적 개념은 경험을 할 수 없는 상상적이란 점에서 공유될 수 있을 것이다.

구상의 시는 형이상학적 기능을 보이기에 철학적인 면이 강하게 제시된다고 하겠다.

가브리엘 마르셀의 말과 같이 "현존에서부터 영원을 살아야" 45 한다는 것이 구상의 인생관이 되었다고 하겠다.

"시란 인간과 그 생활 내·외면에 본질적 역할을 하고 있음을 알 수 있습니다. 저러한 효용성을 떠나 좀더 궁극적으로 말한다면 시란 존재에 대한 물음의 행위인 것입니다. 존재에 대한 성실하고 끊임없는 물음이 없이는 인간은 그 본래적 모습을 찾지도 유지하지도 못하는 것입니다." 46

이 말에서 시가 무엇이며 어떤 역할을 하여야 할 것인가에 대한 구상

---

43 구상, 『실존적 확신을 위하여』, pp. 183~184.
44 마광수, p. 70.
45 구상, 『시와 삶의 노트』, p. 83.
46 Ibid., p. 284.

의 견해가 잘 나타나고 있다.

구상은 수필 「나는 왜 문학을 하는가?」에서 "사물에 대한 자기 진실에의 욕구가 오늘날까지 나로 하여금 자기 자질에 대한 실망을 되씹으면서도 시를 붙잡고 있는, 시를 쓰게 되는 이유라 하겠다."고 하여 사물의 존재적인 면에서 진실된 경험을 강조하였는데 구상은 문학의 존재적인 측면과 문학의 효용적 측면 이 두 가지 속성의 통합 위에 존재하고 또 그래야만 한다고 하였다.

또 구상은 참된 문학을 "나와 남을 위하여 함께 있는 것"[47]이라고 하여 실존적 모습 속에 문학의 기능적 요청이 깃들여서 성립된다고 보았기에 문학은 곧 그의 삶과 불가분의 관계였다.

그는 시를 불러일으키는 마음인 시심을 "우주적 감각과 우주적 연민"이라고 하였다.

> "시에 있어서 언어란 존재에 대한 인식의 치열성과 경험의 부피에 비례하는 것으로 이것을 실제 작품에 따지면 시에 나타난 표상은 보이지 않는 실재의 진실이 그 시의 생명과 감동을 결정하는 것이다. 나는 이 점을 강조하기 위하여 나의 「시」라는 작품을 소개하고자 한다.
>
> 우리가 평소 이야기를 나눌 때
> 상대방이 아무리 말을 치장해도
> 그 말에 진실이 담겨 있지 않으면
> 그 말이 가슴에 와 닿지 않느니
> 하물며 시의 표상이 아무리 현란한들
> 그 실재가 없고서야 어찌 감동을 주랴?

47 구상, 『우리 삶 마음의 눈이 떠야』, p. 218.

흔히 말과 생각을 다른 것으로 아나
실상 생각과 느낌은 말로서 하느니
그래서 '언어는 존재의 집' 이렸다.
그리고 이웃집에 핀 장미의 아름다움도
누구나 그 주인보다 더 맛볼 수 있듯이
또한 길섶에 자라난 잡초의 짓밟힘에도
가여워 눈물짓는 사람이 따로 있듯이

시는 우주적 감각과 그 연민에서
태어나고 빚어지고 써지는 것이니
시를 소유나 이해의 굴레 안에서
찾거나 얻거나 쓰려고 들지 말라.

오오. 말씀의 신령함이여!

물질주의와 기술만능의 세상살이 속에서 시라는 것이 인간 생활에는 그야말로 무관한 일부 지식인들의 정신이나 언어의 유희로밖에 보여지지 않거나 청소년들의 몽환제夢幻劑로 여겨질지 모르나 우리의 삶과 꿈이 시를 떠나서는 참될 수가 없고 그 보람과 기쁨을 맛볼 수가 없음을 이 변변치 않은 나의 글들이 일깨워 주었으면 하는 주제넘은 바램을 갖는다."[48]

구상은 그의 말대로 시가 우리 삶의 예지의 원천이 되고 생활의 활력소가 되고 있는가를 제시하고 증거해 보인 자취들이라고 보았기에 시는 진실해야 한다고 하였다. 진실된 시어로 된 시가 감동을 주기 때문이다.

하이데거Heidegger는 "언어는 존재의 집"이라고 하였는데 위의 시에서

48 구상, 『시와 삶의 노트』, p. 1.

언어에 대한 구상의 철학적인 사유의 세계를 엿볼 수 있다.

"자신의 열된 생명을 시 이외에 달리는 조율할 수 없음을 함께 깨닫는다. 또 시야말로 사내대장부가 일생을 걸어 전심전령全心全靈을 바쳐야 하고 또 바치기에 가장 존귀한 일인 줄 이제야 알게 되었고, 나의 삶의 최고의 성실이 시 이외에 없음도 알게 되었다. <중략> 물에 빠진 자는 헤엄을 잘 친다든가 못 친다든가는 문제가 아니다. 어찌해서든지 헤엄쳐 살아 나와야 한다. 저 각오, 저 결심으로 나는 남은 생애 시를 써야 한다."[49]

위에서도 알 수 있듯이 구상의 시에 대한 대단한 열정을 알 수 있다.

그리고 그는 시적 현실을 정의하면서 "시적 현실이란 가시적, 감각적, 외재적인 것뿐 아니라 불가시적, 사고적, 내재적인 것을 통틀어 현존과 실재의 내면과 외부를 막론한 것이요, 또한 시적 현실이란 객관적 현실성 그 자체가 아니라 이것을 주관적으로 재구성한 표현적 진실을 말함입니다."[50] 라고 하여 문학의 형태를 떠나서 진실을 표출하여야 하는 것이 문학의 본령이라고 보았다.

시적 진실은 현존과 실재의 관계에서 파악해야 하며 주관적으로 재구성한 표현적 진실을 말한다고 하여 시적 진실은 우리의 삶과 분리되어서 생각할 수 없다고 하였다. 그러나 "시는 정서와 상상을 빌어 기존 관념으로부터의 일탈을 꾀한다. 그것은 기존 관념을 해체하고서 새롭게 일구어낸 창조의 세계이다."[51] 라는 사고를 적용하면 창조의 세계를 통해 존재의 본질을 규명할 수 있는 것이 시의 세계일 것이다.

구상의 시에 대한 좌표는 다음의 글에서 극명하게 드러나 있다.

"나의 시에 대한 지향이나 좌표는 나의 시를 어떤 목적이나 방법에 종속시켜서가 아니라 시가 본래적으로 지니고 있고 또 오늘의 이 시대가 요구하

---

49 Ibid., p. 167.
50 Ibid., p. 171.
51 정신재, 『퓨전시학』, 서울: 새미, 2001, p. 107.

는바 강렬한 휴머니티의 연소 이외에 다른 것이 아니며 새로운 시대정신을 적극적으로 탐구하고 영원 속의 현존을 추구 · 파악하려는 자세 이외에 별것이 아닙니다." 52

구상은 또 시는 허구의 소산인 동시에 진실의 소산이어야 한다면서 그런 허구를 사용하는 시인의 마음이나 정신은 참되고 간절한 것이어야 한다고 하였다.

"시속의 허구란 어떤 것인가? 한마디로 말하면 현실경험 속에서의 사물事物이나 사상事象이나 사리事理의 불분명하고 암흑적인 부분을 조명하고, 거기에다 상상력想像力을 첨가시켜 미경험미래 세계와 대결비평케 하여 새로운 현실세계를 창조함을 의미하는 것이다." 53

그는 『현대문학』사의 위촉으로 1986년 6월부터 1988년 2월까지 시 창작법 강의노트를 정리하여 1988년 『현대문학』에서 『현대시창작입문』을 발간하였는데 "시를 직접 쓰다 부닥치는 막연하고 모호한 문제의식에 대한 조명과 그 형상화의 실제적 방법 등을 제시하려고 노력하였다." 54 는 서문에서 시 창작에 대한 그의 견해를 밝히고 있다.

시의 소재가 되는 대상은 어떠한 것이라도 그것에 대한 시인의 응시와 관찰, 상념의 집중에 의해서 그 제재에서 새로운 의미를 꺼내 보인다고 보았으며 시의 주제는 독자적 진실을 가지고 포착하는 사물의 실존에 대한 새로운 의미부여요, 그 표현으로 보았다.

구상은 1986년 서울아시아시인대회 개막식에서 대회장으로 개회선언 대신에 아래 시를 낭송함으로써 시에 대한 시인들의 다양한 자세를 노래하였다.

---

52 Ibid., p. 178.
53 Ibid., pp. 294~295.
54 구상, 『현대시창작입문』, p. 3.

그대들의 시는
흰눈에 햇살이어라.

그대들의 시는
봄비에 새순이어라.

그대들의 시는
꽃밭에 나비이어라.

그대들의 시는
극지極地의 탐험대이어라.

그대들의 시는
피 흘리는 제물祭物이어라.

그대들의 시는
에로스의 초연招宴이어라.

그대들의 시는
좌선삼매坐禪三昧이어라.

그대들의 시는
현미경이어라. 망원경이어라.
메스이어라.

그대들의 시는
역우役牛의 인고忍苦이어라.

그대들의 시는
잡초의 짓밟힘에도 눈물짓는
그런 사랑이어라.

오오, 그대들의 시는
동이 트는 아시아의 새 빛!
인류세계의 새 맥박, 새 고동鼓動!

위 시는 구상의 「그대들의 시」란 전문이다. 대상 또는 사물에서 시의 제재나 주제를 포착하는 시인들의 다양한 모습을 유추해 낼 수 있다.

구상은 시를 쓰는 이유를 다음과 같이 표현하였다.

"내가 오늘날까지 시를 쓰는 이유나 목적이 있다면 저러한 사물에 대한 독자적 진실의 욕구와 그 충족 때문이라고 하겠다." 55

이 말을 사르트르는 "자기를 작품의 본질적인 것으로 파악할 수 있는 것은 오로지 독자의 의식을 통해서 가능해진다. 따라서 문학작품은 호소다. 작품을 쓴다는 것은 언어라는 수단을 통해 내가 계획한 「발현」을 객관적인 존재로 만들어 주도록 독자에게 「호소」하는 것이다." 56 라고 하여 창작의 완성은 결국 독자의 협력을 전제로 한다고 말했다.

그리고 사르트르는 작가가 누구를 위하여 글을 쓰는가 57 란 명제에 다음과 같이 설명하고 있다.

"독자의 구체적인 보편성과 일치한다면 작가는 참으로 인간 총체에 관하여 쓰지 않으며 안 될 것이다. 모든 시대의 추상적인 인간에 한해서 쓰는 것

---

55 Ibid., p. 235.
56 장 폴 사르트르, 『文學이란 무엇인가』, 金鵬九 譯, 서울: 文藝出版社, 1998, p. 58.
57 Ibid., p. 193.

이 아니라 자기 시대의 인간 전체에 관해서 자기 동시대인을 위하여 써야 할 것이다. 그때 비로소 서정적 주관성과 객관적 증언이라는 문학적 이율배반은 초극超克 될 것이다. 독자와 같은 사건에 참가하여 독자와 같이 분열 없는 사회 안에 위치한 작가는 독자에 관해서 이야기함으로써 자기 자신에 관하여 이야기하고, 그 자신의 이야기를 함으로써 독자에 관한 이야기를 하게 될 것이다."

사르트르의 견해를 살펴본다면 구상의 창작은 동시대를 살고 있는 우리의 문제를 다루었기에 호응을 얻고 있다고 할 수도 있을 것이다.

그러나 구상은 시의 제재나 주제를 보편적인 차원의 존재론적 또는 형이상학적 인식의 추구나 몰입으로 일관하였다. 구상의 다음 말에서 우리는 그의 시에 대한 관점을 엿보게 된다.

"나의 시가 지향한 바를 한 마디로 하자면 영원 속의 오늘을, 오늘 속의 영원을 조응하려는 갈망과 갈원이었다고나 할까! 그래서 나의 시는 그 조형造形에 있어서도 비유나 심상이 감각 위주이기보다 논리적이었다." [58]

일탈적 시론

유종호는 '일탈의 시학'을 말하며 "시가 즐거움을 주는 것이기는 하지만 다른 예술과 다른 점이 있다. 언어예술이기 때문에 시는 언어의 성질상 상대적으로 명료한 자기 인식을 준다." [59] 고 하면서 시는 반드시 향수자에게 즐거움을 주어야 한다고 했다.

---

58 구상, 『홀로와 더불어』, 서울: 황금북, 2002, p. 8.
59 유종호, 『시란 무엇인가』, 서울: 민음사, 2005, p. 34.

시에 쓰인 시어의 함축성은 암시적이며 주관적이고 간접적인 의미일 수도 있으며, 어떤 정서적 반응과 효과를 불러일으키는 의미의 특성을 가지고 새로운 의미를 획득할 수 있을 것이다.

그런데 시어는 하나의 시어가 단일한 의미를 나타내는 것이 아니라 여러 가지의 의미로 해석되기에 '애매성' 을 가진다.

언어를 다듬어 시인에 의해 창작해 낸 언어예술인 시에서 언어의 역할은 중요시되어 왔다. 전통적인 서정시에 익숙한 독자에게 반시적이거나 비시적인 형태의 시들은 낯설게 여겨진다. 그것은 시의 특성상 시대와 시인에 따라 다양하게 변천될 수 있고, 시대와 시인의 문학관에 따라 다양하게 창작될 것이기 때문이다.

구상은 1932년 14세 때 가톨릭 『소년』지에 동요 「아침」을 발표하면서 처음 시를 쓰기 시작했고 그 후 1934년 16세 때 학우구락부에 시 「하루살이」를 투고한 것이 소년 시절의 문학적 행적이다.

구상은 1946년 원산문학가동맹의 일원이 되어 『응향』에 「여명도」, 「길」, 「밤」, 「수난의 장」 등을 발표하여 북조선문학예술동맹 상임위원회에서 규탄을 받고 필화筆禍를 입어 월남하게 된다. 1947년 구상은 백민에 「발길에 채운 돌멩이와 어리석은 사나이」를 발표하여 남한 문단에 정식으로 등단하였고 시를 계속 발표하면서도 시론은 쓰지 않았다.

그러다가 1948년 3월 민중일보 신춘문예시언에 「시단빈상詩檀貧像」을 발표한 후 1949년 백민에 「유치환씨의 작금 시정신」, 경향신문에 「반성기의 우리 시단」과 「남사당男寺黨을 읽고」 등 몇 편의 시론을 발표하였으며 그 외에 몇 편의 단평을 쓴게 고작이었다.

구상이 시를 위주로 문필생활을 하다가 『현대문학』의 위촉으로 1986년 6월부터 1988년 2월까지 시 창작 강의를 게재한 것을 책으로 출간한 것이 바로 현대문학사에서 나온 『현대시창작입문』이다. 이 시론집은 시문학의 원리나 개론이 아니고 시를 창작하려는 사람에게 부닥치는 막연하고 애매모호한 문제의식에 대한 조명과 그 형상화의 실제적 방법을 제시한 것으로 볼 수 있다.

그러니까 구상의 시론은 그가 1948년부터 서울예술학원서라벌예대 전신에서 김기림과 시 창작법을 강의하기 시작한 후 중앙대 문예창작과에서 강의를 마치기까지 시 창작이론과 시작지도를 해온 경험을 토대로 20회의 연재물에 집대성한 것으로 본다.

김봉군은 "구상의 시는 낯설다. 감각과 정서와 기교가 그런 것이 아니라, 어의語義 내포와 표상성表象性이 낯설다."[60] 고 하면서 구상의 시가 전통적인 시에서 일탈적이라고 규정할 만큼 낯선 면이 있다고 한 것은 그의 시작詩作 태도가 독보적이라고 평한 것이다.

다시 말하면 구상의 시어가 의미론적인 면보다 존재론적 긴장을 유지하고 있기에 존재론적인 면에 친숙하지 않은 이에게는 낯선 시로 인식이 될 수도 있다는 표현을 한 것이다.

구상은 시를 불러일으키는 마음을 시심詩心이라고 하면서 시심이란 시를 불러일으키는 생각시상, 느낌시정, 흥취시흥 등을 포괄해서 말한다고 하였다.[61]

시가 평범한 말을 가지고 그것을 가지고 일상적 의식을 넘은 현상의 세계를 나타내야 하니 시어는 존재의 영역을 한정시킨다고 볼 수 있다. 일상적인 언어를 가지고 내포하는 시어의 기능의 영역에서는 특수한 의미를 확대 재생산하니 시어는 생명력을 가진다고 하겠다.

문학은 언어라는 재료를 가지고 예술의 세계를 창조한다고 할 때 시인은 사물의 관념에 정서적인 상상력을 동원하여 자기의 생각을 재구성하고 체계화한다. 일상적인 언어가 언어적인 면을 고려하여 의사 교통의 수단으로 쓰이는데 반하여 시어는 그 자체로서 독특하고 독자적인 의미를 갖는다. 이러한 시어는 문학적 언어이기에 보다 더 넓고 깊은 의

---

60 김봉군, 『具常 또는 存在論的 詩學』, p. 50.
61 구상, 『현대시창작입문』, p. 10.

미를 가진다. 이것이 함축성과 내포성이며 다의적인 의미를 갖는 시어의 특징이라고 한다.

구상의 일탈적 시론의 특성으로는 먼저 기어의 회피를 들 수 있을 것이다. 시가 생각과 느낌을 운율에 실어 표현한 말하기의 방식이라면 존재론적인 관점에서는 원초적 생명력을 가진 존재로 볼 수 있을 것이다. 그러한 창조적인 역할을 수행하는 시의 언어는 신령한 힘을 가졌다고 본다. 그래서 구상은 시어에 생명력이 있다고 하였다.

> "시에서는 언령言靈이라고 해서 말이 생명을 지니기에는 그 말을 지탱하는 내면적 진실 즉 그 말이 지니는 등가량等價量의 윤리적 의지와 그 체험을 필요로 한다" 62

언령은 말에 내재한다고 믿는 신비한 힘을 말하는 말로 언어가 신비한 생명을 가지고 신령한 힘인 감동을 갖기 위해서는 표상의 실재를 추구하여야 하며 또 그것을 지탱할 등가량의 내면적 진실을 가지고 있어야 한다고 하였다.

구상은 일본대학 종교학과를 다닐 때 도모마츠 엔데이友松圓諦라는 산문山門 출신 교수가 불교개론 시간에 십악도十惡道 중 기어綺語의 죄를 설명한 것에 큰 감명을 받아 교훈으로 삼았다.

> "이 기어란 비단 같은 말, 즉 번드레하게 꾸며 낸 말이란 뜻인데 이렇듯 교묘하게 꾸며서 겉과 속이 다른 즉 실재가 없는 말, 진실이 없는 말을 잘해서 이 죄를 가장 많이 범하는 게 누군가 하면 바로 종교가들이나 문학가들이다. 그래서 많은 종교가들이나 문학가들은 이런 기어의 죄로 말미암아 죽은 뒤 한시도 고통이 멈추지 않는 무간지옥無間地獄에 떨어져 혀가 만발이나 빠지는 형벌을 받을 것이다." 63

---

62 구상, 『우리 삶 마음의 눈이 떠야』, p. 378.
63 Ibid., p. 162.

이렇듯 구상은 문학에서 형식보다는 내용을, 미사여구美辭麗句보다는 진실의 힘을 강조하였음을 알 수 있다.

<전략>
이 독사毒死의 무리들아 회개하라!
하느님의 때가 가까이 왔다.
속옷 두 벌을 가진 자는 한 벌을 헐벗은 사람에게 주고
먹을 것이 넉넉한 사람은 굶주린 이와 나누어 먹고
권세가 있는 사람은 약한 백성을 협박하거나, 속임수를 쓰지 말 것이요,
나라의 세금은 헐하고 공정하게 매겨야 하며
거둬들임에 있어도 부정不正이 없어야 하느니라.

까옥 까옥 까옥 까옥

－「까마귀 3」 전문 －

위의 시는 상징어는 물론 무의미하거나 비대상적인 방법의 시가 아니라 문명사회에서 타락한 인간을 질타하는 선지자 세례 요한의 목소리로 회개를 촉구하고 있다. 물론 까마귀는 세례 요한의 알레고리로 보지만 현란한 비유나 표현기교의 능란함도 없이 윤리적인 형상성으로 시적인 기능을 갖추고 있다.

이것이 기어를 회피한 언령의 회복이라고 볼 것이다.

동양의 고전적 문학이론서인 유협劉勰의 『문심조룡文心雕龍』에서도 언어란 요점이 필요한 것이지 기이한 것을 좋아해서는 안 된다고 하였다.

"서운사상체요, 불유호이書云辭尙體要, 弗惟好異" **64**

---

64 劉勰, 『文心雕龍』, 최동호 역편, 서울: 민음사, 2005, p. 48.

다음으로 구상의 일탈성은 '반수사적' 이라는 점을 지적할 수 있다.

시에서 이미지를 차용하는 것은 언어를 정확하고 확실하게 쓰려는 행위로 본다. 시어는 지시적인 언어로는 그 뜻을 충분히 전달할 수는 없을 것이다. 또 상투적인 언어로도 시인의 의도를 분명하게 전달할 수는 없다고 할 것이다.

비유는 인간의 복잡다단한 경험과 감정과 내면세계를 더욱 창조적이고 적확한 방법으로 표현할 수 있을 것이다.

시의 언어를 인식의 언어라고 할 때 내용을 구성하는 중요한 요소의 하나가 비유로 볼 수 있을 것이다. 비유는 언어의 영역을 더욱 심화시키며 확장시킴으로써 시인의 내적 경험과 현실 세계를 새롭게 구성할 수도 있을 것이다.

구상은 비유를 다음과 같이 정의하였다.

> "자기가 경험한 상념이나 감정의 특수한 상태를 그냥 서술적인 말로써 표현했을 경우, 그 경험의 독자성과 표현된 말의 간격을 느낌으로써 그 간격을 최소한 줄이기 위한 입체적 방법이 바로 비유라 하겠다." 65

구상은 비유의 존재이유를 앞에서도 설명하였듯이 고도한 비유는 풍부한 상상력에서 나오기 때문에 사물에 대한 깊고 오묘한 의미를 가질 수 있다고 하였다.

구상의 시는 대체로 현란한 수식어가 보이지 않는다. 이것은 그의 생태적인 면도 있겠지만 수사적 무기교를 사용한다거나 기교를 최소화하여 시적인 의미를 분명하게 표현하려는 의도로 볼 수도 있을 것이다.

구상시의 비유의 특징은 진부한 것이 아니라 참신하다고 할 것이다.

---

65 구상, 『현대시창작입문』, p. 73.

5월의 숲에서 솟아난
그 맑은 샘이
여기 이제 연탄빛 강으로 흐른다.

일월日月도 구름도
제 빛을 잃고
신록新綠의 숲과 산은
묵화墨畵의 절벽이다.

암거暗渠를 빠져 나온
탐욕貪慾의 분뇨糞尿들이
거품을 물고 둥둥 뜬 물 위에
기름처럼 번득이는 음란淫亂!

우리의 강이 푸른 바다로
흘러들 그 날은 언제일까?

연민憐憫의 꽃 한 송이
수련睡蓮으로 떠 있다. —「강 8」 전문 —

이 시는 한마디로 말해 한강이 본연의 색인 푸른빛이 아니라 각종 오폐수로 인하여 연탄빛으로 흐르는 정경을 시화한 것으로 보인다.

강이 순수한 모습이나 느낌을 상실한 것을 정상적인 언어나 평면적인 시어로는 표현하기가 어려워 강을 묵화墨畵로 보고 강에 떠다니는 부유물들을 음란淫亂으로 형상화하였다고 할 수 있다.

오염된 강에 떠 있는 수련睡蓮을 연민憐憫으로 비유하여 표현한 것은 독자에게 새로운 경험의 장을 제시하기 위한 상식적 인식의 폭을 넓히기 위한 방법으로 사용된 것이 그의 시에서 엿보이는 표현법의 하나가 아닐까.

구상은 모더니즘적인 감각적 기교도 결국 기어의 죄로 보았다. 그것은 의미에 적절한 역할을 부여하기 위한 방법으로 부정확한 것이기 때문일 것이다.

다음으로 구상의 시에서 일탈을 보이고 있는 것의 하나가 정형화된 시형과 시어와 운율의 의도적인 회피와 배제를 통하여 새로운 시형을 시도한 것일 것이다. 구상은 이야기시집의 서문에서 시란 시상, 시정, 시흥이 융합되어 있으면 시의 구성 요건으로 좋다고 하였다.

> 그런데 언제부터인가 그분의 입버릇이 부지중 내게 옮아서 이즈막 나는
> 행길에서도 "저런 죽일 놈",
> 버스에서도 "저런 죽일 놈",
> 모임에서도 "저런 죽일 놈",
> 심지어는 성당에서도 "저런 죽일 놈"
> 매일 저녁 신문을 읽다가는
> "저런 죽일 놈" "저런 죽일 놈들",
> 남의 귀에 들릴 정도는 아니지만 때도 곳도 가리지 않고 연발한다.
>
> — 「저런 죽일 놈」, 2연 —

위의 시와 같이 비속어를 거리낌 없이 사용하여 여과 없이 진솔하게 사실적으로 시상을 표출하고 있다는 것을 지적할 수 있을 것이다.

또 다른 시의 관습적이고 일반적인 시론에서 벗어난 점으로 의태어나 의성어의 부사를 중첩적으로 사용하여 이미지를 선명하게 제시하면서 시의 역동감을 불러일으키고 있다는 점이다.

개똥이가 생선 밸 같은/ 코를 훌쩍이며/ 쫄레쫄레 나와/ 보리밥풀이 말라 붙은/ 잿빛 가랑이 바지를 쫙 벌리고/ 진달래꽃빛 엉덩이를 홀쩍 까고선/ 끙끙 안간힘을 쓰며 똥을 눈다./ 누렁이도 쫄래쫄래 쫓아나와/ 똥누룽지와 똥부스럼딱지가/ 다닥다닥 붙은 밭고랑을/ 반지르한 코를 킁킁대고 다니면서/ 찔끔찔끔 진오줌을 싸고/ 뿌지직 뿌지직 된똥을 깔기고선/ 이번엔 꼬리를 치며 달려와/ 개똥이 엉덩짝을 핥으려 든다.

– 「밭 일기」, 3연 –

구상이 이렇게 시의 전형을 의도적으로 파괴한 것은 결국 형이상학적 인식을 보다 쉽게 제시하기 위함으로 보인다. 아울러 관념적이고 획일적인 시의 통념에서 벗어난 것은 강렬한 설득과 호소력을 갖는다고 하겠다.

평이한 언어에서 벗어나 난해한 한자어를 사용하여 현학적이고 관념적인 시상을 표출하려고 시도하였다는 점도 간과할 수 없는 특징의 하나로 볼 수 있다.

<전략>

카옥 카옥 카옥 카옥 카옥 카옥/ –왜 있지 않아? '색즉시공, 공즉시색色卽是空, 空卽是色'이 라든가, '가난한 사람들아 너희는 행복하다. 지금 우는 사람들아 너희는 행복하다' 라든가!// 까옥 까옥/ –그것은 경經 중의 경이 아니옵니까?// 카옥 카옥 카옥 카옥/ –시와 경은 불일불이不一不二. 시와 자비도!// 까옥/ 카옥// 서울 까마귀는 더 이이상 말문을 찾지 못하고 물러났다.

– 「까마귀 10」 일부 –

다음으로 산문으로 보이는 시의 형식을 사용하여 시의 속성소Property를 찾기 어려운 시를 쓰고 있다는 점도 지적할 수 있다. 연작시에서 자주 보이는 형식적 특성의 하나이다. 「오도午禱」는 기도를 시적으로 형상화한 특이한 시라고 하겠다.

저 허공虛空과 나 사이 무명無明의 장막을 거두어 주오.
이 땅 위의 모든 경계선境界線과 철망과 담장을 거두어 주오.
사람들의 미움과 탐욕과 차별지差別智를 거두어 주오.
나와 저들의 체념諦念과 절망을 거두어 주오. ―「午禱」, 1연 ―

시의 내용은 없고 몇 가지 웃음의 유형을 보이며 본문의 몫까지 유추하도록 유도한 시도 특이한 것으로 볼 수 있다.

하하하

히히히

허허

흠

호호. ―「그이의 일생一生」 전문 ―

그리고 구상은 대화체를 연작시에 즐겨 쓴 것이나 서간문을 그대로 시로 형상화하여 정형의 파격을 보인 점도 특이한 일탈의 시로 볼 수 있을 것이다.

곤드레가 되어 들어가는 애비에게 두 돐도 안된 어린 것이 고사리 같은
손을 펼치며
「아버지 까까과자」
하면 애비는
「내일 사다 주께, 많이 내일」
밤마다의 핑계며 대답이며 결심이었다. ―「까까와 내일」, 1연 ―

자명紫明이 보라[66]

마침내 명 6일, 제 1차 수술을 한다. 오늘 이미 수술병동으로 옮겨 이 글발을 쓴다. 네마끼(일본 잠옷), 주방(일본 옷의 내의), 유지油紙, 흉대胸帶, 우유병, 젖꼭지 등 만반 준비를 갖췄다. 수혈할 피도 진숙이네 아버지가 자기의 것을 뽑아 놓고 갔다. 오직 눈시울이 뜨거울 뿐이다. 이러한 여러 선의善意와 너희의 간원懇願이 상천上天에 통해서라도 이번 수술은 문제없이 성공할 줄 믿는다. 나는 지금 심신心身이 아주 평정平靜하다. 도리어 신문을 보고 고국의 가뭄이 걱정된다. 그러면 한동안 편지를 못 쓸 테니 그리 알아라. 평안히 평안히들 있거라.

– 「모과木瓜 옹두리에도 사연이 67」 전문 –

문법적인 파격현상을 의도적으로 사용한 것은 보이지 않고 산문시를 제외하고 대체로 소리의 반복적이고 규칙적인 양식을 보이는 율격과 반복적인 변화나 운동감이 인식되어지는 리듬에 의한 변조가 보인다.

구상은 시의 중요한 특성으로 여기는 소리의 반복과 이 반복을 유형화하고 규칙화하여 리듬을 살리고 있다.

물론 이미지 제시를 위해 행과 연을 규칙적이거나 변칙적으로 배치하여 관념적이고 추상적인 시의 의미를 형상화한 것도 있지만 구상은 대체로 시의 정형을 잘 지키고 있다고 하겠다.

---

66 구상이 막내딸인 구자명에게 1966년 7월 5일 동경 교외 기요세, 오리모도 병원에서 폐질환을 치료하기 위한 수술을 앞두고 쓴 편지의 원문이다.

2. 시의 형식

연작시

시의 형태가 장시화되는 것은 사회가 고도로 분화되며 다양성을 갖추기에 삶의 현실과 사회적인 여러 상황을 시화하려면 단형시보다는 장형시인 연작시의 형태가 더 요구될 것이다.

연작시는 동일한 제목 아래 동일한 주제를 사용하여 작품들을 시화하는 것이라면 시인들은 연작시를 통해서 선명하고 강한 주제를 표출할 수 있을 것이다.

구상이 연작시를 계속 써온 것에 대하여 한계전은 "어떤 사물이나 존재물에 대한 집중적인 통찰을 통해 그 본질에 닿고 싶은 욕망 때문이었다."[67]라고 하여 삶의 존재 인식을 추구한 시인이기 때문이라고 규정하였다.

구상은 연작시를 즐겨 쓰는 이유를 다음과 같이 말하고 있다.

---

67 한계전, 『한계전의 명시 읽기』, 서울: 문학동네, 2007, p. 393.

"아마 나는 한국에서 연작시를 시도한 효시의 사람일 것이고, 또 가장 많이 쓰기도 하였을 것이다. 그 나름의 이유인즉 나같이 머리가 지둔遲鈍하고 명민明敏치 못한 사람은 촉발생심觸發生心이나 응시소매應詩小賣격으로 시를 써 가지고선 사물의 실재를 파악하지 못할 뿐 아니라 존재의 무한한 다면성이나 복합성을 인식하고 조명해 내지 못하기 때문에 한 제재나 주제를 가지고 응시와 관찰과 사색을 거듭함으로써 관입실재觀入實在에 도달하려는 의도에서라고 하겠다."[68]

구상은 연작시들을 통하여 끝없이 관찰하고 사색과 명상을 통하여 존재에 대한 실존의 의미를 규명하고 있다. 존재론적 인식과 역사의식과 체험을 통한 인생의 성찰은 사상성을 획득하여 시의 격을 한 차원 높였다고 본다.

1950년대의 연작시집인 『초토의 시』는 동족상잔인 한국전쟁을 통하여 초토가 된 조국의 현실을 적나라하게 고발하며 전쟁의 참혹함을 생생하게 증언하고 전쟁의 상처가 안겨준 인간성의 황폐를 실존의식과 결부시켜 문제 삼았다.[69]

전쟁의 참화로 초토화된 국토에서 살아남은 자들의 비극을 통하여 역사에 대한 반성을 하며 우리 민족의 운명을 되짚어보고자 한 구상의 의도는 다양한 형태로 전개되고 있다.

시인詩人과 창녀娼女는 굴窟을 나선다./ 장맛비를 기화로 시인이 산책을 제안했던 것이다.// 아침 다섯 시. 억수 빗발에 행길은 개 한 마리 얼씬거리지 않아 우리를 다행多幸케 했지만 발목까지 적시는 흙탕물 속을 가야만 했다./

---

68 구상, 『오늘 속의 영원, 영원 속의 오늘』, 서울: 미래문화사, 1996, p. 8.

69 구상은 휴전 이후 15편의 연작시 『초토(焦土)의 시(詩)』를 1956년 대구 청구출판사에서 간행하였다. 『난중시초(亂中詩抄)』는 구상이 1981년 홍성사에서 간행한 『까마귀』 제5부에 실린 25편의 시로 편의상 『초토(焦土)의 시(詩)』로 부르기로 한다.

—아메요 후레 후레, 나야미오 나가스마데,/ 무심중 중얼거리며 시인은 향방이 없다./ —어디로 가지?/ —몰라요!/ <중략> —이제는 그만 돌아가지?/ —네, 또 오세요./ 우리는 간밤 한자리 꿈의 미련도 없이 갈린다.// 시인은 창녀의 처량한 뒷모습을 바래며 악에도 저렇듯 신비가 감싸여 있음에 놀란다./ 종루鐘樓에 갇힌 비둘기들이 영혼의 신음소리를 낸다.

—「초토의 시 7」 일부 —

어둡다고요. 아주 캄캄해 못 살겠다구요. 무엇이 어떻게 어둡습니까. 그래 그대는 밝은 빛을 보았습니까. 아니 생각이라도 하여 보았습니까. 빛의 밝음을 꿈꿔도 안 보고 어둡다 소리소리 지르십니까. 설령 그대가 낮과 밤의 명암明暗에서 광명과 암흑을 헤아린다 칩시다. 그럴 양이면 아침의 먼동과 저녁노을엔 어찌 무심하십니까. 보다 빛과 어둠이 엇갈리는 사정은 노상 잊으십니까. <후략>

—「초토의 시 12」 일부 —

—적군 묘지 앞에서— : 오호, 여기 줄지어 누웠는 넋들은/ 눈도 감지 못하였구나.// 어제까지 너희의 목숨을 겨눠/ 방아쇠를 당기던 우리의 그 손으로/ 썩어 문드러진 살덩이와 뼈를 추려/ 그래도 양지 바른 두메를 골라/ 고이 파묻어 떼마저 입혔거니/ 죽음은 이렇듯 미움보다도 사랑보다도/ 더욱 신비스러운 것이로다. <후략>

—「초토의 시 11」 일부 —

자정도 넘은 밤차. 희미한 등불 아래 손들의 피곤한 시선은 결코 유쾌한 눈짓은 아니었고 칭얼만대는 검둥애의 대구리와 울상이 된 그 엄마의 하이얀 이마 위 땀방울이 유난히 빛나고 있었다.// 나는 이 뒤틀어대는 흑백의 모자상母子像을 보다 못해 호주머니를 뒤져 전송 나왔던 친구가 취기 반으로 사주던 해태 카라멜을 꺼내 까서 녀석에게 넌지시 권해본다.// 아니나 다를까. 적중이었다. 녀석의 흑요석黑曜石보다도 더 짙은 눈을 깜빡이며 깜장손으로 냉큼 받아 잡아채어 입에 넣더니 제법 의젓해지지 않는가. <후략>

—「초토의 시 17」 일부 —

1960년대의 연작시집인 『밭 일기』는 전쟁 이후의 각박한 생활의 터전인 밭의 속성인 '생성-소멸-신생' 의 과정을 서경과 서정으로 다루고 있으며 그의 역사의식이 심화되고 있음을 보여준다.

『밭 일기』는 구상이 1965년 폐질환으로 공동절개수술을 동경 교외 기요세 병원에서 받고 요양 중 완성한 101편의 연작시로 1967년 「주간한국」에 13회에 걸쳐 연재한 시이다. 구상이 현실참여적인 시작의 태도에서 벗어나 자연적 서정이나 서경의 실사實寫에서 인식의 세계를 시화하려한 것을 알 수 있다.

> 밭에서 싹이 난다./ 밭에서 잎이 돋는다./ 밭에서 꽃이 핀다./ 밭에서 열매가 맺는다.// 밭에서 우리는/ 심부름만 한다. — 「밭 일기 1」 전문 —

> 농부가 소를 몰아/ 밭을 간다.// 막혔던 땅의/ 숨구멍이 터진다.// 얼어붙었던/ 가슴이 열린다.// <후략> — 「밭 일기 2」 일부 —

> 내 넓은 가슴의/ 푸른 불꽃이/ 온 천지를 훈훈하게 한다.// 윤 3월 보리밭.
> — 「밭 일기 9」 전문 —

> 누워/ 보는/ 하늘// 높고/ 깊고/ 넓고// 무한無限. — 「밭 일기 32」 전문 —

위의 시에서 알 수 있듯이 사설이나 진술은 설명이 되지 않고 다만 자연의 서경이나 서정이 담담하게 이야기되고 있다.

산문적인 면도 보이지 않고 짧게 끊어 시각적인 의미를 제시하고 있기에 난해한 시에서 벗어난 포멀한 시의 전형을 보여주고 있다.

1970년대의 연작시집인 『까마귀』는 현대물질문명의 사회와 거기서 파생되는 시대상황을 고발하고 비판하며 경고하는 예언자적인 시를 쓰고 있다. 김우종은 70년대 문학의 특징을 다음과 같이 설명하고 있다.

"70년대 문학은 우리 문학사에 있어서 가장 진실하게 현실 속에 접근해 들어가고 70년대의 우리들의 가치관의 변화와 문제점을 고발하고 증언해 나가는 셈이다."[70]

구상은 『까마귀』에서 언어적 아이러니verbal irony 중에서도 패러디parody를 사용하고 있다. "패러디는 특정 작품이나 특정 작가의 특징적인 문체를 흉내 내어 그것을 전혀 맞지 않는 상황에 적용시킴으로써 아이러니컬한 효과를 창출하는 어법이다."[71]

열거와 비유와 의성법과 의인법을 적절히 배합하여 물질만능주의와 배금주의에 젖은 현대인들을 까마귀의 목소리로 우화형식으로 계고하며 여러 가지 부정적인 문제점들을 제시하고 있다.

까옥 까옥 까옥 까옥// 친구여!/ 나는 어쩌면 그대들에게/ 미안하이.// 내가 그대들에게 들려줄 노래사/ 그지없건만/ 오직 내 가락이 이쁜이라서 미안하이.// 까옥 까옥 까옥 까옥

– 「까마귀 1」 전문 –

봄놀이 버스가 들떠서 달리는 고속도로 한복판에 까마귀 한 마리 날아와 앉아 울고 있다.// 까옥 까옥 까옥 까옥// <중략> 까옥 까옥 까옥 까옥// 오산 인터체인지 근처 고속도로 한복판에 까마귀 한 마리 역사轢死를 각오한 듯 나와 앉아 울고 있다.

– 「까마귀 2」 일부 –

고속도로가 상징하는 무한경쟁 속에서 이기적이며 속물근성으로 인간성을 상실한 채 바쁘게 살아가는 현대인들에게 죽음을 각오하고 울부

---

70 김우종, 『순수문학비판』, 서울: 자유문학사, 1989, p. 280.
71 김혜니, 『다시 보는 현대시론』, 서울: 푸른사상, 2006, p. 250.

짖는 까마귀는 시적 화자 자신일 것이다. 그것은 바로 인간에 대한 경고이다.

까옥// 까옥// 까옥// 까옥// 까옥// 까옥//까옥// 까옥// 까옥// 까옥// 까옥// 까옥//까옥// 까옥// 까옥// 까옥// 까옥// 깍// 깍// 칵// 칵// -자네 목소리 쉬었군!// -자네 목소리 잠겼군!

-「까마귀 8」 전문 -

다분히 사설적인 리포트의 시로 목이 쉬게 인간에 대한 경고를 행하는 까마귀의 절규에서 타락한 현대의 윤리의식을 깨닫게 된다.

1980년대를 대표하는 연작시집인 『그리스도 폴의 강』의 60편의 시에서는 강江에 명상과 성찰을 투영하여 존재의 내면적 실존을 밝히고 형이상학적 깨달음의 세계를 추구하였다.

다시 말하면 구상은 강에서 상실된 인간성과 자연을 회복하고자 하는 염원을 표출하였다.

그리스도 폴!/ 나도 당신처럼 강을/ 회심回心의 일터로 삼습니다.// <중략> 당신의 그 단순하고 소박한/ 수행修行을 흉내라도 내 가노라면/ 당신이 그 어느 날 지친 끝에/ 고대하던 사랑의 화신을 만나듯/ 나의 시도 구원의 빛을 보리라는/ 그런 바람과 믿음 속에서/ 당신을 따라 강에 나아갑니다.

-「그리스도 폴의 강」 프롤로그 일부 -

아침 강에/ 안개가/ 자욱 끼여 있다.// <중략> 황금의 햇살이 부서지며/ 꿈결의 꽃밭을 이룬다./ 나도 이 속에선/ 밥 먹는 짐승이 아니다.

-「그리스도 폴의 강 1」 일부 -

산들이 검은 장삼長衫을 걸치고/ 다가앉는다.// 기도소祈禱所의 침묵이 흐른다.// <중략> 나루터에서/ 호롱을 현 조각배를 타고/ 외론 영혼이 저어나간다.

– 「그리스도 폴의 강 2」 일부 –

강이 숨을 죽이고 있다./ 기름을 부어 놓은/ 유순柔順이 흐른다.// 선정禪定에 든 강에서/ 나도 안으로 환해지며/ 화평和平을 얻는다.

– 「그리스도 폴의 강 3」 전문 –

바람도 없는 강이/ 몸시도 설렌다.// 고요한 시간에/ 마음의 밑뿌리부터가/ 흔들려 온다.// <중략> 우리가 사는 게/ 이미 파문波紋이듯이/ 강은 크고 작은/ 물살을 짓는다.

– 「그리스도 폴의 강 4」 일부 –

강에 은현銀絃의/ 비가 내린다. <중략> 강은 이제 박수소리를 낸다.

– 「그리스도 폴의 강 6」 일부 –

5월의 숲에서 솟아난/ 그 맑은 샘이/ 여기 이제 연탄빛 강으로 흐른다.// <중략> 연민憐憫의 꽃 한 송이/ 수련睡蓮으로 떠 있다.

– 「그리스도 폴의 강 8」 일부 –

강에는/ 봄에/ 봄이 흐른다.// <중략> 강에는/ 행복한 이가 오면/ 기쁨이 출렁이고// 고독한 이가 오면/ 시름이 하염없고// 사랑끼리가 오면/ 사랑이 녹아 흐른다.// 강에서/ 자연도 우리 마음도/ 제 모습을 찾는다.

– 「그리스도 폴의 강 13」 일부 –

오늘도 신비神秘의 샘인 하루를/ 구정물로 살았다.// <중략> 나의 현존과 그 의미가/ 저 바다에 흘러들어/ 영원한 푸름을 되찾을/ 그 날은 언제일까?

– 「그리스도 폴의 강 20」 일부 –

강에/ 물이/ 하염없이/ 흐른다.// 저렇듯 무심한 물이/ 어느덧 하늘로 올라가/ 안개가 되고 구름이 되고/ 이슬이 되고 비가 되어서/ 또다시 땅으로 내려온다.// 그리고 이번엔 뭇생명에게 스며서/ 풀이 되고 나무가 되고/ 꽃이 되고 열매가 되고// 새가 되고 물고기가 되고// 짐승이 되고 사람이 된다.// 하지만 그 생물이/ 목숨을 다하면/ 그 물은 소롯이 빠져나와/ 다시 강이 되어/ 여기 이렇듯/ 하염없이 흐른다. – 「그리스도 폴의 강 50」 전문 –

연작시 『그리스도 폴의 강』은 자연의 서경과 서경에서 느끼는 서정이 인생이란 대명제와 연관이 되어 우리 마음의 티끌을 씻어내는 세심시洗心詩의 역할을 하고 있음을 알 수 있다.

1990년대의 연작시집 『모과 옹두리에도 사연이』는 유년기에서부터 70평생에 이르기까지 실존적 삶의 역사적 체험과 정신적 편력을 자전적으로 다룬 90편의 시집[72] 이며 구상의 다음 술회는 시집의 성격을 알 수 있게 한다.

"이 시문집은 나의 생활사生活史인 동시에 정신사精神史요, 나아가서는 현대사의 한 단면이기도 하다. 그리고 나는 이 시문집의 제목이 비유하듯 과일 망신시킨다는 모과처럼 부실한 시인이지만, 그러기에 오히려 삶이 심신 더불어 악전고투의 심연 속에 있었다 하겠고, 그 응어리진 사연이 하도 많아서 모과나무의 무성한 옹두리를 방불케 한다."[73]

그의 말대로 태질하는 역사의 소용돌이 속에서 자기를 지키려고 몸부

72 『모과 옹두리에도 사연이』는 〈현대시학〉에서 1970년 11월부터 1972년 2월까지 9회에 걸쳐 연재하다가 중단되었던 것이 1979년 5월 다시 연재되어 50회(90편)으로 끝을 내었다. 원작은 노경(老境)의 시 중 10편을 추가하여 100편이었으나 현실적인 사정으로 10편은 발표가 보류되었다, 그러나 〈현대문학〉에서 100편의 자전시집으로 1984년 간행되었다.

73 구상, 『모과 옹두리에도 사연이』, 서울: 홍성사, 2002, p. 7.

림치며 상처투성이로 살아온 시인의 모과 옹두리같은 실존적 삶의 체험과 정신적 편력들을 시화한 삶의 궤적이라고 할 것이다.

> 고삐 뀐/ 거품 뿜고/ 침 흘리는 소.// 네 살, 나에게 비로소 있음이/ 예루살렘 여인네가 내민 수건에/ 피땀으로 인印쳐진 사형수死刑囚의/ 바로 그런 소 얼굴.// 묵화墨畵의 산에 미끄럼대로 걸린/ 진노을 황톳길/ 앞 달구지에 얹혀/ 밧줄로 묶인 이조李朝 장롱을 싣고/ 뒤따르던 그 소 얼굴에서/ 나의 새 순은 움트며 흐느꼈다.
>
> –「모과 옹두리에도 사연이 1」 전문 –[74]

> 소신학생小神學生이/ 정월 초하루 아침/ 백설白雪 차림의 황후폐하皇后陛下 사진을/ 신문서 도려 갖고/ 후들후들 변소로 들어섰다.// 창세기創世記의 배암이 온몸을 조여/ 모독冒瀆의 정열을 고름 빼듯 한 후/ 3년 머물던 수도원修道院을 등졌다.// 나는 주의자主義者가 되었다.
>
> –「모과 옹두리에도 사연이 4」 전문 –

위의 시에서 식민지 신학생이 15세 때 환속하고자 소신학교를 탈출하여 사회적 인습에서 벗어나 '주의자'로 되어 일본 황후를 모독하는 장면은 역사적 존재성을 인식한 시인의 깊은 고뇌를 느낄 수 있다.

> 울먹이도록 화창한 적도赤道의 봄./ 미사 경본經本과/ 《빈보모노다가리》[75]를 옆구리에 겹쳐 끼고/ 종일 향방 없이 헤멘다.
>
> –「모과 옹두리에도 사연이 6」 일부 –

---

74 "나는 네 살 때 북한 원산지구의 선교를 맡게 된 독일계 가톨릭 성 베네딕도 수도원의 교육 사업을 위촉받은 아버지를 따라 그 교외인 덕원이란 곳으로 가서 자란다. 이것이 바로 그 이사 때의 기억." 시의 주석과 같이 유년기의 기억을 시화하였다. 장롱을 싣고 뒤따르던 소의 희생과 표정은 베로니카 성녀의 수건에 각인된 예수의 모습으로 비쳐진다. 이것은 바로 시인이 걸어야 할 고난의 길을 암시하였다.

75 미사 경본은 가톨릭 제례용 기도문집이며 빈보모노다가리는 사회주의 경제학자 가와자미 하지무(河上 肇)의 저서인 『가난 이야기』를 말한다.

<전략> 하숙방 다다미에 누워/ 나는 신神의 장례식葬禮式을/ 날마다 지냈으며/ 깃쇼지吉祥寺 연못가에 앉아/ 짜라투스트라가 초인超人의 성城에 오르는/ 그 황홀을 꿈꿨다. – 「모과 옹두리에도 사연이 7」 일부 –

위의 시에서는 시적 자아의 정신적 파탄을 엿볼 수 있다. '자기 증오'와 '하늘의 침묵' 에 고뇌하다가 드디어 신을 장례하기에 이른다. 그것은 프랑스의 모랄리스트인 라 로쉬코우에 심취하게 되는 계기가 된다.

두이노의 비가悲歌와 법화경法華經은/ 나의 무성한 가지에 범신汎神의 눈을 트게 하였다. <후략> – 「모과 옹두리에도 사연이 9」 일부 –

구상이 라이너 마리아 릴케의 '두이노의 비가' 와 '법화경' 을 통해 범신론의 영향을 정신적으로 받게 되었다는 고백이다.

포수에게 쫓기는/ 암사슴 모양/ 할딱할딱 흘러 조이는/ 나의 세월아./ 망치질 두근대는/ 가슴속에는/ 꼬물꼬물 움직이는/ 새 생명 있어/ 간지러움도 두려운/ 낙태落胎의 안간힘.// <후략>

– 「모과 옹두리에도 사연이 15」 일부 –

위의 시는 일제 치하의 간난과 질곡의 세월을 힘겹게 살아간 구상의 정신적 파탄을 알 수 있다.

망국亡國의 쓰라림과 그 설움을 맛보지 않고서/ 이날의 우리의 환희를 어찌 알리야? <후략> – 「모과 옹두리에도 사연이 16」 일부 –

해방 정국을 맞아 구상은 역사의 신에게 감사의 합장을 하게 된다.

<전략> 마침내 시詩에 일곱 가지 낙인烙印이 찍혀/ 칠순 노모와 신혼의 아내를 버리고/ 이 땅에다 이념理念이 만든 '죽음의 섬'을/ 빠삐용처럼 탈출한다.// 38선 한 발 넘어/ 떠오르는 태양 앞에서/ 나는 오르페우스이기를 빌었다.
－「모과 옹두리에도 사연이 18」 일부－

1947년 2월 해방 1주년 기념 시집 『응향凝香』 사건으로 빠삐용처럼 북에서 극적인 탈출을 하게 된 사건을 서술한 자기의 회한에 찬 시이다.

6·25, 그날의 경악과 절망을 맛본 사람은/ 지구의 종언終焉을 맞더라도 덜 당황해 하리라. <후략>
－「모과 옹두리에도 사연이 27」 일부－

구상은 위의 시에서 동족상잔의 비극적 한국전쟁을 시적 체험으로 형상화하고 있다.

조국아, 심청沈淸이 마냥 불쌍하기만 한 너로구나./ 시인이 너의 이름을 부를 양이면 목이 멘다./ 저기 모두 세기世紀의 백정白丁들,/ 도마 위에 오른 고기 마냥 너를 난도질하려는데/ 하늘은 왜 이다지도 무심만 하다더냐.<후략>
－「모과 옹두리에도 사연이 40」 일부－

휴전협상 때의 안타까운 감회를 피력한 시이다.

내가 만일/ 조국을 팔았다면/ 그 앞잡이가 되었다면/ 또 그 손에 놀아났다면/ 재판장님!/ 징역이 아니라/ 사형死刑을 내려 주십시오. <후략>
－「모과 옹두리에도 사연이 47」 일부－

1959년 10월 21에 쓴 시로 소위 '레이더 사건'이란 반공법 위반 사건으로 옥고를 치르게 된 사실을 시로 형상화하였다.

함성/ 함성/ 함성/ 함성/ 함성// 함성이 길을 메운다./ 함성이 거리를 뚫는다.// <중략> 겨레의 뿌리로부터 우러나온 함성/ 겨레의 역사를 이어 오는 함성/ 영원토록 꺼지지 않을 함성/ 소리가 없어도 들리는 함성/ 오오, 4월의 함성이여!
－「모과 옹두리에도 사연이 52」 일부－

농익은 수밀도의 가슴.// 꽃무덤 위에 취해 쓰러진/ 나비.// 멜론 향기의 혀.// 흰 이를 드러낸 푸른 파도에/ 자맥질하는 갈매기.// 수평선의 아득한 눈속.// 원시림 속 옹달샘을 마시는/ 노루.// 에로스의 심연深淵,/ 원죄原罪의 미美!
<후략>
－「모과 옹두리에도 사연이 76」 일부－

구상은 1970년 봄학기부터 1973년 여름학기까지 하와이 대학의 초빙교수로 한국전승문화 강의를 하러 갔을 때의 미국 생활을 「하와이 사생초寫生抄」란 제목으로 발표하였다.

두 이레 강아지만큼/ 신령에 눈 뜬다.// <중략> 출구出口가 없던 나의 의식意識 안에/ 무한한 시공時空이 열리며/ 모든 것이 새롭고/ 모든 것이 소중스럽고/ 모든 것이 아름답다.
－「모과 옹두리에도 사연이 81」 일부－

잡다한 세상사에서 벗어나 신령한 눈을 뜨게 되었으며, 다시 신앙을 회복하게 되는 심회를 시로 표현하였다.

여기는 결코 버려진 땅이 아니다./ 영원의 동산에다 꽃 피울/ 신령한 새 싹을 가꾸는 새 밭이다.// <중략> 죽음을 넘어 피안彼岸에다 피울/ 찬란하고도 불멸하는 꿈을 껴안고/ 백금같이 빛나는 노년老年을 살자.
－「모과 옹두리에도 사연이 90」 일부－

오늘도 친구의 부음訃音을 받았다./ 모두들 앞서거니 뒤서거니/ 어차피 가는구나.// 나도 머지않지 싶다.// <중략> 내세를 진정 걱정한다면/ 오늘서부터 내세를,/ 아니 영원을/ 살아야 하지 않겠는가!

— 「모과 옹두리에도 사연이 97」 일부 —

시방 세계는 짙은 어둠에 덮여 있다./ 그 칠흑 속 지구의 이곳저곳에서는/ 구급을 호소하는 비상경보가 들려온다.// <중략> 여기에 이르면 판단정지!/ 오직 전능과 무한량한 자비에/ 맡기고 빌 뿐이다.

— 「모과 옹두리에도 사연이 100」 일부 —

배금사상과 물질만능주의의 팽배로 인간성이 상실된 현실의 위기상황을되짚으며 경고를 하는 교훈적인 내용의 시로 『모과 옹두리에도 사연이』는 끝맺고 있다.

연작시는 구상의 시가 갖는 중요한 특징의 하나이면서 그의 시가 동일한 주제에서 각기 다른 견해를 피력할 수 있기에 다양성을 확보하게 된 계기가 되었다.

특히 서정적인 시들이 갖는 한계점인 단편성을 극복하기 위한 시의 형태가 연작시라면 구상은 현실과 대상을 다양하게 제시하기 위한 방편으로 연작시를 썼다고 보겠다. 상상과 경험의 폭을 넓히기 위한 구상의 고심이 시로 형상화된 것이 구상의 연작시가 될 것이다.

이야기 시

시인 자신이 개인적 경험이나 사회적 현상에서 진솔하게 느낀 점을 생생한 언어와 과장이나 가식없는 표현으로 담담하게 쓴 시가 이야기

시로 감정의 유로가 걸러지지 않은 채 노출이 되고 있다. 시적인 표현방식에서도 동시대의 문제점과 개인과 개인, 개인과 사회, 사회와 사회 사이에서 느끼는 시적화자의 이야기이기에 정화되지 않은 속되고 거친 언어를 사용하여 시적인 효과를 높이고 있다.

구상은 이야기시집 『저런 죽일 놈』을 쓴 이유를 다음과 같이 밝히고 있다.

> "오직 내가 이렇듯 시에 이야기를 불러들이게 된 나 나름의 연유라면 하나는 시의 주제가 거의 존재론적이요, 형이상학적 인식의 세계이기 때문에 그런 추상적인 관념을 현실적으로 구상화具象化해 보려는 것이요, 또 하나는 격동의 시대를 살아오면서 개인적으로나 집단적으로 너무나 그 체험이 기구崎嶇하기 때문에 이를 한 실존적實存的 삶의 기록으로 남기고 싶기 때문이다." [76]

그래서 구상은 산문시 중에서도 시에 이야기를 삽입한 서사성이 짙은 이야기 시를 썼을 것이다.

> 곤드레가 되어 들어가는 애비에게 두 돌도 안 된 어린 것이 고사리 같은 손을 펼치며
> 「아버지 까까과자」
> 하면 애비는
> 「내일 사다 주께, 많이 내일」
> 밤마다의 핑계며 대답이며 결심이었다.
>
> 오늘도 어저께도 또 내일도 이렇게
> 헤아릴 수 없는 내일이
> 거듭되던 어느 날 밤

---

76 구상, 『저런 죽일 놈』, 서울: 志成文化社, 1988, p. 1.

만드레가 되어 들어간 애비를
보고도 아들은 에미에게 메달린 채 칭얼만 거리는 것이어서
에미의 고만 한다는 소리
「아빠보고 까까 달래라」
하였더니 어린 것
「아빠 까까 내일, 까까 내일」
하고 울음보를 터뜨리는 것이었다.

볼꼴없이 침대로 기어오르던 에비도

「바램도 없는 내일」에
지쳐 그만 누구도 모르게 울고 마는 것이었다.

－「까까와 내일」 전문－

위의 시는 구상 이야기 시집인 『저런 죽일 놈』의 모두에 나오는 시로 시에 이야기를 담은 서사성이 짙은 작품이다. 아버지와 아들의 대화에서 기약없는 내일을 기약하는 현실의 참담함이 잘 나타나고 있다. 이와 같이 구상은 시에 추상적 관념을 현실로 구체화하기 위해 이야기 시로 주제를 형상화하고 있다.

구상은 이야기 시에서 자연의 서경이나 서정, 시각적 이미지를 중시하는 전통적인 운율의 차용 등에서 벗어나 비시적인 시의 전형을 보여주고 있다고 하여도 좋을 것이다.

고답적이고 형식적인 시의 전형에서 탈피하여 시의 표현 속에 시상, 시정, 시흥이 녹아 있는 자유시를 추구하고자 한 시인의 의도적인 시가 이야기시일 것이다.

산문적인 시

시적인 내용을 산문적인 형식으로 표현한 시를 산문시라고 한다. 곧 리듬이나 정형성에 대한 지향작용이 나타나 있지 않은 글이 산문이라면 산문체의 서정시로 운이나 리듬을 갖지 않는 시를 산문시로 정의할 수 있다. 다시 말하면 서정시가 가지고 있는 대부분의 특징을 가지고 있지만 산문의 형태로 쓰여진 시를 말한다.

산문시는 시행을 나누지 않는다는 점에서 본다면 자유시와 다르다. 산문시는 정형시처럼 겉으로 드러나는 외재율을 갖지 않거나 자유시와 같이 내재율을 뚜렷이 갖지는 않지만 형식적으로는 산문이고 내용적으로는 시적인 요소들을 갖고 있다고 하겠다.

대체로 산문시는 리듬의 단위를 행에다 두지 않고 한 문장, 나아가 한 문단에 두고 있기에 행과 연의 구분이 없이 줄글로 되어있다는 형식상의 특징을 삼을 수 있다.

비유 중에서도 은유와 상징의 표현법이 많이 보이는 경우가 많다고 하겠는데 구상의 경우에는 산문적인 시가 많이 보인다고 하겠다. 특정한 운율이나 조형미가 두드러지지는 않지만 시정신이나 시적 아름다움은 은연중에 느낄 수 있다.

구상은 겉으로 드러나는 직접적인 리듬이나 운이 없어도 마음속에서 교감되는 서정이나 의식을 시적 긴장과 운율에 담아 서정성이 농후한 작품을 산문적인 형식의 시로 표현하였다.

> 어둡다고요. 아주 캄캄해 못살겠다구요. 무엇이 어떻게 어둡습니까. 그래 그대는 밝은 빛을 보았습니까. 아니 생각이라도 하여 보았습니까. 빛의 밝음을 꿈꿔도 안 보고 어둡다 소리소리 지르십니까. 설령 그대가 낮과 밤의 명암明暗에서 광명과 암흑을 헤아린다 칩시다. 그럴 양이면 아침의 먼동과 저녁노을엔 어찌 무심하십니까. 보다 빛과 어둠이 엇갈리는 사정은 노상 잊으십니

까. 되레 어둠 뒤에 가리운 빛, 빛 뒤에 가리운 어둠의 의미를 깨치셔야 하지 않겠습니까. 그제사 정말 암흑이 두려워지고 광명을 바라게 될 것이지, 건성으로 눈감고 어둡다 어둡다 소동을 일으킬 것이 아니라 또 건성으로 광명을 바라고 기다릴 것이 아니라 진정 먼저 빛과 어둠의 얼굴을 마주 쳐다봅시다. 빛 속에서 어둠이 스러질 때까지.

–「초토의 시 12」 전문 –

전쟁으로 초토화된 현실에서 구상은 밝은 빛으로 표상되는 진정한 평화를 바라고 있다. 절망적이고 암흑과 같은 현실이 아무리 어렵더라도 좌절하지 않고 광명의 의미를 소망하며 찾자고 한다.

이 시에서는 자유시처럼 리듬의 반복적인 요소를 발견할 수 있다는 점에서 그 흐름이 불규칙적이고 무질서한 산문과 구별이 된다고 하겠다. 의미의 강조에 의한 정서의 강렬성과 상징과 이미지가 서로 호응하고 있다는 점에서 산문과 쉽게 차이점을 발견할 수 있다.

김윤식이 구상의 시를 다음과 같이 논하고 있음은 주목할 필요가 있다고 보겠다.

"즉 그의 시는 지나치게 윤리적 주체가 시적 표현을 압도하고 있는 형국으로 보이는 것이다. 말초신경적 내부 이미지에까지 채 도달해보지도 못했고 동시에 사회주의적 현실주의에까지 도달되지도 않은 자리에서, 두 가지를 미리 통합해 버린 형국으로 우리에게 보이는 것이다.

아마도 그는 일부러 그런 태도를 취하는 것처럼 보인다. 철저히 기교를 거부함으로써 사람들로 하여금 <비시적非詩的이다>라는 외침이 도처에서 들려오기를 고대하고 있는 것처럼 우리에게 보인다. 마치 그것은 온갖 기교를 사용하여 비시적非詩的이고자 했던 이상李箱의 경우만큼 장관이라면 장관이라 할 것이다.

왜냐면 구상具常에겐 생활인으로서나, 신앙인으로서나 시인으로서나 그 모두보다 윗길에 놓이는 자리가 따로 있기 때문이다. 즉 『가령 눈부신 시를 써서 온 세상에 빛난다 해도』 『산해진미山海珍味로 구복口腹을 채운다 해도』

『날고기는 재주를 지녔다 해도』… <너의 안에 온전한 기쁨이 없다는 것>을 그는 깨닫고 있는 것이다." 77

사회적 현상이나 이상을 설정하기 위해서는 운문보다 산문이 더 필요한 수단과 기능이 될 수 있을 것이다. 운율이나 심상 등의 형식적인 면보다는 내용적인 면이 호소력과 설득력을 갖기 때문일 것이다.

특히 지적이고 사상적인 시에서는 산문이 더 형이상학적 표현의 효과를 갖기에 사색적인 면을 부각시킬 수 있다. 구상의 시는 순수 서정의 세계를 노래하기보다 현실과 역사성에 토대를 둔 시세계가 주류를 이루기 때문일 것이다.

"나의 시는 그 출발부터가 우리 시단의 통념으로는 그 주제면에서나 형상성면에서나 이질적이었다고 하겠다.

단적으로 말해 자연서정이나 서경, 인간의 정한이나 심회를 시의 유일한 주제로 삼고, 또한 외형적 줄떼기나 그 운율만을 시의 음악성으로 여기고, 시각적 심상만을 추구하던 우리 시단에서 존재에 대한 인식이나 역사의식, 나아가서는 형이상학적 세계를 주제로 하고 한편 그 표상에 있어서도 외재적인 운율이나 시각적 심상보다 내재적인 선율이나 논리적인 심상을 나는 추구해 왔던 것이다. 그래서 일반적으로 통념화된 시형이나 시어, 운율 등의 의도적인 기피, 배제, 파괴 등을 일삼고 나 나름의 새로운 시도를 보임으로써 때로는 비시적非詩的이라는 평판을 감수해야만 했었다. 그렇다고 이 자리에서 저러한 나의 시의 변호나 주장을 펼쳐 보이려는 것이 아니라 저렇듯 외롭다면 외로왔던 나의 40년간의 에토스적인 시의 세계와 그 작업을 이제 막상 집성集成하게 되니 감회가 없지 않아서다." 78

---

77 金允植, p. 125.
78 구상, 『구상 시 전집』, p. 16.

구상은 시를 통하여 존재에 대한 의미를 부여하며 성찰하는 시를 추구하였기에 주제의식이 강하다고 할 것이다. 구상의 시는 대체로 기교적인 시의 파격성을 산문시로 확보하였기에 비시적인 면이 강하다고 할 것이다. 또 사상적 요소를 감각적 체험의 요소보다 더 중시하는 면이 강한데 그것은 작가의 문학관을 엿보게 한다고 할 것이다.

극화된 시

연극적인 내용을 시의 형식을 빌어 나타내거나 극적인 수법을 사용하여 쓴 시를 흔히 극시劇詩라고 한다.

구상의 시에 나타나는 또 하나의 형식적 특성은 극화된 시가 보인다는 점이다. 대체로 형식상 시의 종류에서 서정시가 현재에 포함되는 감정을 중시하고 유동적이라면 서사시는 과거의 사건에 연관되어 정지적인데 반하여 극시는 미래로 연장되는 행동이나 인간 생활의 모습을 표현하는 종합적인 것을 특징으로 한다. 그래서 현대시에는 시극으로 그 형식을 가지고 있다. 또 극시는 무대에서 상연해서 극적인 효과를 낼 수 있는 것과 그렇지 못한 채 글로 읽기에 적당한 것이 있는 데 앞의 것은 시극이라고 한다.

이현원은 극시를 설명하면서 "시극은 시의 무대화, 혹은 입체화를 위한 시로서 그 전체적 표현은 시적 정신으로 일관되어 있다."[79] 고 하여 극시와 시극의 개념상의 차이를 규명하였다.

> "극시劇詩, dramatic poetry는 희곡적연극적 내용을 포함하는 시를 말한다. 좁은 의미로 극劇의 형식을 취하거나 혹은 극적 수법을 사용한 시詩이다. 극적 효

79 이현원, "한국 현대시극 연구", (박사학위논문, 계명대학교, 2002), p. 217.

과는 다이알로그, 모놀로그, 블랜트 버스, 긴박한 시츄에이션 등을 사용하여 이루어진다. 드라마틱 모놀로그도 그 일종이다. 본디 희곡으로 씌어진 것이 아니므로 상연上演하기에는 적합하지 않으며, 읽기 위한 것이다." 80

그러나 극시는 논리적으로 시적인 목적을 이루기 위한 수단으로 대체로 극적 형식이나 극적 기교의 요소들을 사용하는 시에 한정이 된다고 하겠다.

"시로서는 형상화할 수 없는 자신의 사물에 대한 본질적 인식이나 그 논리, 즉 사상을 구상적具象的으로 표현하기 위하여 희곡이나 시나리오를 써 보기로 한 것이다. <중략> 하지만 이번에도 그렇듯 그 작품들을 한 권으로 묶으면서 되읽고 느끼는 바지만 이 속에 담긴 존재나 당위當爲, 즉 '왜 사느냐?' '어떻게 사느냐?' 의 근원적인 물음에 대한 나의 삶을 통한 해답思想이 전부 들어 있다고 하겠고, 또한 나 나름의 '오늘서부터 영원을 사는 길' 이 제시되어 있다고나 하겠다." 81

상기의 고백과 같이 구상은 희곡 「땅 밑을 흐르는 강」, 「황진이」, 「수치」와 시나리오 「갈매기의 묘지」, 「단군」을 써서 존재론적 인식과 논리를 형상화하였다고 하겠다.

구상은 시에서도 극화의 성격을 빌어 사상과 감정을 표출하고 있다.

논픽션적인 스토리를 차용한 대표적인 시는 「초토의 시 2」와 「초토의 시 17」이다.

제 먹탕으로 깜장칠한 문어 한 마리를 무릎에 싸안고서 어르고 있는 광경이라면 모두 웃음보를 터치리라.

---

80 장백일 외, 『문학개론』, 서울: 대방출판사, 1982, p. 121.
81 구상, 『황진이』, 서울: 백산출판사, 1994, p. 1.

그러나 앞자리의 마주 자리잡은 나의 표정은 굳어만 갔다.

"정식아! 봒지 마아, 빠빠에게 가면 까까 많이 사 줄게."

이건 또 너무나도 창백한 아낙네가 정식이라고 이름 붙은 검둥애에게 거의 애소에 가까운 달램이었다.

자정도 넘은 밤차, 희미한 등불 아래 손들의 피곤한 시선은 결코 유쾌한 눈짓이 아니었고 칭얼만 대는 검둥애의 대가리와 울상이 된 그 엄마의 하이얀 흑백의 모자상母子像을 보다 못해 호주머니를 뒤져 전송 나왔던 친구가 취기 반으로 사주던 '해태캐러멜'을 꺼내 까서 녀석에게 넌지시 권해 본다.

아니나 다를까, 적중이었다. 녀석은 흑요석黑曜石보다도 더 짙은 눈을 껌뻑이며 깜장 손으로 냉큼 잡아채어 입에 넣더니 제법 의젓해지지 않는가.

두 개, 세 개, 네 개, 이제는 아주 나의 무릎으로 슬슬 기어오르며 이것만은 차돌같이 흰 이빨을 드러내어 웃어 반기는 것이다. <후략>

– 「초토의 시 2」 일부 –

위의 시에서는 사실적인 미를 추구하기 위한 방편으로 1인칭 관찰자 시점에 의하여 극적인 구성을 사용하고 있음을 알 수 있다.

대화 형식의 시

과거의 시는 노래하는 시라면 현대의 시는 생각하는 시라고 할 수 있다. 즉 과거의 시들이 리듬에 주로 의지하였다면 현대의 시는 시인의 상상력이나 의식을 동원하여 심상으로 표출되고 있다는 말일 것이다.

사상의 원형이라고 말하는 대화를 통하여 사색하게 하고 외면화된 대화를 시에서 자각적으로 차용한 것은 구상의 말과 같이 비시적인 단면의 제시라고 하겠다. 시인의 사상과 정서를 독자와 상호 교감할 수 있는 방법적인 표현법의 하나로 대화를 통해 전달하려는 것은 시의 변형과 독창적인 기법으로 보겠다. 아래의 글에서 볼 때 대화시는 시사에서 일정부분을 차지하고 있다고 할 것이다.

"로마의 시인 호라티우스의 풍자문과 서간문에서 유래한 것으로서 시와 산문의 중간 형태를 취하는 장르이다. 18세기 말까지 대화 시는 그 독특한 특성으로 말미암아 특히 워즈워스와 콜리지의 사랑을 받았다. 워즈워스의 시 「충고와 응답」과 「뒤집혀진 계율」은 비록 무운시를 매개체로 삼고 있으나 모두 대화시의 범주에 포함된다. 또한 그의 시 「틴틴 사원」 역시 대화시의 범주로 분류된다." 82

구상은 고독의 사색이라는 자신을 상대로 하는 대화와 사회 안에서 통용되는 타인과 나누는 대화의 방법을 사용하여 시의 다양성을 기하였다. 연작시 「초토의 시」는 대다수가 대화를 시에 차용하여 사실감의 제시와 현장감을 제시하여 시적 긴장감을 주고 있음을 알 수 있다.

동란이 멈칫한 어느 전선 전초고지의 참호 안, 임무를 교대한 우리 사병들과 흑인 병사 서너 명이 막걸리판을 벌이고 있다.

어지간히 얼근들 해진 그들은 '드링크' '오케이' '땡큐' 등 반쪽 말을 범벅꿍해서 질탕인데 그 중 흑인 병정 하나가 우리 병사 하나를 껴안고 무엇이라고 연성 지껄이며 애타하니까 자기 옆 전우의 덜미를 붙잡아 돌리며,

사병: 야, 학병, 너 이 깜둥이 새끼가 나보고 뭐라카는지 통역 좀 해 봐라! 나보고 좋다카는 건 분명한디 말이다.

학병: 그 자식도 취해서 그저 개소리, 쇠소리, 말소리 내는 거지! 뭐 별소리 있겠나?

하면서 흑인 병정을 향해

---

82 이정일, 『詩學事典』, 서울: 신원문화사, 2000, p. 161.

학병: You say once more.

흑인: You know, we differ each other in nationality, race, homeland, parents, and the skin and so forth.

You know, we differ each other in many respects. 〈후략〉

– 「난중시초 14」 일부 –[83]

"어디를 혼자 가요?"

새끼줄을 쳐 놓은 입구에 젊은이 하나가 험상스런 인상을 쓰면서 가로막았다.

"투표하러!"

"삼인조三人組를 짜 가지고 오시오!"

"나는 혼자 할라요!"

"이 양반이? 혼자는 안 된다니까! 저기 조장組長님하고 상의하시오!"

라고 가리키는 사람의 팔에는 '자유당' 이라는 완장이 붙어 있었다.

"나는 무소속이라서…"

"여러 말 말고 가서 조組를 짜 가지고 오시오!"

마구 떼미는 바람에 나는 그대로 나오면서 비분悲憤의 울음이 아니라

실성失性한 사람처럼 홍소哄笑를 터뜨렸다.

이날 밤, 마산에서 4·19의 첫 횃불이 올랐다.

– 「모과 옹두리에도 사연이 51」 전문 –

위의 시는 특이하게 대화로 시를 구성하여 시적인 긴장감을 조성하여 문장의 탄력성을 갖추고 있다.

---

83 이 시는 「모과 옹두리에도 사연이 39」에도 동일하게 나온다.
84 이지훈, 『예술과 연금술』, 서울: 창비, 2007, p. 118.

이미지 중심 시

심상은 우리의 미의식을 자극하고 정서를 유발하는 기능을 지닌다. 시는 우리에게 정서적 반응을 불러일으키고, 우리는 이것을 통해 시적 체험을 경험하게 된다. 그래서 시인은 자신이 직접 또는 간접으로 경험하였던 체험이나 감각을 독자에게 생생하게 전달하기 위해 언어를 통해 감각화하게 된다. 이것이 이미지이며 이것은 신체적인 지각 작용이 마음에 불러일으키는 사물의 감각적 영상이 되며 이것은 함축, 영상, 환기의 작용을 한다. 그리고 시인은 새로운 의미를 획득하기 위해 비유나 상징의 방법을 사용한다.

구상은 더욱 풍부하고 구체적인 표현을 위해 심상을 사용하여 표현의 효과를 높였는데 대상을 더욱 아름답고 정확하며 간결하게 표현하여 생생하게 생각과 느낌을 전달하고 있다. 물론 심상은 일상언어에서도 많이 사용되지만 특히 시에서는 매우 중요한 역할을 한다고 하겠으며 시와 독자, 시인과 독자를 생생하게 연결시켜주는 것이 시적 이미지이고, 바로 이와 같은 점에서 현대시에서는 이미지의 중요성이 강조되어 진다고 할 수 있다. 형식인 언어와 내용인 객관적 대상이 하나가 될 수 있는 표현수단은 이미지가 된다. 내용의 이해를 위해서는 이미지 중에서도 시각적 이미지가 중요한 수단이 된다면 바슐라르도 『불의 정신분석』에서 시각적 이미지를 중요하게 생각된다.

"매우 무의미한 은유를 온통 현실로 만드는 어떤 정신상태가 있고, 우리는 그 정신상태에 대한 예를 들어보고자 했다. 과학정신은 여러번 구조를 바꿔왔다. 그 결과 실제로 과학정신은 의미의 수많은 전위transposition에 익숙해져, 자기표현에 스스로 희생되는 일이 적다. 모든 과학 개념은 다시 규정되었다. 의식conscience의 생활에서 우리는 단절되었다. 시초 어원과 직접 닿아있지 않다. 그러나 선사의 정신, 더욱이 무의식은 사물에서 말을 분리하지 않는다." 84

바슐라르는 언어와 사물의 일치를 말하기 위해서 이미지 중에서도 시각적 이미지를 강조하고 있다고 하겠다.

연작시 「까마귀 8」에서는 청각의 심상을 이용하였기에 포멀리스트라고 하는 그의 형식상의 특징과 개성이 잘 드러나고 있다.

까옥
까옥
까옥
까옥
까옥
까옥
까옥
까옥
까옥
까옥
까옥
까옥
까옥
까옥
까옥
까옥
까옥
깍
깍
칵
칵
–자네 목소리 쉬었군!
–자네 목소리 잠겼군!

구상은 사실감을 제시하기 위해 의성부사를 사용하였다. 시의 교훈적 목적을 염두에 두고 현실을 풍자하였는데 물질문명에 가치관이 도치된 난세를 안타까워하여 '까옥 까옥' 하고 울다가 목이 쉬어 깍 깍 우는 까마귀의 절규를 알 수 있다. 그러다가 목소리가 잠겨 '칵 칵' 우는 시적 화자 자신의 심경을 의성어로 토로하였다. 종縱으로 까마귀의 절규를 청각적 언어인 '까옥'과 '깍'과 '칵'으로 시각화하여 표현한 시인의 의도는 처절하기까지 하다.

시각적 심상을 시에 차용한 예는 아래 「초토의 시 21」에서도 잘 나타나고 있다.

][→ BRIDGE OF NO RETURN

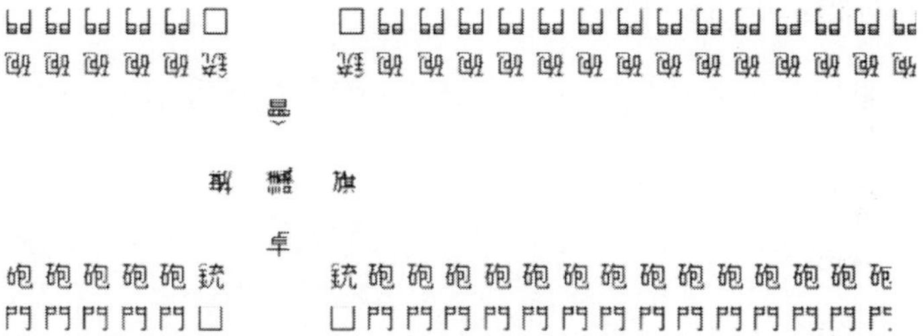

* 砲門 20은 作者의 純全한 상상에 의한 휴전선의 사단 배치수임.

* BRIDGE OF NO RETURN은 <돌아오지 않는 다리>.

아군과 적군의 피아간 대치상황을 시각적 심상을 사용하여 생생하게 전달하고 있다. 여기서 우리는 휴전중인 한반도의 긴장상태를 인식하게 된다.

위의 시는 언어가 없이 일촉즉발의 위기 상황을 묘사하고 있다. 구상 시의 한 특징인 포멀formal한 면을 제시하고 있다. 이와 같이 구상은 형태

속에 감춰진 침묵의 세계, 즉 언어가 없는 세계를 시로 형상화하여 통념화된 정통적 시론에 배치된 시론을 창조하였다.

다음의 시 「가을 병실病室」은 시각적 심상을 시에 인용한 구상의 대표적인 시이다.

가을 하늘에
기러기 떼 날아간다.
내 앓는 가슴 위에다
긴 그림자를 지으며
북으로 날아간다.
한 마리 한 마리 꼬리를 물듯이
직선을 그으며 날아간다.

팔락
 팔락
  팔락
   팔락
    팔락
     팔락
      팔락
       팔락
내 가슴 공동空洞에 내려 앉는다.

  도
  레
  미

파
솔
라
시
마지막 한 마리는
내가 붙잡았다.

팔딱
팔딱
팔딱
내 가슴이 뛴다.

끼럭
끼럭
끼럭
내 가슴이 운다.

끼럭
끼럭
끼럭
하늘이 운다.

끼럭
끼럭
나는 놓아 보낸다.

혼자 떨어져 날으는 뒷모습이

나 같다.
가을 하늘에
기러기 떼 날아간다.
나의 가슴에
평행선을 그으며 날아간다.

구상은 감각 기관의 자극 없이 의식 속에 떠오르는 인상인 심상心象을 "어떤 말을 듣거나 읽고 마음속에 떠오르고 떠올리는 사물의 모습을 일컫는 것이다."[85] 라고 하면서 시란 심상을 적절하게 합목적적으로 구성한 것이라고 하였다.

장도준은 시에서 이미지의 중요성을 다음과 같이 정의하고 있다.

"리듬과 함께 시에서 가장 중요한 요소의 하나인 이미지는 이와 같이 우리의 감각을 자극하여 세계를 풍요롭게 대면하도록 하고, 상상력을 불러일으키는 중요한 역할을 한다."[86]

시에서 쓰이는 이미지는 회화적이고 시각적인 것, 청각적인 것, 후각적인 것, 미각적인 것, 촉각적인 감각기관의 모든 요소를 사용하여 표현의 효과를 높인다고 할 것이다.

구상은 심상을 감각기관을 매개로 한 감각적 심상과 지적 정신의 소산인 논리적 심상으로 나누었는데 "특히 사물에 대한 신선한 감성과 깊은 인식이 없이는 매력이 있는 이미지를 창조할 수가 없다"[87] 고 보았다.

위의 시에서도 문자의 속성 중 형태를 중시하는 형태주의적 시도가 잘 나타나있다. 가을 하늘에 나는 기러기를 오브제로 하였는데 기러기

85 Ibid., p. 103.
86 장도준, 『現代詩論』, 서울: 태학사, 1999, p. 103.
87 구상, p. 124.

가 나는 모습을 '팔락' 이라는 사선으로 적절히 배열하여 시각을 통하여 받아들인 인상이 독자의 심리나 정서에 호소하고 있다.

구상은 자기의 주관적이고 복합적인 정서를 함축적으로 드러내기 위해 추상적 관념들을 감각화하고 구체적으로 시에 표현하였다.

구상의 시에서 특이하게 사용된 심상은 논리적 심상일 것이다. 감각적 심상은 시인들이 자주 시에서 사용하지만 구상과 같이 시의 주제가 대부분 존재에 대한 분석이라든지 형이상학적 인식의 세계와 같은 관념적일 때는 감각적 심상으로는 표현의 극대화를 기할 수 없을 것이다.

다음의 시는 나라는 존재에 대한 인식을 표상화한 시로 유사한 이미지를 차용하여 존재의 이미지를 참신한 인식과 날카로운 인식으로 나타내고 있다.

내 안에 사지四肢를 버둥거리는
어린애들처럼
크고 작은 희로애락의
그 보다도

미닫이에 밤 그림자같이
꼬리를 휘젓는 육근六根이나 칠죄七罪의
심해어深海魚보다도

<중략>
보다 더 큰
우주 안의 소리없는 절규!
영원을 안으로 품은 방대厖大!
나.

– 「나」 일부 –

구상의 시에서는 대체로 시와 시론에 비추어 보건대 몇 가지 형태상 특징을 살펴보면

첫째, 연작시의 형태를 취한다는 점이다.

자기 시 세계의 확립을 위한 하나의 표현상의 효과를 노리기 위하여 사변적인 연작시의 형태를 취하여 집중적으로 실재와 실상의 주제를 탐구하는 과정의 하나였다고 볼 수 있다.

연작시들은 한정된 시형식에서 당시대의 갈등과 부조리와 불합리와 시대상 등 사회의 현실과 삶의 양상을 사실적으로 심도있게 다각도로 표현할 수 있기에 연작시의 특성을 효과적으로 활용하기 위한 하나의 방편으로 사용되고 있다고 하겠다. 결국 구상의 말을 참조하면 인식의 영역을 확대시키기 위한 표현방법의 하나가 연작시일 것이다.

둘째, 일상언어와 비어와 속어를 시어로 사용하여 거리감이 없이 사실적으로 이해하기 쉽게 표현하였다. 이러한 평이한 시어를 사용하여 시가 고답적이며 과장적이지 않고 진솔하게 시적인 의미를 전달할 수 있으며 의성어와 의태어의 중복된 사용으로 시가 생동적이고 이미지화한 반면 너무 고루하다고 할 것이다.

그러나 구상의 시는 존재와 현상의 형이상학적인 세계를 시화하였기에 깊은 사유를 요하며 인식의 특이성을 가진다.

셋째, 비시적이며 다분히 산문적인 면이 많다는 점이다. 구상은 『구상 시 전집具常 詩 全集』 「책머리에 몇 마디」란 서문에서 이렇게 말했다.

"나의 시는 그 출발부터가 우리 시단의 통념으로는 그 주제면에서나 형상성면에서나 이질적이었다고 하겠다. 단적으로 말해 자연서정이나 서경, 인간의 정한이나 심회를 시의 유일한 주제로 삼고 또한 외형적 줄떼기나 그 운율만을 시의 음악성으로 여기고, 시각적 심상만을 추구하던 우리 시단에서 존재에 대한 인식이나 역사의식, 나아가서는 형이상학적 세계를 주제로 하고 한편 그 표상에 있어서도 외재적인 운율이나 시각적 심상보다 내재적인 선율이나 논리적인 심상을 나는 추구했었던 것이다. 그래서 일반적으로

통념화된 시형이나 시어, 운율 등의 의도적인 기피, 배제, 파괴 등을 일삼고 나 나름의 새로운 시도를 보임으로써 때로는 비시적非詩的이라는 평판을 감수해야만 했었다." 88

상기의 글에서 알 수 있듯이 인식과 역사의식, 형이상학적 주제의 표출을 위해서 비시적이 될 수밖에 없었으며 존재론적 인식으로 인한 관념적인 한계를 벗어나지 못함은 격변기 우리 사회가 지니고 있는 사회적인 현상을 시에 차용하였기 때문일 것이다.

복잡하고 다변적인 현대의 시에서 다원적인 현실을 시에 반영하기는 어렵다고 할 때 분석적인 기능이 점차 확대되어 가는 시에서 산문화는 필연적인 결과가 될 것이다.

넷째, 일반인이 이해하기 힘든 전고典故와 한자어휘 등의 관념적이고 형이상학적인 시어를 사용하여 시의 품격을 높이려 하였다. 이것은 전거典據가 될만한 옛일예, 성경의 고실故實을 시에 인용하여 명상과 사색을 요구하지만 형이상학적인 주제를 표출하려는 작의적인 시작 태도로 본다.

그러나 구상의 시 세계를 관념으로 몰아가서는 안 된다. 왜냐하면 체험에 바탕을 둔 현장성의 확보 때문이다.

그의 시론은 시 창작에 있어서 실제로 부닥치는 문제들인 시에 쓰인 언어와 비유, 심상과 제재와 주제, 영감과 표현력과 형이상학적 인식과 사회 현실과 관찰력과 상상력을 중요시하고 있다고 하겠으며 이것이 구상 시의 특징이 될 것이다.

---

88 구상, 『구상 시 전집』, p. 16.

피앓이에 · 밤 그림자 같이

모질음 휘젓는 六根이나 七罪여

[illegible] 보았는

동이를 꺾 無明을 지나

衆生아 業報의 비암씨

날려 썼는 苦海慶으로

둥그시 거름으로 녹아 흐르는

마음을 같이 마삭거려는

제3장

비판적 현실인식과 이상주의적 세계관

1. 비극적 현실인식과 극복의지

시인은 시를 창작할 때 시대적인 현실과 시를 통해 나타내려는 이상 즉 영원 사이에 처하게 된다. 시를 비롯한 대다수의 문학 작품이 랑그 langue와 파롤parole의 구조체라면 독자가 접하는 매개체는 구체적인 작품인 파롤일 것이다.

물론 구체성을 나타내는 파롤이 관념화된 것도 있고 추상화된 것도 있을 수 있다. 그러나 언어의 구조적인 표현인 시에서는 크게 보면 현실과 영원의 상호관계 속에서 작가의 사상과 정서를 독자는 느끼게 된다.

구상은 해방정국과 한국전쟁이란 민족사적 간난과 시련의 격동기를 체험하였기에 현실적인 딜레마와 갈등이 심각할 정도로 의식을 지배하였으리라고 추측된다. 구상은 역사적 삶의 문제 즉 동존상잔의 비극, 독재정권의 횡포, 민주화의 갈등과 소외된 소시민들의 애환, 근대화의 여파로 파생된 각계 각층의 불균형 등을 좌시할 수 없는 강직한 시대정신을 시에서 표출하게 된다.

그것은 문학이 역사적 삶의 문제에 뿌리를 두고 있기에 가능하였을 것이다. 문학이 현실과 유리되지 않고 현실 문제를 시에서 다룰 때 문학은 보다 문학다운 생명력을 획득할 수 있을 것이다.

시인이 살았던 사회가 안정될 때도 있었지만 대체로 변화와 갈등의 연속이었기에 시인의 내면의식은 다변적이었을 것이다. 물론 현실과 타협하여 현실에 안주할 수도 있었지만 구상은 현실의 불균형과 부조화를 수용하며 일반의지를 객관화하려는 시도를 하였다.

사회구성원간의 가치합의 보다는 이념에 의한 대립과 반목, 지배와 피지배간의 수직관계, 가진 자와 그렇지 못한 자 사이의 배타적인 이질감에 의한 갈등 등 복잡다단한 현대사회의 단면을 외면하지 않고 시로 육화시킨 시인의 현실의식을 파악하는 것은 그의 시를 분석하는 첩경이 될 수 있을 것이다.

왜냐하면 기록과 반성의 우리 역사에서 시인은 주체적인 현실의식을 가지고 발전적 방향을 선도할 수 있는 역할을 하기 때문이다. 우리는 문학의 기능인 교훈설에 바탕을 두고 구상의 시를 정밀하게 분석하여야 시대적 갈등과 고뇌를 파악할 것이기 때문이다. 그런 바탕에서 우리는 올바른 시인의 이해와 시인의 가치에 대한 올바른 평가를 하게 되며 아울러 반성의 계기를 가질 수 있을 것이다.

전쟁의 참상과 분단현실

『초토의 시』는 1956년 전 15편의 연작시로 발표되었다가 1975년 발간된 『구상문학선』에서 10편으로 압축, 개작하여 재배열하였다. 구상 시집 『까마귀』홍성사, 1981 제5부 「난중시초」를 합하여 다시 전全 25편으로 개작한 것은 결국 '관입실재觀入實在' 와 '존재와 시정신의 발견' 이라는 그의 시 정신과 밀접한 연관성을 갖고 있다고 보여진다.

1950년 한국전쟁은 강대국의 약소국에 대한 지배체제가 빚은 동족상잔의 참화였다. 얄타회담에 의한 신탁통치 가결안에 따라 38선을 경계로 미·소 양대국의 분할체제로 대립된 이념의 논쟁에서 빚어진 민족의 대결양상이 미증유의 참화로 빚어진 참상이었다. 구상은 전쟁의 참화로 초토화된 국토에서 민족의 갈등과 대결을 회고하고 참회하는 심정을 시로 형상화하였다. 마치 임진왜란의 종전 후 서애 유성룡柳成龍이 『懲毖錄』을 써서 7년 전쟁의 시말을 서술하면서 지나온 간난艱難의 역사를 되돌아보며 반성하고 역사의 교훈으로 삼고자 했던 것과 같다.

이승훈은 한국전쟁이 시에 투영된 양상을 다음과 같이 분석하였다.

> "한국전쟁시의 세 樣相은 첫째로 건강한 生命愛를 노래 부르는 「초토의 시」, 그 휴머니즘 系列과, 둘째로 一切의 觀念의 틈입을 용서할 수 없는 참담한 極限狀況으로서의 「ONE WAY」의 시, 그 냉혹한 生存確認 系列, 그리고 끝으로 전쟁과 나 사이에 어느 정도 距離를 두고 전쟁의 의미를 理解하려는 「그 神은 너에게 沈默으로 答하리라」의 시, 그 존재론적 系列이다 라고 이제 한번 더 쓸쓸하게 고백하자." 89

구상은 한국전쟁을 분기점으로 민족에 대한 각별한 관심과 애정의 시각을 갖는데 그것은 선구적인 역사안목 때문일 것이다.

특히 연작시인 「초토의 시」는 미증유의 민족상잔인 한국전쟁이란 절망적인 체험을 통하여 현실의식을 문제시한 문학이 추구하는 '해체의식과 고발의식' 90을 시로 수용하여 공감대를 형성하였다는데 문학적인 의의를 갖는다.

"피흐르는 현실에 대한 연대적 고민의 십자가를 진 시인詩人의 통고적通告的 자세" 91를 표상한다고도 하는데 구상의 시에는 비극적인 현실 인식과 구원에 대한 소망이 잘 나타나 있다.

---

89 李昇勳, p. 66.
90 이철범, "현대를 사는 시인", 『현대와 현대시』, 서울: 문학과 지성사, 1977, p. 32.
91 김봉군, 〈구상의 「초토의 시」 硏究〉 p. 20.

판잣집 유리딱지에
아이들 얼굴이
불타는 해바라기마냥 걸려 있다.

내려쪼이던 햇발이 눈부시어 돌아선다.
나도 돌아선다.
울상이 된 그림자 나의 뒤를 따른다. -「초토의 시 1」 일부 -

전쟁으로 집이 파손되고 판자로 지은 집에서 생활하는 가난한 삶의 아이들 모습에서 우리는 절망의 그림자를 발견하게 되고 그들의 모습에서 울음을 삼키게 되는 시적 화자의 모습에서 우리는 전쟁의 아픈 상처를 발견하게 된다.

"전쟁을 통해 삶에 대한 좌절과 생에 대한 허탈감과 허무감을 맛보게 되면서 자신을 반성하고 되돌아보게 되었다. 이러한 자기 반성과 자기 성찰은 그 자신의 개인사를 만들어 나가고 있음을 알 수 있다. 그런데 이런 개인사가 전쟁이 끝난 직후 폐허로 변해버린 초토 위에 살아남은 자들의 슬픔과 비극을 통하여 우리 민족의 운명과 삶을 되돌아보게 한 것이다." 92

이 말에서도 알 수 있듯이 한국전쟁은 시인 자신이 몸소 체험한 경험의 시화로 형상화되었으며 아울러 역사적 현장의 고발과 증언을 통하여 우리 민족의 운명을 재인식하게 된 빌미를 제공하였다고 할 것이다.

그들의 모습은 곧 조국의 현실이며 우리의 자화상일 것이다. 구상은 한국전쟁의 참화를 직접 체험한 종군 작가로 전쟁의 상황을 생생한 현실감각으로 재구성하여 민족과 겨레 앞에 시로써 증언하고 있다.

시인의 역할과 사명 중에서도 현실의 모순과 비리에 대한 폭로와 증

---

92 김학동 외, 『한국 전후 문제시인 연구 05』, 서울: 예림기획, 2005, p. 157.

언과 고발이 대사회적인 사명감의 발로라면 구상은 뛰어난 현실감각으로 우리의 아픈 과거를 증언하고 있다. 아래에 장부일의 평은 적절하다고 본다.

"가장 非詩的인 6·25 동란과 그것이 빚어낸 가시적 현장에서 그것을 구체적인 작품으로 형상화하는데 거의 유일하게 성공한 사례가 바로 구상의 「초토의 시」라 할 수 있을 것이다." 93

역사학자들은 50년대의 시대적 암울함을 "50년대는 대개 잿빛 이미지로 우리에게 다가온다. 전쟁, 궁핍, 지저분함, 무규범, 퇴폐, 혼란, 독재 등이 우리가 연상하는 이 시대의 이미지다. 이 시기 대부분의 사람들은 역사에 의해 내동댕이쳐졌다는 상실감 속에서 방향을 잃은 채 살아갔다." 94 고 말한다. 전쟁의 상흔이 생존적 차원에서 깊이 각인되어졌기 때문일 것이다.

결국 전쟁으로 인하여 처절한 절망감과 아픔 속에서 시대고를 겪은 시인의 절망감은 시로써 민족의 절망감을 대변하고 있다고 하겠다.

판잣집 유리딱지에
아이들 얼굴이
불타는 해바라기마냥 걸려 있다.

내려쪼이던 햇발이 눈부시어 돌아선다.
나도 돌아선다.
울상이 된 그림자 나의 뒤를 따른다.

---

93 장부일, p. 531.
94 김일영, 『건국와 부국』, 서울: 생각의 나무, 2004, p. 247.

어느 접어든 골목에서 걸음을 멈춘다.
잿더미가 소복한 울타리에
개나리가 망울졌다.

저기 언덕을 내려 달리는
소녀의 미소엔 앞니가 빠져
죄 하나도 없다.

나는 술 취한 듯 흥그러워진다.
그림자 웃으며 앞장을 선다.　　　　　—「초토의 시 1」 전문 —

구상의 「초토의 시 1」은 역사의식을 강하게 내포한 1인칭 시점의 시로 한국전쟁 후 초토가 된 국토의 현실과 궁핍한 생활상을 배경으로 체험을 형상화하였다.

판잣집원작:하꼬방과 유리딱지와 아이들원작:애새끼들과 잿더미는 어둠을 함축하고 있는 시어이며 그와 대비되는 해바라기와 햇발과 개나리와 미소는 밝음을 함축하고 있는 시어로 볼 수 있다. 결국 대조되는 시어를 통하여 구상은 동시대를 아파하는 시적화자 자신과 우리 모두의 아픔을 축으로 아픈 역사를 살아가는 화자 자신의 정신적인 고뇌와 영원에 대한 동경을 표상하고자 하였다.

이철범은 시론집에서 "이 詩가 이른바 순수시와 다른 점은, 그 詩가 독자의 마음에 심은 역사의식과 현실체험이라 하겠다. 그러나 표현에 있어서 純粹詩가 오히려 무색할 지경이다. 具常의 「焦土의 詩」는 俗語의 대담한 驅使, 그로써 현실을 추궁해 가는 끈덕진 解體意識과 告發意識을 담고 있다."[95]는 말처럼 체험이 바탕이 된 시정신의 형상화를 구상

95 이철범, p. 32.

의 시에서 발견할 수 있음이 특징이라고 볼 수 있다.

한계전은 구상의 연작시를 평하면서 "한편으로 고통과 타락으로 가득 찬 현실의 참상을 묘사하고 있고 다른 한편으로 기독교적 구원의식에 기반하여 그러한 현실을 휴머니즘으로 극복하고 있다."[96] 고 하였는데 「초토의 시 1」은 구상 연작시의 특징을 잘 보여주고 있다.

어둠의 시어가 한국전쟁으로 정신과 육체와 물질이 초토가 된 우리 민족의 현실을 상징하는 역사적 공간이라고 한다면 밝음의 시어는 절망과 아픔을 딛고 일어설 우리 민족의 미래를 상징하며 극복할 역사적 과제로 볼 수도 있다.

1연에서 시적 화자는 전쟁도 모른 채 '판자집 유리딱지에 불타는 해바라기마냥 걸린 아이들 얼굴'에서 시대와 역사를 생각하게 된다. 사상과 이념과 이데올로기가 무엇인지도 모른 채 희생양이 된 아이들의 순진무구한 모습에서 전쟁이 가져다 준 아픔과 상처가 깊음을 알 수 있다.

특히 '판자집 유리딱지'라는 전쟁으로 황폐한 삶의 현장과 그 속에서 희망을 잃지 않고 살아가는 '해바라기마냥 걸린 아이들'이란 대조적인 표현에서 강렬한 시적인 메시지를 전달하려는 작가의 의도가 보인다.

2연에서는 내려 쪼이던 햇발이 눈이 부시어 돌아서는 아이들은 희망을 상실한 채 어두운 판잣집에서 생존마저 위협을 느끼며 생활의 불안고에서 벗어나지 못한 채 일상을 영위하는 군상들인데 그들의 안타까운 모습에서 동정과 연민을 느끼며 나 역시 현실을 외면한 채 돌아선다. 현실에 대한 외면은 결국 현실의 해결책을 갖지 못한 채 방관할 수밖에 없는 안타까운 행동일 것이다.

"울상이 된 그림자"는 전쟁의 참상으로 만신창이가 된 시적자아의 내면을 나타내고 있으며 비극적인 표상으로 설정되고 있다.

그러나 현실이 과연 절망의 나락에 빠져 헤어나질 못하는가?

---

96 한계전, p. 389.

3연에서는 어느 골목길에서 잿더미가 소복한 울타리에 개나리가 망울진 모습을 보고 잃었던 희망을 생각하게 되며 절망감에서 벗어나 자연의 질서에 경의를 표한다. 인간이 파괴할 수 없는 자연의 질서 앞에서 절대자의 섭리를 다시 깨닫게 된다.

4연에서 천진난만한 소녀의 미소는 정신적이며 육체적인 고통 속에서도 굴하지 않는 웃음으로 보여지며 앞니가 빠진 것은 6·25동란으로 인한 피해를 상징적으로 설정하였고, 언덕을 내려 달리는 소녀의 철없는 모습에서 전쟁의 비극을 제고提高하려는 작가의 의도된 설정을 느끼게 된다.

5연에서는 계절의 순환에서 느낄 수 있는 봄에서 나그림자는 희망을 생각하고 "울상이 된 그림자"는 부정적인 시어가 아니라 긍정적이고 희망적인 의미의 시어이며 "웃으며 앞장을 선다"에서는 미래의 밝은 꿈을 제시하고 있다.

정신분석은 인간의 내면의식을 발견하게 한다. 특히 무의식은 인간의 실존의식을 밝히는 것이다.

> "어떤 대상이나 사상이 다른 대상이나 사상을 나타내는 데 사용되는 정신 기제를 상징화象徵化, symbolization라고 한다." 97

상징은 무의식을 나타내는 언어로 볼 때 구상은 위의 시에서 억압된 의식이 상징화로 표상되어 나타났다. 동족상잔으로 조성된 현실의 암울함은 '울상이 된 그림자' 로 표상되어 초토의 비극성을 심화시키고 있다.

> 제 먹탕으로 깜장칠한 문어 한 마리를 무릎에 싸안고서 얼
> 르고 있는 광경이라면 모두 웃음보를 더치리라.
> 그러나 앞자리에 마주 자리잡은 나의 표정은 굳어만 갔다.

---

97 이무석, 『정신분석에로의 초대』, 서울: 이유출판사, 2006, p. 179.

'정식아! 볶지 마아, 빠빠에게 가면 까까 많이 사줄게.'
이건 또 너무나도 창백한 아낙네가 정식이라고 이름 붙은 검둥애에게 거의 애소에 가까운 달램이었다.
자정도 넘은 밤차, 희미한 등불 아래 손들의 피곤한 시선은 결코 유쾌한 눈짓이 아니었고 칭얼만 대는 검둥애의 대구리와 울상이 된 그 엄마의 하이얀 이마 위 땀방울이 유난히도 빛나고 있었다.
나는 이 뒤틀어대는 흑백의 모자상을 보다 못해 호주머니를 뒤져 전송 나왔던 친구가 취기 반으로 사주던 해태 캐러멜을 꺼내 까서 녀석에게 넌지시 권해 본다.
아니나 다를까, 적중이었다. 녀석은 흑요석黑曜石보다도 더 짙은 눈을 껌벅이며 깜장 손으로 냉큼 잡아채어 입에 넣더니 제법 의젓해지지 않는가.
두 개, 세 개, 네 개, 이제는 아주 나의 무릎으로 슬슬 기어오르며 이것만은 차돌같이 흰 이빨을 드러내어 웃어 반기는 것이다.
<중략>
나의 머리에는 이 녀석의 출생의 비밀이 되었을 지폐 몇 장이 떠오른다.
이 검둥이의 애비가 쓰러져 숨졌을 우리의 어느 산비탈과 어쩌면 그가 살아 자랑스레 차고 갔을 훈장을 생각해본다.
저 아낙네의 지쳐 내던져진 얼굴에서 오늘의 우리를 느낀다.
숨결마저 고와진 이 무죄하고 어린 생명을 안고서 그와 인류의 덧없는 운명에 진저리친다.
차는 그대로 밤을 쏜살같이 뚫어 달리고 손들은 모두 지쳐 곤드라졌는데 이제는 그만 내가 흑백의 부자상父子像이 되어 이마에 땀방울을 짓는다.

—「초토의 시 2」 일부 —

구상은 위의 시에서 민족의 비극에 동참하며 전쟁의 참화로 인한 기구한 민족의 운명과 파괴된 우리 50년대 삶을 증언하며 깨닫고 싶어했다.

창백한 아낙네가 안고 있는 정식이란 혼혈아는 지폐 몇 장에 몸을 맡긴 생존의 부산물일 것이다. 자정도 넘은 밤차에서 칭얼대는 혼혈아를 위해 나는 해태 캐러멜을 꺼내 까서 넌지시 건네준다. 나는 눈물을 글썽이는 아낙을 위해 창경원 가서 원숭이 놀리는 꼬락서니가 되어 얼러댄다. 지쳐 잠든 아낙네와 그렇게 날뛰던 아이도 잠이 들고 나는 상념에 잠겼다.

강대국의 지배 야욕에 희생당한 민초의 아픔은 이데올로기의 희생이 되어 값싼 구호물자에 목숨을 부지할 수밖에 없는 민족의 현실을 가슴 아파하며 검둥이 애는 바로 우리의 아들이며 형제라는 공동체의식을 갖게 된다. 흑백의 모자상은 표면적으로는 한국전쟁이 남긴 슬픈 생존자인데 내면적으로는 민족의 비극인 한국전쟁의 역사적 유산을 대표하며 인류애적 연민의 정을 내포하게 된다.

구상 자신이 직접 체험한 민족의 비극을 시로 승화하여 실존 자체가 비극이라는 시대고를 나타내고 있다. 존재와 역사의 함수가 빚는 상관관계의 해법은 시대적 아픔 그 자체라고 보아도 좋을 것이다.

예술의 기능을 박이문은 다음과 같이 정의를 내리고 있는데 구상의 시를 읽음으로 우리는 좋은 시의 기능을 깨닫게 된다.

> "예술은 인간의 실존적 욕망을 완전하지는 않더라도 어느 정도 충족시키는 기능을 한다. 그것은 넓은 의미에서 심리적인 만족을 가져오는 역할로 해석해도 무방하다. 실존적 욕망이 우리의 의식으로부터 오는 것이며 의식은 심리 현상의 한 차원으로 볼 수밖에 없기 때문이다." 98

구상은 시를 좋은 시와 나쁜 시 두 가지로 나누고 있다.

> "시작품은 두 가지로 구별할 수 있다. 무정란無精卵과 수정란受精卵으로 – 말재주만으로 씌어진 무정란의 시는 그 자체가 이미 생명력을 잃고 있지만, 정

혼精魂을 기울여 쓴 수정란의 시는 우열은 차치하고라도 그 나름대로 독자들에게 새 생명을 부화孵化시켜 간다." 99

결국 구상이 연작시를 즐겨 쓰는 이유 중의 하나도 수정란을 낳기 위한 시작법이었을 것이다.

민족적 비극을 생존의 주체로서 역사적 상황에 동참하여 동질감으로 느껴 비극과 고뇌를 화해와 사랑과 관용으로 감싸 안는 구상의 인간애가 시에서 무언의 감동으로 전해 온다.

시적 화자를 1인칭인 '나'로 설정하여 현실세계에 대한 인식을 자기 체험화하여 비참한 현실을 폭로함으로써 문제의 해법을 공유하고자 하였으며 역사적 상황에 대한 비판을 가하였다.

한국전쟁이라는 민족상잔이 안겨준 상흔은 "흑백黑白의 모상母像"이 종결구에 "흑백黑白의 부상父像"으로 전이되면서 전쟁의 비극이 기차에서 만난 모자에 국한된 것이 아니라 구상 자신의 비극으로 전이되고 아울러 비극에 동참하게 되며 비극이 우리 모두의 것이라는 인식을 갖게 한다. 이것은 비극을 비극 자체로 보기보다는 아이러니를 통한 암유로 볼 수도 있을 것이다.

구상은 창작의 변을 통해 이 시를 짓게 된 이유를 다음과 같이 설명하고 있다.

"한국동란으로 말미암아 한국의 모든 재래적, 관습적 전통 사회의 가치질서는 그 현실의 절대 절명의 절박성으로 말미암아 저 흑인 어린애의 경우처럼 산산이 부서지고 미국을 비롯한 UN군과 그 경제 원조에, 또 그들이 지시하고 명령하는 바 이데올로기에 목숨의 구원과 지탱을 맡길 수밖에 없었던 것입니다. 그 속에서 태어난 한국의 민주주의나 그 생활이란 나의 눈에는

---

98 朴異汶, 『藝術哲學』, 서울: 문학과 지성사, 1996, pp. 182~183.
99 구상, 『시와 삶의 노트』, p. 263.

한국 여인이 낳은 검둥 어린애처럼 보였고 그 장래 역시도 그 아이의 운명처럼 기구해 보였던 것입니다." 100

산문시의 형식을 빌어 생존 때문에 인간의 가치질서가 붕괴되어 가는 시대의 아픔을 통렬히 비판하고 있음을 알 수 있다.

「초토의 시」는 산문시의 형식상 특징을 보이고 있으나 시적인 진실을 이야기하고 있다. 구상이 이처럼 기교를 부리지 않으나 적확的確한 표상을 성공적으로 보이고 있음은 뛰어난 시인이라고 할 것이다.

존 홀 휠록John Hall Wheelock은 위와 같은 산문시에서 보이는 기법의 특질을 다음과 같이 설명하고 있다.

"무감각 상태로부터 독자를 일깨우는 또 하나의 방법은 설화적 기법이나 극적 기법의 사용이다. 설화나 극은 한편으로는 그 자체로서 완결된 것이면서 또 한편으로는 진정한 시의 관심사인 함축적 의미를 상징하기 위해 사용된다. 이 때 전체 시는 하나의 단일한 복합은유라 할 수 있을 것이다. 이런 방법으로 시인은 경계하고 있는 독자에게 자신이 재발견한 지식을 말하자면 부지불식간에 슬쩍 알려 줄 수 있다." 101

포우Edgar Allan Poe의 "The Raven"에 나오는 시인과 갈가마귀와의 대화나 구상의 연작시 「까마귀」에 나오는 시인과 까마귀와의 교감 등은 대표적인 경우이다.

「초토의 시 2」에서 구상은 전쟁으로 인한 우리 민족의 기구한 운명과 비참한 삶을 흑백의 모자를 통해 비극성을 부각시키려 하였음을 알 수 있다.

---

100 Ibid., p. 216.
101 존 홀 휠록, 『시란 무엇인가』, 박병희 역주, 울산: 울산대학교 출판부, 1996, pp. 73~74.

대낮부터 한잔들 얼러 곤드레가 된 〈프로펫서〉 H 君의
뒤범벅인 이야기가
– 인류는 이미 자멸의 공포와 절망 속에 떨고 있다.
이쯤 나오자 일행, S 記者와 나는 그를 부축해 어깨동
무하고 나선다.
뒤이어 한 목로에서 연방 들이마시던 막벌이꾼패도 같
은 행길 위에 갈之字를 놓는다.

〈중략〉

머리로 가슴속으로 스미어 드는 짙은 어둠은
마치 먹 풀은 하늘 울타리에 호박뎅이가 걸린 양만 보
여 웬수로구나.

人類는 요몬양으로 宇宙보다 먼저
밤을 장만하는지야. – 「초토의 시 4」 일부 –

이 시는 한국전쟁이란 전대미문의 동족상잔이 남긴 물질적, 정신적인 후유증으로 초토가 된 우리 시대 민중들의 절망과 비극을 육화한 작품이다.

H군君은 정신적 황폐함을 술로 달랠 수밖에 없는 역사적 현장의 민중을 대표하며 그 현장은 좌절과 절망감으로 침울하게 잠긴 아픔을 표상한다. "서산에는 아직도 태양이 빨가장이 타고 있는데"는 판도라의 상자와 같이 아직도 희망을 기약할 수 있다는 것을 암시하지만 "머리로 가슴으로 스미어 드는 짙은 어둠"에 가슴으로 먼저 자포자기하는 민중의 심리를 조롱하는 시적 화자의 의도를 엿보게 한다.

결국 종결연에서 구상은 우주보다 먼저 밤을 만드는 인간의 어리석음

을 알레고리allegory화하여 비판하고 있다고 본다.

한 치 앞을 볼 수 없을 정도로 절망의 늪에 빠진 것 같이 비참한 우리 민족의 아픔을 구상은 시를 통하여 대변하고 있음을 보여준다.

비몽사몽간이랄까!
난데없이 팔에다 '弗' 이라는 노란 완장을 단 녀석이 나를
가로타고 사지를 꽁꽁 묶기 시작하자 이번엔 '解放' 이라는
붉은 완장을 단 녀석이 나타나 숫제 목을 졸라매는 것
이 아닌가.

나는 숨져 가며 허위적대면서도 녀석들의 정체를 알아맞히
기에 기를 써 보았으나 노상 익숙히 보아온 얼굴들이건만 요
놈들의 실체가 무엇인지 나를 압살하는 이유가 무엇 때문인지
끝내 모르는 채 기절하고 말았다.

<중략>

홀연 내 호주머니에 묵주가 매괴의 꽃을 아련히
떠오르는 바람에 「성모 어머니 나를, 나를!」하고 소리 안
나는 절규를 발한 다음 순간.

어느 영화의 한 장면에선가, 실낙원의 그림에선가 본 그런
꽃동산 정자에서 나는 모시고이적삼 차림으로 출옥한 사람처럼
흥분과 휴식을 즐기는데
쾅, 쾅!
포탄 터지는 소리에 눈을 뜨면 칸델라 불빛 막사 안 철의
자에 앉은 그대로구나. — 「초토의 시 5」 일부 —

한국전쟁이 남긴 후유증이 얼마나 심각했으면 그 비극이 잠재의식화되어 가위눌림으로 재생이 될 것인가?

공포심으로 인하여 두려움에 떨지만 시인은 신앙심으로 구원에 대한 희망을 갈구하고 있다.

'불弗' 이라는 완장을 단 녀석이 사지를 꽁꽁 묶기 시작하자 이번엔 '해방解放' 이라는 완장을 단 녀석이 나타나 목을 졸라맨다는 것은 비몽사몽간에 일어난 일인데, '불弗' 이란 노란 완장은 미국이란 제국주의가 우리를 신탁통치를 함을 의미하며 '해방解放' 이란 붉은 완장은 조국의 해방이란 미명아래 인민을 탄압하고 구속하는 공산독재정권의 폭정을 암시한다.

구상은 진정한 의미의 광복을 이루지 못한 조국의 안타까운 현실에 대한 거부감을 연민의 시선으로 그리며 아울러 무의식으로 끔찍하게 각인될 수밖에 없는 조국의 비극을 불안감을 통하여 제시하고 있다.

전쟁의 참상이 남긴 아픈 비극의 현실의식이 『초토의 시』를 통하여 사실적이고 비유적으로 묘사되어 민족 모두의 슬픔으로 다가옴은 구상의 시적 진실의 결과로 본다.

인간 존재의 탐구를 집중적으로 추구하면서 1956년 발간한 시집이 바로 15편의 연작시 『초토의 시』이다. 초토焦土는 불에 타서焦 재와 흙土만 남는다는 뜻으로 결국 폐허의 상태를 말하는 것이다.

문덕수는 구상시의 전반적 특성을 다음과 같이 말하고 있다.

> "具常 선생은 南北分斷, 6·25 동란 등, 민족적 비극 속에서 살아온 그 체험을 가장 철저히, 가장 밀도密度있게, 그리고 그것이 민족적民族的이면서도 동시에 자전적自傳的인 것으로 읊은 것 같고, 그런 점에 역사나 시대의 밖에서 관조한 시인이 아니라 역사歷史 속에 직접 뛰어 들어 역사와 더불어 살아왔고, 역사와 더불어 노래한 시인이라고 할 수 있습니다." 102

---

102 문덕수 외, "구상론", 『시문학』, 1983년 5월호, pp. 76~77.

한국전쟁을 제재로 한 구상의 시집이 『초토의 시』와 『모과 옹두리에도 사연이』가 있는데 구상은 직접 체험한 역사적 현실에서 소재를 취하여 집중적으로 육화肉化하여 강렬한 역사의식에 토대를 둔 날카로운 현실비판정신으로 형상화하였다.

"시는 역사보다 더 철학적이고 더 중요한 가치를 지닌다. 왜냐하면 시는 보편적인 것을 이야기하는 경향이 더 많고, 역사는 개별적인 것을 이야기하기 때문이다."[103] 라는 아리스토텔레스의 견해에 따르면 구상의 시는 직접 경험한 역사적인 사실을 시화하였기에 감동의 폭이 더 크다고 말할 수 있을 것이다.

구상은 「초토의 3경三景」에서 「초토의 시」를 쓰게된 이유를 다음과 같이 밝히고 있다.

> "내가 이 글을 쓰고 있는 날은 바로 6월 25일이어서 내가 사는 여의도 5·16 광장에서는 반공시민궐기대회가 열리고 있어 그 어떤 규탄과 호응의 박수 소리가 나의 서재에까지 쩌렁쩌렁 울려온다.
>
> 그런데 흔히 우리는 6·25 동란의 민족적 피해상을 말할 때 생명의 살상이나 회진화灰塵化된 가옥과 재산 또는 상이용사나 전쟁미망인과 고아들의 불행, 눈에 보이는 비극만을 쳐드는데 실은 저보다 못지않은 내면적, 정신적 피해로서는 한국사회의 모든 전통적 가치 질서가 일시에 파괴되었다는 사실이다. 그러면 우리는 어떻게 변천, 붕괴되어 가는가 하는 것을 무구無垢한 동심 속에서 살펴보자."[104]

한국전쟁이라는 동족상잔의 비극에서 이데올로기에 희생이 되는 역사의식을 인식하며 비극성을 폭로하고 저변에는 인간에 대한 따스한 연민의 인간애가 깃들고 있다. 다시 말하면 구상은 참혹한 전쟁의 잿더미

103 아리스토텔레스, 『시학』, 천병희 역, 서울: 문예출판사, 1997, p. 10.
104 구상, p. 14.

에서도 따스한 사랑과 희망을 잃지 않고 있었다고 할 수 있다.

이승훈은 「초토의 시」를 다음과 같이 평하고 있다.

"具常의 전쟁시 「焦土의 詩」는 전쟁이라는 절실한 체험을 통하여 새롭게 삶의 의미를 건립하려는 매우 아름다운 시이다." 105

이러한 견해는 부정적인 시각이 아니며, 결코 절망적인 시각이 아닌 건강하고 밝은 미래를 기약하는 희망의 메시지로 우리에게 역설하고 있는 것이 구상의 시적인 견해이며, 아울러 그것은 휴머니즘의 발로로 볼 수 있다는 것이다.

이러한 시각은 연작시집 『밭 일기』와 『모과 옹두리에도 사연이』에도 계속되어지고 있다.

제1경

행길 위에 머슴애들이 우 몰려가 수상한 차림의 여인 하나
를 에워싼다. 돌팔매를 하는 놈, 쇠똥, 말똥을 꿰매달아 막
대질을 하는 놈,
"양갈보" "양갈보" "양가-ㄹ보"
더럽혀진 모정을 향하여 이들은 저희의 율법으로 다스리려
는 것이다.
'내가 늬들 에미란 말이냐, 양갈보면 어때? 어때!'
거품까지 물어 발악하는 여인을 지나치던 미군 짚이 싣고
바람같이 흘러간다. 아우성만 남고.

제2경

짙게 양장한 여인이 지나간다. 꼬마들은 눈을 끔벅끔벅한다.

---

105 이승훈, p. 57.

한 녀석이 살살 뒤를 밟아 여인의 뒷잔등에다
'一金 三千圓也' 라는 꼬리표를 재치있게 달아 붙인다.
"와하" "와하하" "와하하하"
자신들의 항거로서는 어쩔 수 없음을 깨달은 꼬마들이 자
학을 겹친 모멸의 홍소哄笑를 터뜨린다.
여인은 신 뒤축을 살펴보기도 하고 걸음새를 고쳐 보기도
한다.
그러나 그녀가 사라지기까지
"와하" "와하하" "와하하하"는 그치지 않는다.

제3경
이러한 짓궂은 장난도 얼마 안 가 뜸하여지고 판자막板子幕
어두컴컴한 골목길에는 군데군데 꼬마들이 누구를 기다리고
서 있다.
흑백의 모주 병정들이 어른거릴 양이면 그 고사리 같은 손으로
억센 팔들을 잡아끄는 것이다.
"헬로 OK" "마담, 나이스" "나이스 OK"
지폐맛을 본 꼬마들은 이 참혹한 현실을 그들대로 활용하
게끔 되었다. —「초토의 시 6」 전문 —

위 시는 제1경 "더렵혀진 모성"을 향하여 "저희의 율법으로 다스리려는" 사회상을 묘사하였으며 제2경은 외국병사들에게 매춘賣春을 하여 생계를 꾸릴 수밖에 없는 현실을 직설적으로 적나라하게 묘사하여 "꼬마들이 자학을 겹친 모멸의 홍소를" 터뜨리며 순수하여야 할 어린이들이 병든 동심으로 자리매김하는 아픈 현실을 노래하고 있으며 '양갈보' 는 전쟁의 참화로 인한 생활고로 창녀가 될 수밖에 없었던 우리의 딸들을 연민의 눈으로 바라보고 있다. 제3경은 어린이들이 외국병사를 양공주

에게 소개를 시켜 돈을 벌 수밖에 없는 한국전쟁 이후의 참담한 현실을 "지폐맛을 본 꼬마들은 이 참혹한 현실을 그들대로 활용하게끔" 된 현실을 제시하면서 비극적 아이러니를 자아내게 한다.

구상은 시대가 양산한 비극적 생활상을 체험한 그대로 방관하지 않고 시의 제재로 차용하면서 비극을 나의 것으로 하여 가치관과 질서가 붕괴되고 아픔이 사회화되어 문제의식을 갖게 하였다는데 문학적인 의의가 있겠다.

구상은 위의 시를 「초토의 3경」에서 해설하고 있다.

> 이 시는 그 자체가 산문으로 되어 있어 설명을 필요로 하지 않는다. 동심 속에 뿌리박혀 있는 모성에 대한 민족적 순결의 요구가 저처럼 단계적으로 붕괴되어 갔던 것이다. 즉 처음에는 돌팔매마저 하면서 이를 타매唾罵했고, 두 번째는 여인들의 등에 가격표를 매닮으로써 자학의 홍소를 터뜨렸고, 마금에는 외국인들을 창굴娼窟로 안내하여 돈벌이를 하게끔 되는 것이다.
>
> 저러한 풍경은 동란중 대구·부산 거리에서 흔히 팔짱을 어옛이 끼고 활보하는 광경과는 격세지감이 없지 않다.
>
> 여하간 공산주의와 민주주의의 무력대결이라고 한마디로 단순하게 불리는 한국동란의 사회적 의미 속에는 서구의 양대 사조의 진입과 격돌에서 오는 세계사적 체험과 더불어 우리의 전통적 가치 질서의 전면적 붕괴와 파괴가 행해졌던 것이다.[106]

이데올로기의 대결 구도가 빚은 생존의 문제를 동심의 눈으로 바라보며 우리 사회의 가치체계의 붕괴와 의식의 전도를 민족사적인 안목으로 다루었다고 하겠다.

아울러 전쟁 이후의 사회상이 생존을 위하여 발버둥치는 '양갈보' 의 비참한 현실과 생활상을 통하여 적나라하게 고발되고 있다.

---

106 구상, pp. 15~16.

詩人과 娼女는 窟을 나선다.
쏟아지는 장맛비를 奇貨로 詩人이 散策을 提案했던 것이다.

아침 다섯 시. 거리엔 개새끼 한 마리 어른거리지 않는
데 열흘이나 마구 내리퍼붓는 바람에 행길은 보또랑이 터
진 듯 흙탕물 속을 가야만 했다.
—아메요 후레 후레, 나야미오 나가스마데, 무심중 중
얼거리며 詩人은 方向을 잡지 못한다.

—어디로 갈 것인가.
—이 娼女는 어쩌자고 따라 나섰을까.
—人生은, 흥.
窮理를 짜면 짤수록 몰라진다.

<중략>

어느 길 언덕에 다다른다. 옳아!
여기는 聖堂, 마리아像도 빗망울에 따라 우는고나.
—이제는 그만 돌아가지
—네, 또 오세요.
안녕.
안녕.
詩人의 惡과 娼女의 善은 간밤 한자리 꿈의 未練도 없이 갈린다.
平行線! 善과 惡의 神秘한 平行線!
詩人은 이 事實이 原子彈보다도 人類의 終焉보다도 소
름이 끼친다고 생각하며
다시 흙탕물 속을 저벅저벅 걸어간다. —「초토의 시 7」 일부 —

구상 자신으로 대변되는 시인과 창녀의 역설적인 대화를 통하여 그는 전쟁이 남기고 간 우리 사회의 절망적인 상황을 배경으로 설정하였다.

시인은 창녀와 하룻밤을 지낸 굴을 나와서 쏟아지는 장맛비를 산책하자고 제안한다. 아침 다섯 시라 거리엔 인적이 끊긴 흙탕물 속을 걸어간다. 가슴에 사정없이 내리는 장맛비는 시인의 우수와 슬픔과 민족의 비극을 상징한다고 할 것이다.

일본 유행가의 한 절인 '비야 내려라 퍼부어라, 내 괴로움을 씻어 내리기까지' 를 중얼거리며 걸어가는 시인에게 방향이 없음은 곧 한국전쟁의 참화로 내일에 대한 기약이 없는 우리 민족의 현실을 상징한다고 보며 '너, 나, 전쟁, 조국, 인생 등을 모두 모른다' 는 역설적인 논리는 혼란의 극에 달한 시인의 내면의식의 표상일 것이다.

언덕길에서 만난 '교회당, 성모상' 은 전쟁의 참화와 대조되면서 아울러 전쟁이 가져다 준 절망과 참담함에서 벗어날 수 있는 구원의 이미지로 제시되면서 대안으로 나타나고 있다.

선과 악의 이분법적인 구분은 동시대를 살아가는 우리 모두에게서 동시에 발견할 수 있으며 절망적인 인간상의 구현일 것이다. '선과 악의 신비한 평행선' 은 타락한 창녀에게서도 순수한 인간상을 발견할 수 있으며 공범자로서의 연민과 따스한 인간애와 동포애를 표현하고 있음을 알게 한다.

인간에 대한 사랑과 이해와 관용은 곧 종교적 선의 발로라고 한다면 사랑으로써 사회와 세상을 새롭게 변화할 수 있으며 현실의 모순과 부조리를 타파할 수 있다고 믿게 한다.

> 시인은 어깨나 재듯이 친구 하나를 끌고 호기 있게 들어선다.
> 창녀는 반갑고도 사뭇 미안스러워 어쩔 바를 모른다.
> <중략>
> 겹친 술을 한두 잔 켜고 나서는 이제 남은 흥정을 붙여야 했다.

-이 친구 색시 하나 똑 딴 것으로 데려와!
-아주 마음 좋은 사모님으로 말이야!
-빨랑빨랑, 졸려!
호통에 못 이겨 부스스 일어나 나간 창녀는 잠시 후 방문을
빼곰히 열고는 눈짓으로 시인을 불러내 간다.
-저, 저어, 저 손님 다리 하나 없으시죠?
-그래, 왜 그래? 상이용사야!
-아마 딴 애들은 안 받을 거예요. 그래서 선생님 형편이
라면 제가 모시죠.
-으음
시인은 이 최상급의 선의 앞에 흠칫 놀라면서
-그래, 그래야 나도 새 장가 들지!
하고 얼버무려 버린다.
악의 껍질 같은 칠흑 어둠이 덮인 창굴娼窟 마당에서 시인은
오줌을 깔기면서 이 굴 속에도 비록 광채는 없으나 별과 시가
깃들어 있음을 따스하게 여긴다. -「초토의 시 8」 일부 -

이 시도 산문형식의 시로서 시인 자신이 창녀굴에 뛰어들어 비극의 현장을 직접 목도하며 역사적인 상처로 인한 비극이 안겨준 인간의 타락 앞에서도 인간에 대한 사랑으로 비극을 수용함을 발견할 수가 있다.

"악의 껍질 같은 칠흑 어둠이 덮인 창굴 마당에서 시인은/ 오줌을 깔기면서 이 굴 속에도 비록 광채는 없으나 별과 시/ 가 깃들어 있음을 따스하게 여긴다."에서 구상의 휴머니티를 인식한다.

땅이 꺼지는 이 요란 속에서도
언제나 당신의 속삭임에
귀 기울이게 하소서.

내 눈을 스쳐가는 허깨비와 무지개가
당신 빛으로 스러지게 하옵소서.

부끄러운 이 알몸을 가리울
풀잎 하나 주옵소서.
나의 노래는 당신의 사랑입니다.

당신의 이름이 내 혀를 닳게 하옵소서.

이제 다가오는 불장마 속에서
'노아'의 배를 타게 하옵소서.

그러나 저기 꽃잎모양 스러져 가는
어린 양들과 한가지로 있게 하옵소서.
-「초토의 시 9」 전문 -

구상의 하나님에 대한 신앙과 기도의 시이다.

『말씀의 실상』과 같은 신에 대한 고백의 노래인데 시인은 절망 속에서도 희망을 잃지 않고 사랑과 신뢰를 보낸다.

제1연에서 "땅이 꺼지는 이 요란 속에서도/ 언제나 당신의 속삭임에/ 귀 기울이게 하옵소서"에서 신의 계시를 기다리는 그의 신앙심을 엿볼 수 있다. 신의 뜻을 살피며 순종하려는 그의 자세는 곧 투철한 신앙관에서 연유된다.

제2연에서 시인의 눈에 비치는 "허깨비와 무지개"와 같은 허상에 현혹되지 않고 사물의 실체와 본질을 살펴 존재의 인식에 눈을 뜨게 해 달라는 그의 고백에서 시대의 아픔을 신앙으로 초월하려는 그의 의지를 엿보게 한다.

제3연에서 신 앞에 벌거벗은 인간의 부끄러운 수치를 가릴 "풀잎" 하나 달라는 기원에서 그의 결백성을 다시 느끼게 된다. 그것은 구약성경 「창세기」에 나오는 아담과 이브의 에덴동산에서의 원죄의식을 생각나게 한다.

제4연은 "나의 노래는 당신의 사랑입니다"에서 신에 대한 무한한 사랑의 양을 감지하면서 당신께 향한 한없는 사랑으로 남은 생을 섬기며 살게 해 달라는 그의 진실한 기도에서 구원의 기쁜 고백을 알 수 있다.

제5연은 "불장마"와 같은 다가오는 위기 속에서 〈노아〉의 방주를 타서 파멸치 않고 구원을 얻게 해 달라는 기도조의 간구에서 시대가 처한 아픔과 슬픔을 신앙으로 극복하려는 그의 마음의 자세를 다시 재인식할 수 있다.

제6연은 기독교적인 박애정신을 알게 하는데 "꽃잎모양 스러져 가는/어린 양들과 한가지로 있게 하옵소서"에서 한국전쟁이 가져온 민족적 비극을 사랑으로 극복하려는 자세로 기원하고 있는 것은 그의 동포애에 근거한 초월의식을 알게 하여 준다.

이 시에서는 "하옵소서"란 종구로 간절한 기도조의 운을 의도적으로 살린 작자의 의도를 알 수 있다.

구상은 이 시를 "전쟁 속에서도 섭리와 자유, 선과 악, 이념과 민족 등의 실존의식과 감정을 상징적象徵的으로 표출表出하려 한 것"107이라고 하였는데 결국 역사적 현실을 시에 형상화한 결과로 볼 수 있다.

–휴전협상 때

조국아, 심청이마냥 불쌍하기만 한 너로구나
시인이 너의 이름을 부를 양이면 목이 멘다.

107 구상, 『말씀의 실상』, p. 134.

저기 모두 세기의 백정들,
도마 위에 오른 고기모양 너를 난도질하려는데
하늘은 왜 이다지도 무심만 하다더냐.

조국아, 거리엔 희망도 절망도 못하는
백성들이 나날이 환장해만 가고
너의 원수와 그 원수를 기르는 벗들은
너를 또다시 두 동강을 내려는데
너는 오직 생각하며 쓰러져 가는 갈대더냐.

원혼冤魂의 나라 조국아,
너를 이제까지 지켜 온 것은 비명非命 뿐이었지
여기 또다시 너의 마지막 맥박이듯
어리고 헐벗은 형제들만이
북으로 발을 구르는데
먼저 간 넋을 풀어 줄 노래하나 없구나.

조국아, 심청이 마냥 불쌍하기만 한
조국아!
—「초토의 시 10」 전문 —

판문점에서 휴전협상이 진행될 때 전쟁의 참화로 인하여 초토화焦土化된 조국의 현실을 바라보면서 구상은 아버지의 눈을 뜨게 하기 위하여 남경 뱃사공에게 공양미 삼백석에 팔려 인당수에 용왕의 제수로 희생이 된 효녀 "심청이로 상징된 불쌍하기만 한" 분단 조국의 운명으로 인하여 목이 매여 차라리 통곡한다. 분단의 희생 제물의 신세가 된 심청이 같은 조국을 절망감으로 바라보며 강대국의 지배야욕으로 다시 분단의 아픔을 겪어야 하는 조국의 운명 앞에서 그저 참담한 절망감을 느낄 뿐이다.

살아 있는 자들은 죽은 자들을 위해, 그리고 조국을 위해 할 수 있는 일도 없는 채 우두망찰牛頭望察 넋을 잃고 탄식하는데 왜 이리 하늘은 무심한지 모른다는 그의 고백은 전쟁의 참화로 인한 현실의 비참함과 분단의 아픔에 절규를 할 뿐이다.

수미쌍관의 행 배열을 통해 감정이 고조된 시적화자의 격앙된 심리가 잘 표출되어 있다.

감정의 절제나 여과 없이 부정의 이미지만으로 일관되게 서술하면서 2연에서는 강대국의 야욕으로 "세기世紀의 백정白丁들 도마 위에 오른 고기모양 너를 난도질하려는데"에서 타의에 의한 분단의 현실을 폭로하고 있다.

3연에서는 시대의 아픔으로 아무런 희망을 상실한 채, 절망도 못하고 조국을 분단시키려는 계략 앞에서 생각을 하지만 아무 저항도 못하는 조국을 연약한 갈대로 비유하면서 상실의 아픔을 토로하고 있다.

4연에서는 조국을 "원혼冤魂의 나라"로 지칭하면서 조국을 지켜 온 것은 비명非命 뿐이었다고 탄식하면서 나는 너를 위해 먼저 간 넋을 달래 줄 아무 힘이 없다고 마음 아파한다.

5연에서는 다시 감정을 절제하지 못해 다시 분단된 조국의 현실에 안쓰러움으로 불쌍하게만 여길 수밖에 없음으로 목이 매인다.

–적군 묘지 앞에서

오호, 여기 줄지어 누웠는 넋들은
눈도 감지 못하였겠구나!

어제까지 너희의 목숨을 겨눠
방아쇠를 당기던 우리의 그 손으로
썩어 문드러진 살덩이와 뼈를 추려
그래도 양지 바른 두메를 골라

고이 파묻어 떼마저 입혔거니
죽음은 이렇듯 미움보다도 사랑보다도
더욱 신비스러운 것이로다.

이곳서 나와 너희의 넋들이
돌아가야 할 고향땅은 30리면
가로막히고
무주공산無主空山의 적막만이
천만 근 나의 가슴을 억누르는데

살아서는 너희가 나와
미움으로 맺혔건만
이제는 오히려 너희의
풀지 못한 원한이
나의 바람 속에 깃들어 있도다.

손에 닿을 듯한 봄 하늘에
구름은 무심히도
북으로 흘러가고
어디서 울려오는 포성 몇 발
나는 그만 이 은원恩怨의 무덤 앞에
목놓아 버린다.

-「초토의 시 11」 전문 -

위 시는 적군 묘지에서 느낀 분단 현실에 대한 통한과 통일에의 염원을 주제로 이데올로기를 초월한 구상의 인간애와 휴머니즘이 잘 표출되었는데 적군과 아군을 떠나 동포애에 대한 사랑과 윤리관이 잘 녹아 있는 역사적 현실상황을 직접적으로 다룬 시이다. 전쟁이란 현실을 제재로 하였기에 관념적이지 않고 기교보다는 동포애, 화해와 용서 등의 시상으로 전개하였기에 진실한 목소리로 평범한 시어를 사용하여 종교적 윤리관에 바탕을 두었다.

관념적인 사랑을 거부한 구상은 숭고한 사랑의 정신을 적절히 시화하였다. 이진엽은 위의 시를 통하여 실천적 사랑의 고귀한 정신을 아름답게 승화하였다고 하면서 다음과 같이 평하고 있다.

"사랑은 행동으로 드러날 때 그 고귀한 가치를 지닌다. 상처받은 이웃과 함께 하려는 삶, 정의를 구현하기 위한 강인한 의지, 타인과의 갈등을 화해와 용서로 극복해가려는 정신이야말로 가톨릭 시학의 한 핵심 또는 근간으로 정립할 수 있다."108

구상은 이 시를 다음과 같이 설명하고 있다.

"이 시의 적敵은 소위 북한 공산군으로, 이데올로기의 전쟁으로 인한 동족의 희생을 반문하고 있습니다. 즉 공방전이 끝나고 나서 그 마당에 시체로 뒹구는 것은 적병도 우군도 한갓 다를 바 없는 한 핏줄의 무고한 생명으로서 그 이념적 차이야 여하간 분단없는 국토 속에서 통일된 민족으로 고르게 잘살아보려는 염원이나 목표가 죽음으로 말미암아 그 방법의 대립이 시간 속에서 말소되었을 때 그 죽음 자체는 우군이나 적병이나 다를 바 없기에 저렇듯 무덤을 짓고 그 명복을 비는 것입니다."109

1연은 적군인 북한군의 묘지에서 젊음을 산화한 영령들의 통한이 적군 병사의 죽음을 애도하고, 2연에서는 피아간 죽음 앞에서 은원恩怨을 초월한 실존적 존재는 미움보다도 사랑보다도 신비로운 것이라고 하였

108 이진엽, 『존재의 놀라움』, 서울: 북랜드, 2006, p. 120.
109 구상, 『우리 삶 마음의 눈이 떠야』, pp. 365~366.

다. 어제까지 동족간에 서로 총칼을 마주 대던 적군이었지만 "양지 바른 두메를 골라 고이 파묻어 떼마저 입혔거니"에서 진한 동포애를 느끼게 한다.

생명의 가치와 인간 존중에 대한 구상의 신념은 곧 주제화하여 숙연하게 만든다.

3연은 적군묘지에 묻힌 숱한 이름 없는 넋들이 돌아갈 고향은 30리면 휴전선으로 가로막혔지만 적막감은 실향민인 시적화자를 더욱 가슴 아프게 한다. 주인을 잃은 조국의 산하는 적막강산이 되어 동족상잔의 상흔으로 비통함에 젖게 하며 죽음에 의하여 미움과 사랑이 초월됨을 노래한다.

4연은 살아서는 서로 원수지간이었지만 싸늘한 죽음으로 누워있는 묘지 앞에서 풀지 못하고 눈을 감은 원한이 구상의 바램 속에 되살아나고 있다. 그것은 바로 생사의 갈림길에 서있는 존재의 공동운명 때문일 것이다. 죽음은 인간의 모든 미움과 증오를 녹이고 원한을 용서하고 이겨내는 신비한 힘을 가지고 있을 것이다.

5연에서는 무상감에 잠겨 봄하늘과 무심히 북으로 흘러가는 구름에서 분단된 조국의 현실을 인식하고 목 놓아 통곡함은 민족의 통곡을 대변한다고 본다. 그는 포성에 은원을 깨닫고 신음하던 시인은 자제를 하지 못하고 통곡을 한다. 에토스ethos적인 시 세계를 견지하려던 시인도 어쩔 수 없이 파토스pathos로 회귀한다.

통곡은 비극에 대한 아픈 역사의 산물이며 분단 현실의 증언이란 관점에서 문학의 사회적인 역할을 강조하고 있으며 이러한 민족적 고통을 넘어서 민족의 통일이란 일체화를 이루어야 한다는 민족 공통의 염원을 강조하고 있다.

적군묘지 앞에서 이데올로기나 이념을 초월하여 같은 동포의 죽음을 오열하는 그의 동포애의 발로는 그의 투철한 조국애의 발로이며 민족애의 증거일 것이다.

"이것은 53년 휴전 직후 친구가 지휘하는 어느 포병부대를 찾아갔다가 목격한 사실의 그 감동을 시화詩化한 것으로, 여기서 적군은 본시가 적일 수 없는 북한 공산군을 가리킨다.

이 시는 나의 동란시집 『초토의 시』에 수록된 작품으로 이데올로기 전쟁으로 인한 동족의 희생을 반문해 본 것이다. 즉 공방전이 끝나고 나서 그 마당에 시체로 뒹구는 것은 적병도 우군도 한갓 다를 바 없는 한 핏줄의 무고無辜한 생명이요, 또 이데올로기의 차이야 여하간 분단없는 국토 속에서 통일된 민족으로 고르게 잘살아 보려는 염원이나 목표가 죽음으로 말미암아 방법의 대립이 시간 속에서 말소되었을 때 그 죽음 자체는 우군友軍의 죽음과 다를 바 없는 비애를 자아냈던 것이다." 110

한국전쟁을 배경으로 적군인 북한군에 대한 증오심이나 적대감보다는 피를 나눈 동족이나 동포에 대한 사랑도 나아가 분단 조국의 현실을 폭로하고 비판하였다는 데에 이 시의 시사적 의미를 두겠다.

그것은 결국 작가의 휴머니즘에 바탕을 둔 형제애와 나아가 인간애를 사랑으로 수용하여 시화하였다고 본다.

눈덩이가 구을 듯이 커져만 가던
허접스런 인업因業들일랑
봄 여울에 씻은 듯 녹아나 흘러라.

영욕榮辱의 해골마저 타버린
폐허 위에다
이 봄에도, 우리 모두
목숨의 씨를 뿌리자.

---

110 구상, 『시와 삶의 노트』, pp. 18~19.

하루아침에
하늘 땅이야 꺼진다손
제사, 나를 어쩔 것이냐….

내일의 열매야 기약하지도
않으련만
운명과는 저울 할 수도 없는
목숨의 큰 바램.

우리의 부활을 증거하여
무덤위에 필
알알의 목숨의 꽃씨를
즐거이 정성 들여 뿌리자.

―「초토의 시 15」 전문―

제1연에서 구상은 아픔과 절망은 "봄 여울에 씻은 듯 녹아나 흘러라"란 간구를 말하며 2연과 5연에서 반복되어 나타나는 "목숨의 씨"는 우리 민족의 동질성을 회복하기 위한 제도적인 장치로 설정되었다.

"목숨의 꽃씨"를 뿌려 전쟁으로 인하여 피폐할 대로 피폐한 우리 삶에서 사상을 초월한 동포애로 서로 용서하고 화해하고 이질감을 극복하고자 하는 구상의 염원이 잘 나타나 있다. 시인 구상에게 있어 고통과 절망과 좌절은 곧 현존에서 영원으로 지향하는 과정이며 신과의 관계성을 회복하고 정립하는 계기가 된다고 하겠다.

전쟁의 참담한 비극이 가져온 정신의 황폐화를 극복하려는 휴머니즘이 전쟁의 상흔을 씻을 수 있다는 구상의 처절한 안타까움은 우리 모두의 바람이며 실존의식의 발로일 것이다.

기약할 수 없는 암담한 내일이지만 폐허를 딛고 부활할 우리의 미래를 위해 우리는 조국과 겨레를 위하여 정성껏 서로 아픔을 씻어주고 이해와 관용으로 동포를 서로 사랑하며 서로를 포용하여야겠다는 그의 단호한 의지가 잘 표출되고 있다.

"우리의 부활을 증거하여/ 무덤위에 필/ 알알의 목숨의 꽃씨를/ 즐거이 정성 들여 뿌리자."는 구절에서 기독교는 영원히 죽지 않고 영생을 누리는 부활의 종교인 것을 알 수 있다. 미래지향적 역사의식을 기저로 한 그의 신앙심을 잘 표출한 시이다.

안수환은 『초토의 시』를 "민족적 순결의 무구한 전통이 붕괴되는 아픔을 펼쳐 놓는다."[111] 라고 하였는데 구상이 겪은 체험이 문학으로 형상화한 것으로 볼 수 있다.

결국 『초토의 시』는 한국전쟁이 가져온 비극의식과 현실을 폭로하고 비극을 딛고 구원의 삶을 살고자 하는 구상의 심적 상태가 현실참여와 인식으로 잘 반영이 되어 공감을 주고 있다.

][→ BRIDGE OF NO RETURN

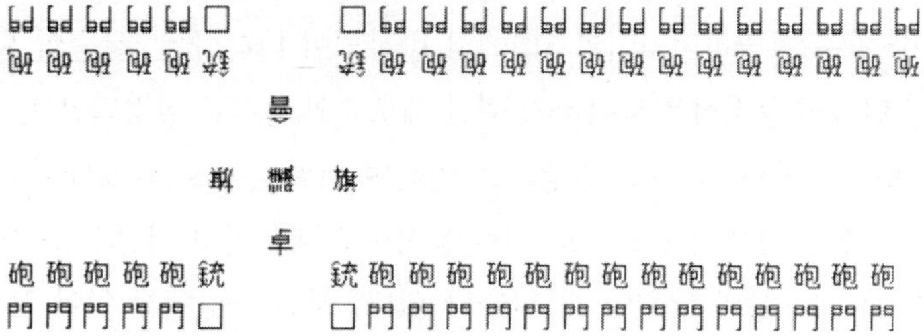

—「초토의 시 21」 전문—

* 砲門 20은 作者의 純全한 상상에 의한 휴전선의 사단 배치수임.

* BRIDGE OF NO RETURN은 <돌아오지 않는 다리>.

---

111 안수환, "구상문학과 케류그마", 『시문학』, 1979년 11월호, p. 151.

판문점은 경기도 파주시 진서면에 있는 비무장지대 군사분계선상에 있는 공동경비구역으로 1951년부터 1953년까지 휴전회담이 열려 7월 27일 전문 5조 36항의 정전협정이 조인된 곳으로 155마일 휴전선에서 상호 대치상태로 구상은 각각 총구 2개와 포문 20개작가의 견해로는 사단를 나열하여 역사적 현장의 긴장상태를 시각적이고 사실적으로 나타내고 있다. 시각적인 도식만으로도 작가의 메시지가 충분히 전달되고 있다. 한반도의 첨예한 대치상태는 긴장의 도를 높이고 한반도의 현실을 잘 반영하였다.

여기서 '돌아오지 않는 다리'는 외연적으로는 판문점에 있는 다리를 나타내지만 내포적으로는 생과 사의 갈림길과 돌아올 수 없는 다리란 뜻을 의미한다고 하겠다.

아래의 사르트르의 견해는 「모과 옹두리에도 사연이 39」에 나오는 「초토의 시 21」에 적절한 단서를 제공하여 줄 것이다.

> "시인은 대뜸 「도구로서의 언어」와는 인연을 끊을 것이다. 그는 단호히 말을 기호로서가 아니라 「사물」로 간주하는 시적 태도를 선택한 것이다. 왜냐하면 기호라는 것이 본시 애매한 것이어서 유리처럼 그것을 제멋대로 투시할 수 있으며, 그 말이 의미하는 「사물」을 기호를 거쳐 추구할 수도 있고, 시선을 그 현실로 돌릴 수도 있으며, 또한 그 기호를 대상으로 여길 수도 있기 때문이다." 112

「초토의 시 21」과 같은 표현은 "예술적 표상의 스타일은 예술가의 주관적인 느낌의 패러다임을 뜻하며 이런 식의 스타일을 갖지 않은 표상表象이란 존재할 수 없는 것이다." 113 라는 말에서 구상 자신의 주관적인 표현일 것이며 이러한 표상은 감동과 직접 연관을 갖는다고 하겠다.

---

112 장 폴 사르트르, p. 16.
113 박이문, pp. 54~55.

"문학인은 연상「재치」, 해체「판단」, 재결합개별적으로 체험된 요소들에서 새로운 전체를 만들어 내는 것의 전문가이다. 그는 언어들을 그의 매체로서 이용한다. 어린 아이처럼 그는 다른 어린 아이들이 인형들, 우표들, 애완물 따위들을 수집하듯이 언어들을 수집할 수도 있다. 시인에게 있어서 언어는 대체로 「기호」, 즉 투명한 계산대가 아니라 표상의 능력에서뿐만 아니라 그 자체로도 귀중한 상징이다. 즉 언어는 그것의 음향이나 생김새로도 귀중한 하나의 「대상」 혹은 「사물」일 수도 있다." 114

위의 시에서 구상은 시는 언어만이 아니고 부호나 시각적 조형을 이용한 시각적 심상으로도 시인의 메시지를 전달할 수 있음을 보여준다.

현실비판과 극복의지

『모과 옹두리에도 사연이』는 구상의 정신적 편력의 자서전적 연작시로 자기 체험이 일관되게 견지되고 있다.

"체험에 대한 관심을 언어에 대한 관심에서 분리할 수 없기 때문에 그는 시인인 것이다. 즉 언어를 환기적으로 사용해서 자신이 감정을 느끼는 방식에 대한 이해를 예리하게 하려고 추구하고, 그래서 이를 소통가능하게 하려는 버릇 때문에 시인인 것이다. 그러므로 시는 실제적인 체험의 성질을 다른 어떤 수단으로도 접근할 수 없는 섬세함과 정확함을 갖고 전달할 수 있는 것이다." 115

---

114 르네 웰렉·오스틴 워렌, p. 124.
115 로만 야콥슨 외, 『현대시의 이론』, 박인기 편역, 서울:지식산업사, 1992, p. 166.

이러한 야콥슨의 지적과 같이 시는 개인의 실제적인 체험을 반영한다는 점에서 구상의 시가 갖는 시적 장점을 알 수 있다.

"이 시문집詩文集은 자전自傳이라는 관사冠詞대로 태질하는 시대 속에서 오직 자기를 잃지 않으려고 헤매고 몸부림치며 상처투성이가 되어 살아온 나의 실존적 삶의 현실적역사적 체험, 내면적정신적 편력과 추구를 지각知覺이 열리는 유년기로부터 이순耳順 중반에 이르는 1980년대까지를 <현대시학>지에 50회90편 연재하여 현대문학사에서 이를 간행한 것에다 그 뒤 나의 노경老境의 시 중 10편을 추가한 시들과 한편 여러 지면에 발표된 산문 속에서 나의 생활상을 발췌하여 엮은《예술가의 삶》을 합본한 것이다. 그래서 이 시문집은 나의 생활사生活史인 동시에 정신사精神史요, 나아가서는 현대사의 한 단면이기도 하다." **116**

『어린 시절의 회상초回想抄』란 부제로 시작되는 자전 시문집은 유년시절의 회고로부터 성장기의 종교적 편력과 갈등, 광복과 공산주의 체제하에서의 필화사건, 월남과 한국전쟁의 체험, 공초 오상순과 파성 설창수와의 교유, 4·19와 5·16 당시의 시대상을 겪으면서 느낀 비화 등 현대사의 격변기를 겪으면서 인간으로서의 내면과 시인으로서의 인식을 공유하고 있다.

특히 구상은 역사적인 사건의 현장을 주관적인 시각으로 시화한 것이 아니고 객관적인 시각으로 진실된 시화를 하였다는데서 형이상학적인 인식의 주체로서 시인의 사명과 역할을 다하고 있다.

성찬경은 구상의 개인적 역사를 읽고 얻게 되는 감명적인 특색을 다음과 같이 두 가지로 요약하며 구상 시의 역사에 토대를 둔 사실성의 확보에 주목하였다.

"그 하나는 具常 개인의 역사(歷史)의 진폭의 크기와 비극적 체험의 깊이이

---

116 구상, 『모과 옹두리에도 사연이』, p. 7.

며, 둘째는 이 역사(歷史)의, 따라서 이 연작시連作詩의 (더 나아가서 人間 具常의) 성실성誠實性 및 진실성眞實性이다." 117

구상은 시에서 개인의 역사와 국가의 역사를 종합적으로 기술하여 체험적 역사의 시화에 성공하였다. 구상의 네 살 때 기억으로부터 시작되는 역사는 우리 근대사의 질곡桎梏과 궤를 같이하고 대위법적으로 연관을 맺으며 전개되고 있다.

"나는 이 시문집의 제목이 비유하듯 과일 망신시킨다는 모과처럼 부실한 시인이지만, 그러기에 오히려 심신의 삶이 심신 더불어 악전고투의 심연 속에 있었다 하겠고, 그 응어리진 사연이 하도 많아서 모과나무의 무성한 옹두리를 방불케 한다." 118

이 시집은 구상의 생애유년시절~이순를 되돌아보며 자신을 정리한 자전적 시편이라는데 문학적인 의의가 있다고 하겠다.

그때
'라 로쉬코우' 공과의 해후는
나의 안에 태풍을 몰아왔다.
선한 열망의 꽃망울들은
삽시에 무참히도 스러지고
어둠으로 덮인 나의 내부엔
서로 물어뜯고 으르렁거리는
이면수二面獸의 탄생을 보았다.

117 성찬경, 『시와 역사와 진실』, p. 91.
118 구상, p. 7.

자기 증오의 밧줄이
각각으로 숨통을 조여오고
하늘의 침묵은 공포로 변했으며
모든 타자他者는 지옥이요
세상은 더할 바 없는 최악의 수렁…

하숙방 '다다미' 에 누워
나는 신의 장례식을
날마다 지냈으며
길상사吉祥寺 연못가에 앉아
'짜라투스트라' 가 초인超人의 성에 오르는
그 황홀을 꿈꿨다. －「모과 옹두리에도 사연이 7」 전문－

위의 시는 구상의 일본 유학생 시절을 그린 시인데 종교학을 공부하는 대학생이 신의 실재에 대한 회의에 빠져서 내면적으로는 매일 신의 장례식인 신을 부인하고 부정하는 생활을 하는 정신적인 고뇌가 형상화되고 있다.

3연에서 "하숙방 '다다미' 에 누워"란 표현에서 보면 구상이 열아홉이라는 나이에 일본으로 밀항하여 동경 하숙방에 누워 끊임없는 회의와 자기 증오와 선악의 갈등과 대립으로 점철되어 신을 저주하며 망국의 아픔과 고난의 역사로 만신창이가 된 자신의 내면의식을 드러낸 시다.

구상은 유한한 인간이 욕망과 동경은 무한을 지향하기에 인간 번뇌의 씨앗을 '유한과 무한에의 자각' 으로 보았다.

그에게 영향을 미친 프랑스의 모랄리스트인 '라 로쉬코우' 와의 조우는 태신자인 그의 신앙관을 흔들어 "신의 장례식"을 날마다 지냈으며 그의 인생관까지도 혼돈과 방황의 기로에 서게 만든 요인이 되었다.

망국의 아픔과 조국 상실의 피해의식과 미래에 대한 절망감은 결국 그의 영혼을 파괴시킨 계기가 되었으며 처절한 회의에 빠지게 된다.

"짜라투스트라"가 되어 자기 자존의 회복을 꿈꾸며 황홀감에 도취되어 보지만 절망감과 허무함과 상실감은 끝내 그를 떠나지 않는다.

'두이노'의 비가悲歌와 법화경은
나의 무성한 가지에
범신汎神의 눈을 트게 하였다.

나의 성명性命은 아침의 풀 이슬
이제까지 모습만으로 있던
만물만상萬物萬象이
안으로부터 빛을 낳고
또 나날이 죽어가고 있었다.

무상無常의 흐느낌이
찰랑거리던 어느 날
나의 안에는 노래의 샘이
솟기 시작하였다.

살이 잎새 되고
뼈가 줄기 되어
붉은 피로 꽃 한 떨기
피우는 그날까지
목숨이여!

나의 첫 시 첫 구절이다.

－「모과 옹두리에도 사연이 9」 전문－

독일의 시인 라이너 마리아 릴케의 '두이노'의 비가悲歌와 법화경法華經은 범신汎神의 눈을 뜨게 만든 계기가 되었다는 그의 고백은 그가 영향을 받은 것이라는 것을 알 수 있다. 절대자를 불신하고 절대자를 떠나 그의 영향력 밖에 존재하고자 하여 스스로 범신론에 탐닉하게 된다.

실존의 그에게 절대자는 형식에 불과하였으며 그의 영혼은 "안으로부터 빛을 낳고 또 나날이 죽어가고 있었다"라고 인식하며 절대자 앞에서 단독자가 된다.시대적인 좌절과 절망감은 결국 그를 "무상의 흐느낌이 찰랑거리던 어느 날" 범신론자가 되는 자신을 발견하게 된다.

절대자와 자아의 결별! 사물과 실체와의 대결 구도는 결국 자아에 몰입하며 파행선을 긋는다.

정신적인 방황과 유랑은 그의 사유의 세계를 혼란시키지만 한편으로는 사유의 공간을 더욱 풍성하게 만들게 하며 그의 영적인 세계를 더욱 공고히 하기에 충분한 이유를 제공하게 만들기에 결국 그는 절대자에 대한 처절한 순명의 삶을 살게 된다.

내가 내디딘 서울은
꿀꿀이 죽처럼 질퍽하고
역했다.

모두가 미친 듯이
구가謳歌했지만
나는 거대한 기중기에게 뒷덜미를
잡힌 느낌이었다.

<중략>

그러나 나날이 빛을 잃어가는

자아의 인광燐光에 놀라서
때마다 실존의 바다에 목주木舟를 저어가
노櫓ㅅ대로 익사자溺死者를 찾듯
내 꿈의 시체들을 건지며
진혼鎭魂의 노래들을 불렀다.
그리고 나는 관 속에서 깨어나는
나자로의 부활을 그렸다. －「모과 옹두리에도 사연이 19」 일부－

남한으로의 정치적 망명이후의 서울의 모습과 그의 정신적 면모를 암시하여 주는 시인데, 그가 직접 목격한 남한은 '꿀꿀이죽처럼 질펀하고 역겹다' 는 느낌이 들 정도의 절망감을 안겨 주었다.

'거대한 기중기에 뒷덜미를 잡힌 느낌' 이란 표현에서는 무기력할 수밖에 없는 남한 현실에서 실향민의 아픔을 겪는 시적 자아의 회한이 배어있음을 알 수 있다.

6·25, 그날의 경악과 절망을 맛본 사람은
지구의 종말을 맞더라도 덜 당황해 하리라.

하루 만에 패잔병의 모습으로 변한
국군과 함께 후퇴라는 것을 하며
수원에서 UN군 참전의 소식을 듣고서야
'노아' 의 방주를 탄 안도의 한숨을 내쉬었다.

대전에서 정보부대 정치반원으로 배속되어
공산당들 총살장에 입회를 하고 돌아오다
어느 구멍가게에서 소주를 마시는데
집행리執行吏였던 김하사의 술회,

"해방 전 저는 광도廣島에 살았는데
그때 어쩌다 행길에서 동포를 만나면
그렇게 반갑더니, 바로 그 동포를
제 손으로 글쎄, 쏴 죽이다니요…
그것도 무더기로 말입니다…
망할 놈의 주의主義… 그 허깨비 같은
주의가 대체 무엇이길래…
그 놈의 주의가 원숩니다…."
하고 그는 '으흐흐…' 흐느꼈다.

나는 전란을 치르면서 30년이 된 오늘이나
저 김하사의 표백表白,

'망할 놈의 주의主義… 그 허깨비 같은
주의가 도대체 무엇이길래…
그놈의 주의가 원숩니다….'

보다, 더 또렷한 6·25관을 모른다.

–「모과 옹두리에도 사연이 27」 전문 –

같은 피를 나눈 한 민족간의 살육과 같은 피비린내 나는 현실을 체험한 구상은 공산당들 총살장에서 집행리로 근무했던 김하사란 인물을 설정하여 민족보다 형제보다 더 중시하는 '주의' 속에서 주의와 대치하며 주의의 지배하에서 주의와 대적하며 아픈 역사를 공유하는 우리 민족의 분단 현실을 김하사의 넋두리를 빌어 숱한 민초들의 술회로 대변하고 있다.

공산주의를 반대하여 월남한 구상의 민주주의에 대한 확고한 신념과 그의 결코 포기할 수 없었던 자유에 대한 그의 투철한 의식을 다시 확인할 수 있다. 당시의 지도층까지 회의적으로 절망하고 좌절할 수밖에 없는 시대상황에서 우리 민족이 당한 물질적, 정신적인 충격은 "지구의 종말을 맞더라도 덜 당황하리라"란 첫 구절에서 얼마나 참절비절한 아픔이었는지 짐작할 수 있다.

그러나 구상은 이러한 지구의 종말과 같은 절망 속에서도 신을 찾지 않고 있음은 그가 아직 다혈질의 젊은이였기에 가능하였을 것이다.

단일민족인 우리 민족이 강대국의 침략야욕과 이데올로기로 파생된 분단조국의 현실적 비극상에서 구상은 절박한 심정으로 절규하고 있으며 이것은 시인이 갖는 휴머니즘의 발로로 볼 수 있을 것이다.

산비탈 무밭에 핀 들국화모양
스님들과 그 독경 틈에 끼여
한무리 가톨릭의 수녀들이
효봉曉峰 스님 영전에 꿇어서
연도煉禱의 합송合誦을 하고 있다.

<중략>

서로가 이단과 외도로 배척하여
서로가 미신과 사도邪道로 반목하며
서로가 사갈蛇蝎처럼 여기던 두 신앙,

이제사 열었구나. 유무상통有無相通의 문을!

오직 하나인 진리를, 사람들이여
가르지 말라.

사람들이여, 오직 하나인 하느님을
가르지 말라.

나는 진공묘유眞空妙有의 이 소식 앞에
기뻐서, 너무나 기뻐서 흐느꼈다.

– 「모과 옹두리에도 사연이 70」 일부 –

구상은 진리는 하나이고, 절대자도 하나이며 모든 종교는 추구하는 선善이 하나로 인식이 되며 상대적인 종교를 배타적으로 배척하며 질타하는 인간의 편 가르기가 얼마나 모순이며 위험한가를 깨닫게 된다.

구상은 「홀로와 더불어」에서 인간은 홀로이면서 또한 사회와 연대자이기에 조화와 평형을 이루는 삶이 바로 개인의 삶에서 필요하다고 보았다.

나는 홀로다.
너와는 넘지 못할 담벽이 있고
너와는 건너지 못할 강이 있고
너와는 헤아릴 바 없는 거리가 있다.

나는 더불어다.
나의 옷에 너희의 일손이 담겨 있고
나의 먹이에 너희의 땀이 배어 있고
나의 거처에 너희의 정성이 스며 있다.

이렇듯 나는 홀로서
또한 더불어서 산다.

그래서 우리는 저마다의 삶에
그 평형과 조화를 이뤄야 한다.

구상은 존재의 실존이 갖는 우주적 비밀인 진공묘유真空妙有의 진리가 갖는 깨달음에 기뻐하며 유무상통의 문이 영적으로 열리며 아울러 마음의 눈이 개안됨을 자각한다.

우리가 세상을 살아갈 때 서로의 가치를 존중하며 상대방의 종교도 인정하며 진리를 공유하며 공동의 선을 추구할 때 세상은 평화와 평강이 도래한다는 신념을 가지고 있다.

열린 의식에서 열린 지평이 열릴 때 세상의 여러 가지 아픔과 슬픔을 초월하게 되며 시대적인 비극도 끌어안을 수 있는 아름다운 세상이 될 것을 염원하며 갈망하는 한 인간의 간절한 바램이 시로 승화되어 있음은 역사의 공간에서 현존의 존재가 갖는 축복이기에 "너무나 기뻐서 흐느꼈다"고 고백하며 객관성을 확보하고 있다.

지난 1965년 가톨릭의 로마공의회에서 〈비非그리스도교에 관한 선언〉으로 종교적 진리에 대한 공통적 숭배가 서로 반목질시하고 배척해야 하는가에 관한 의문이 가시었다고 구상은 고백한다.

> "'카톨릭교회는 이들비그리스도인 종교에서 발견되는 옳고 성스러운 것은 아무것도 배척하지 않는다. 우리는 그들의 생활과 행동의 양식뿐 아니라 그들의 규율과 교리도 거짓없는 존경으로 살펴본다.'라고 되어 있고, 이 선언문의 현실화로 마침 그 해에 입적하신 효봉曉峰 큰스님 영전에 고 노기남盧基南 대주교가 조문을 하였고, 카톨릭의 수녀들이 연도煉禱, 가톨릭의 명복을 비는 기도를 합송하였다. 그때 나의 감동과 감격이 어찌나 컸던지 나는 나의 자전 시집인 《모과木瓜 옹두리에도 사연이 70》에 그 사실을 시화詩化해 놓았다" [119]

---

119 구상, 『우리 삶 마음의 눈이 떠야』, p. 164.

구상은 가톨릭의 선언 이후 정신적 역정에 큰 위안을 얻고 기쁨을 느껴 진리를 신봉하게 되는데 아무런 장애가 없어졌다는 것을 알 수 있다.

두이레 강아지만큼
神靈에 눈뜬다.

이제까지 시들하던 萬物萬象이
저마다 은총의 빛을 뿜고
그렇듯 안타까움과 슬픔이던
나고 죽고 그 덧없음이
모두가 영원의 한 모습일 뿐이다.

이제야 하늘이 새와 꽃만을
먹이고 입히시는 것이 아니라
나를 공으로 기르고 살리심을
눈물로써 감사하노라.

<중략>

出口가 없던 나의 意識 안에
무한한 時空이 열리며
모든 것이 새롭고
모든 것이 소중스럽고
모든 것이 아름답다. －「모과 옹두리에도 사연이 81」 일부 －

이 시는 『두 이레 강아지만큼이라도 마음의 눈을 뜨게 하소서』에는 「은총에 눈을 뜨니」라는 2개의 연시 중 첫 번째에 나온다.

다만 1연이 「은총에 눈을 뜨니」에는 "이제사 비로소/ 두 이레 강아지 만큼/ 은총에 눈이 뜬다."로 되어 있으며 2연에서는 2행에 "저마다 신령한 빛을 뿜고"로 되어 있어 '은총의' 가 '신령한' 으로 되어 있음만 다르지 동일한 내용이므로 분석은 생략한다.

구상 시의 특장인 설득력은 진실을 수반하여 구체적으로 심경을 진술하는 데서 시의 효용성을 회복한다고 하겠다.

누구만의 탓도 아니다.
누구만의 잘못도 아니다.

3천8백만 모두가 공범共犯이다.

서로에게 반대되는 주장이나
서로가 미워하는 행동 속에는

실은 서로의 삶을 지탱하고 성취하기에
불가결不可缺의 요소가 깃들어 있다.

서로가 서로를 부정否定만 하여
서로의 멸망을 자초自招하지 말자.

마치 벌과 꽃이 호혜互惠 속에 살 듯
사랑으로 서로의 결핍缺乏을 채워서
삶의 평화스러운 운행運行에 나아가자.

〈후략〉 -「모과 옹두리에도 사연이 88」 일부 -

위의 시는 주석에 "1980년대 이후 잇따른 정치적、사회적 소요 사태에 국민과 학생들에게 보내는 나의 메시지 형태의 시임"이란 표현과 같이 시라고 하기보다 거의 메시지에 가까운 비시적 형태의 시라고 할 수 있다.

"평생 마음 가난한 삶을 산 예술가의 내면"을 그린 시집이 『모과 옹두리에도 사연이』라고 한다면, 순수한 종교인으로 기도와 명상과 참회의 시에서 지양하고 사회를 향한 시인의 시대적 외침을 알 수 있다. 사회의 일탈과 부정적 현상을 외면하지 않고 시로 형상화한 것은 시인의 대사회적 소명이 무엇인가를 깨닫게 된다.

김재홍은 「민중시와 80년대 시의 문제점」에서 "80년대 초의 정치사적 소용돌이가 그동안 닫혔던 문학의 열기를 솟구쳐 오르게 하는 아이러니컬한 계기가 된 것이다."[120] 라고 하면서 열린사회로 전환하려는 시도가 있었다고 한다.

국민들의 열화와 같은 민주화 열기를 권위주의적 통치방식으로 짓밟고 유신체제로 회귀한 신군부에 대한 극대적 불신감은 5월 광주사태를 분기점으로 6·10민주항쟁으로 극을 치닫게 된다.

구상과 박두진 등 일부의 시인들도 더 이상 사회의 불안정과 모순을 좌시할 수 없어 현실 비판적인 성향의 시를 창작하게 된다. 구상은 정치적인 확고한 신념으로 현실과 타협하지 않고 현실을 투시하고 현실극복의 의지를 천명하게 된다.

그러나 구상은 '서로의 멸망을 자초하지 말자' 라든가 '서로의 삶을 지탱하고 성취하기에' 등의 구절을 통해서 극한적 대결을 지양하고 각박한 현실을 서로 사랑과 화해와 관용으로 시련을 극복할 것을 강조하고 있다. 이것이 바로 구상의 시인적 신념일 것이다.

---

120 金載弘, 『현대시와 역사의식』, 인천: 인하대학교 출판부, 1990, p. 270.

바닷가의 조개껍데기처럼
비린내 나는 육신과는 헤어지고
세상 파도에서 벗어나
육신의 나이를 살고 있다.

나를 이제껏 살아남게 한 것은
나의 성명性命의 강强하고 장長함에서가 아니라
그 허약虛弱에서다.

모과나무가 모과나무가 된
까닭을 모르듯이
나 역시 왜 시인이 되었는지를
스스로도 모른다.
한 마디로 이제까지의 나의 생애는
천사의 날개를 달고
칠죄七罪의 연못을 휘저어 온
모험과 착오의 연속,
나의 심신心身의 발자취는
모과 옹두리처럼 사연투성이다.

예서 앞길이 보이지 않기론
지나온 길이나 매양이지만
오직 보이지 않는 손이 이끌고 있음을
나는 믿는다. －「모과 옹두리에도 사연이 89」 전문－

일명 「근황近況」이란 시로 가톨릭의 칠죄七罪에 빠진 영혼의 모습을 고백하고 있는데, 구상은 체관諦觀, 사물의 본질을 밝히 살펴보다의 진실은 진리나 하느님을 향한 귀의로 보았으며, 마지막 구절에서는 그의 삶이 신앙에 매달려 있음을 나타낸다.

구상은 하느님은 실재하시며 인격적 존재로 끊임없이 체험을 통하여 존재를 인식할 수 있다고 말했다.

> "진실로 자기 존재를 인식하고 그 해답 속에서 자신의 삶을 살려는 사람이라면 그가 신을 거부하고 배격하는 사람이라도 신과 한번은, 아니 끊임없이 대결하고 고민해야 할 것이다." 121

시인에게 있어 칠순의 나이는 세상사에서 저만큼 벗어나 있다. 바닷가의 조개껍데기처럼 비린내나는 육신과도 벗어나 있고 세상사에서도 유리된 채로 존재함을 느낀다.

젊음의 패기와 욕망과 갈등과 여러 가지 부대낌에서 멀찍이 떨어져 자기를 성찰하고 있다. 지나온 날들은 가식과 위선으로 "모험과 착오의 연속"이었음을 느끼며 "모과 옹두리처럼 사연투성이"였다고 고백한다.

세상의 파도와 중심에서 벗어나 있다고 해도 미래가 뚜렷이 제시된 것은 아니고 또 그런 감정의 정리가 된 것도 아니다. 나이에 상관없이 삶은 세상이라는 파도에서 자유로울 수 있음은 아니다. 번다한 세상사에 시달리다 보면 초연해질 수는 없지 않겠는가?

그래서 "예서 앞길이 보이지 않기론 지나온 길이나 매양"인 것을 새삼 느끼게 된다. 구상에게 있어 나이를 초월한 삶을 떨쳐 버릴 수 없기에 보이지 않는 손길에 의해서 세상을 살아간다는 고백을 할 수밖에 없지 않겠는가?

그 보이지 않는 손길로 인해 세상의 두려움과 혼돈과 허약을 벗어난다는 시인에게 있어 '손길'은 절대자의 섭리이며 그러한 믿음으로 세상을 이길 수 있다고 믿게 된다.

---

121 Ibid, p. 335.

그것은 "칠죄七罪의 연못을 휘저어 온" 자신의 지난 과거에 대한 반성과 그 삶은 모과 옹두리처럼 사연이 많음을 암시하고 있다.

현대에 있어서 시가 체험한 자기 각성의 중요성에 대하여 쨔끄 마리땡은 이렇게 말했다.

> "시 자신의 靈性이 자기 계시되었다는 사실로써 시는 자기 자신의 독자적인 영적 체험에 점차로 더 깊이, 더욱더 회복할 수 없을 만큼 연루되었다. 그러나 영적 체험 속으로 내려가면서 사람들은 불가피하게 존재와 운명의 수수께끼를 지배하고 있는 원초적 문제들과 선택들과도 만나게 된다." 122

죽음을 초연히 맞이할 수 있다는 것과 죽음에 대한 두려움이 없다는 것은 신앙 안에서만 가능하다고 하겠다.

시인은 사회 구성원인 이상 시대나 사회의 제반 현상과 분리되어 생각할 수 없고 그의 시도 사회와 시대 상황의 영향을 받는 이상 시인이 갖는 계도적인 역할을 외면할 수가 없을 것이다.

그러나 전통적이고 관습적인 우리 시의 조류는 인간의 감정의 유로나 자연의 모습을 예찬한 서정과 서경적인 시들이 주류를 이루었다고 본다.

구상은 현실세계 우리 삶의 모습에서 파생하는 모순과 불안과 비극성과 기타 사회의 여러 현상을 파악하고 아울러 시적 안목으로 재구성하여 시로 펼쳐 보인다.

> "전통적 우리 시의 그 주제나 제재에 있어서의 사회현실이나 현대의식의 결여, 시대상황이나 역사의식의 부실, 세계의식이나 실존감성과의 유리 등에서 오는 공소성이 독자와 새세대 시인들의 불만을 불러일으켜서 그 반감과 반기를 쳐들게 한 것이 곧 바로 현실참여의 시나 민중시나 현장시근로시의 대두요 도전이요 그 주장인 것이다. 이러한 우리 시와 시인의 사회의식의 회복과 획득은 지극히 당연한 것으로서 현대시와 시인의 필수조건이요 과제라고 하겠다." 123

다음의 평가는 구상시를 적절하게 평하였다고 할 것이다.

"구상 시의 기풍은 그의 타고난 결벽증 — 의롭지 못한 것과 타협하려 하지 않고, 시에서마저도 오염과 짝할 수 없다는 강직한 성품이 곧 그의 시의 골격이다." 124

구상의 시 세계는 시대와 실존과 가톨릭적인 영성靈性의 조화를 특성으로 한다. 『까마귀』는 특히 타락해 가는 시대적인 경보와 예언과 비판에 투철한 시의식을 보여주고 있다.

"내가 쓴 『까마귀』는 작금년에 내가 쓰고 있는 번호도 안붙인 연작시로서 이야말로 내가 그 주제主題를 의식적으로 다루고 있는 예다.

이것은 나의 시인적 생태가 까마귀의 생태와 흡사한 것을 발견하고 나를 까마귀로 의물화하여 오늘의 물질, 기술, 속도위주의 시대상황에 도전예언, 경보을 해보는 것이다. 즉 까마귀소리는 잉꼬나 꾀꼬리처럼 흥겹지도 못하고 참새떼들처럼 귀에 익지도 않으며, 오히려 不吉하게 들리리만큼 악성이지만 이것을 들으면 사람들은 그날의 자기 행진을 불안해도 하고, 자기 삶의 모습을 살피기도 하고, 죽음을 떠올려도 보고, 더러는 영원이라는 것도 생각들을 해보는 것이 전승된 우리 풍속이라 나의 시도 저 까마귀처럼 악성惡聲이지만 저러한 영신적 예지와 경보의 사명을 다했으면 하는 염원에서 이 연작連作을 쓰고 있다." 125

1981년에 발간된 시집 『까마귀』는 모두 10편의 짧은 연작시이다. 우의적寓意的인 풍유시諷諭詩로 물질문명과 배금주의에 물들어 인간성이 상실되어가는 현실을 풍자하면서 세속적인 세태를 고발하고 풍자한 영성靈性

122 쟈끄 마리땡, 『詩와 美와 創造的 直觀』, 김태관 역, 서울: 성바오로출판사, 1985, p. 198.
123 구상, 『현대시창작입문』, pp. 216~217.
124 이우영, "지키는 詩", 『현대시학』, 1983년 5월호, p. 91.
125 구상, "사물에 대한 자기진실에의 욕구", 『현대시학』, 1978년 4월호, p. 77.

의 시라고 본다.

신부의 제복이 검기에 신앙적인 관점에서 세태를 풍자하기에 적절한 것이 까마귀라고 볼 수도 있으며 까마귀라는 관습적인 흉조凶兆로서 이미지 차용도 생각할 수 있으며 까마귀의 '까악까악' 하는 불길한 울음소리에서 경고의 느낌을 가질 수도 있기에 까마귀를 시적인 표현대상에 차용하였을 것으로 본다. 시인은 시대와 맞서 시대를 대변하는 대변자이며 시대를 옹호하는 파수꾼이라면 구상은 시대를 외면하지 않고 시대의 정신을 올곧게 나타내고 있다.

이영걸은 구상 시집 《까마귀》를 "문명비판적인 성격의 작품이며 동시에 시의 기능을 다룬 시"[126]로 보았고, 신동춘은 『까마귀』를 "의인정신"[127]의 응결로 보았으며 신익호는 "시대와 종교적 구원자로서 진실한 양심과 신앙의 삶을 추구"[128]하는 사회적인 교훈의 내용이 삽입되어 있기에 설득력이 있는 말이다.

> "문학은 우리에게 많은 중요한 관념과 도덕적 관심사를 드러낸다. 문학은 우리에게 문화적 유산을 가르치고 우리 사회 공동의 이상을 보전하도록 도와준다. 문학은 가치있는 사례와 잘못에 대한 생생한 경고를 포함하고 있다. 그러나 많은 독자들은 이들 진리를 발견하고도 결코 행동으로 옮기지 않는다."[129]

위의 말은 문학이 우리에게 끼치는 영향력을 제시하여 준다. 구상은 문학의 본령에 충실한 시인이었기에 우리가 구상의 메시지에 동의는 할지언정 구상의 시화에 대한 긍정적인 참여도는 희박하다고 본다.

---

126 李永傑, " 時代·自傳·靈性", 『현대시학』, 1982년 5월호, p. 27.
127 문덕수 외, p. 86.
128 신익호, 『기독교와 한국 현대시』, 대전: 한남대학교 출판부, 1991, p. 175.
129 수잔 갤러거·로저 런든, 『신앙의 눈으로 본 문학』, 김승수 옮김, 서울: 한국기독교대학협의회·한국기독학생회출판부, 1999, p. 88.
130 신익호, pp. 169~170.

까옥 까옥 까옥

친구여!
나는 어쩌면 그대들에게
미안하이.

내가 그대들에게 들려줄 노래사
그지없건만
오직 내 가락이 이뿐이라서
미안하이.

까옥 까옥 까옥 까옥

―「까마귀 1」 전문 ―

「까마귀 1」에서는 표면적으로 독백적인 겸손의 어투를 사용하여 '미안하이' 란 말로 시대가 빚는 타락상에 대한 풍자를 암유로 비유하였다.

부조리하고 부도덕한 사회에 대하여 질타하고 싶은 말은 많지만 언어 외의 언어로서 시인은 까마귀의 우화적 입을 빌어 동일시로 세속적 가치에 얽매여 도치된 삶을 살아가는 자들에게 넌지시 경고하고 있다고 하겠다. 언어 외의 의미가 중요한 의미로 부각되는 '까옥 까옥 까옥 까옥' 으로 간결하게 압축하여 대신할 수밖에 없는 시대적 아픔과 고통이며 체념은 시인과 당대 시민의 동심원일 것이다.

「홍길동전」과 다른 문학작품에서도 '까마귀' 의 울음은 죽음이나 불길한 조짐을 의미하는데 구상의 시에서 '까마귀' 는 "물질문명의 발달과 현실주의로 치닫고 있는 상황에서 야기되는 인간의 가치성 상실이나 사회의 불합리성과 모순, 그리고 현대 기독교인의 위선과 속물주의를 신랄히 비판하고 경고하는 예언자적 부르짖음"[130] 의 목소리로 애상적으로 울고 있다. 구상은 시인 자신이기도 하며 시적 대변자이기도 한 까마귀를 통하여 시대에 대한 경보와 안타까운 마음을 토로하고 있음은 시의 교훈적 목적에 합당하다고 본다.

봄놀이 버스가 들떠서 달리는 고속도로 한복판에 까마귀
한 마리 날아와 앉아 울고 있다.

까옥 까옥 까옥 까옥

예전에는 내가 저 산등 나무 위에서 두세 번 목소리만 내
어도 사람들은 걸음을 멈춰 오늘의 자기 행진行進을 불안해 하
고, 자기 삶의 모습을 살피기도 하고, 죽음을 떠올려도 보
고, 더러는 영원이라는 것도 생각들을 하더니

까옥 까옥 까옥 까옥

〈중략〉

거리에서 쫓기며 헤매는 참새떼 소리나 저희 집 새장 안의
앵무새 소리나 동물원 철망 속의 꾀꼬리 소리 같은 그 철딱
서니 없는 노래들만을 노래로 알고 들으며 사는 저것들이 오
늘날 벌이고 있고 또 내일도 벌일 그 세상살이라는 게 나로
선 하두 맹랑해 보여서
까옥 까옥 까옥 까옥

오산 인터체인지 근처 고속도로 한복판에 까마귀 한 마리
역사轢死를 각오한 듯 나와 울고 앉아 있다. — 「까마귀 2」 일부 —

해학과 풍자가 있으며 까마귀 울음의 의성법을 사용하여 리얼리티를 확보하였다. 이것은 곧 생동감 있는 시를 형성하며 설득력을 가진다.

안수환은『상황과 구원 · 1』에서 '역사轢死를 각오한 듯 나와 울고 앉아 있다.' 를 기독교의 번제燔祭적 직능으로 파악하고 있지만 이것은 결국 '철딱서니 없는 소리' 만 내뱉는 현실의 모순과 비리를 진실과 진리로 타파하려는 구상의 의지로 볼 수 있을 것이다.

까마귀가 갖는 전통적인 이미지에서 탈피한 "예보와 경계"의 이미지는 극적인 구성감을 연출하여 전체적인 이미지를 구축하였다.

'거리에서 쫓기며 헤매는 참새 떼 소리', '저희 집 새장 안의 앵무새 소리', '창경원 철망 속의 꾀꼬리 소리', '오산 인터체인지 근처 고속도로 한복판에 까마귀 한 마리' 는 모두 세상에서 인간답게 살지 못하고 순간을 영원처럼 살려는 사람들에게 경고하는 메신저로서 역할을 하고 있다. 다시 말하면 인간답게, 영원을 지향하며 살아가야 한다는 구상 자신의 당부라고 볼 수 있다.

나는 비탈산, 거친 들판을 헤매면서
썩은 고기와 죽은 벌레로 배를 채우며
종신서원終身誓願의 고행 수도를 하는 새다.

까옥 까옥 까옥 까옥

너희는, 영혼의 갈구渴求와 체읍涕泣으로
영영 잠겨 버린 나의 목소리가
불길不吉을 몰고 온다고 오해하지 말라.
오직 나는 영통靈通한 내 심안에 비친
너희의 불의가 빚어내는 재앙을
미리 알리고 일깨워 줄 따름이다.

까옥 까옥 까옥 까옥

너희의 눈 뒤집힌 세상살이를 굽어보며
저 요르단 강변 세례자 요한의
그 예지와 진노를 빌어서 우짖노니

—이 독사의 무리들아 회개하라!

하나님의 때가 가까이 왔다.
속옷 두 벌을 가진 자는 한 벌을 헐벗은 사람에게 주고
먹을 것이 넉넉한 사람은 굶주린 이와 나누어 먹고
권세가 있는 사람은 약한 백성을 협박하거나 속임수를 쓰
지 말 것이요,
나라의 세금은 헐하고 공정하게 매겨야 하며
거둬들임에 있어도 부정이 없어야 하느니라—

까옥 까옥 까옥 까옥

— 「까마귀 3」 전문 —

앞의 시에서 까마귀는 "비탈산, 거친 들판을 헤매면서 썩은 고기와 죽은 벌레로 배를 채우며 종신서원終身誓願의 고행수도苦行修道를 하는 새다"라고 자기의 소개를 하면서 "오직 나는 영통한 내 심안心眼에 비친 너희의 불의不義가 빚어내는 재앙災殃을 미리 알리고 일깨워 줄 따름이다."라며 자신의 역할을 잘 나타내고 있다.

까마귀의 울음을 전통적인 관념인 불길함과 죽음이나 공포로 묘사하지 않고 황금만능과 물질에 우선순위를 두는 가치관의 전도, 비윤리적이며 부조리한 사회의 모순과 교계의 위선과 물신주의와 현실과의 타협

등으로 인한 "눈 뒤집힌 세상살이"의 비리와 타락을 경고와 경보로 꾸짖는 예지와 예언의 새로 묘사된다.

예수의 길을 예비한 세례 요한의 광야에서의 외침은 타락한 유대교와 부도덕한 2000년 전의 이스라엘 사회의 하나님 앞에서 바른 회복을 호소하는 절규였다면 구상의 까마귀는 '너희의 눈 뒤집힌 세상살이를 굽어보며/ 저 요르단 강변 세례자 요한의/ 그 예지와 진노를 빌어서 우짖노니'와 같이 시적화자가 요한의 형상으로 다가와 세상의 타락을 질타하는 것이다. 오늘을 사는 우리에게 인간의 가치와 신뢰를 되찾자는 우리 모두의 바램을 대변한 것이라 하겠다.

문학의 기능 중에서도 교훈적인 기능을 강조한 위의 시는 까마귀라는 시적 표상으로 우리의 환기를 촉발시키며 아울러 자기를 성찰하며 사회적인 관심을 촉발하게 하는 계기를 설정하였다.

구상의 시는 우리에게 감동을 주며, 암유적인 수법으로 독자에게 생각할 수 있는 여지를 제공하고 있다.

> "시가 어떤 형이상학적 교훈을 줄 수 있을 때 독자는 감동을 받는다. 현상을 초월하여 영원과 실체를 암시해 보여 줄 수 있는 경우라면 아무것이든 괜찮다. 그러나 이런 유형의 감동을 겨냥하고 시를 쓰려고 할 때 유의해야 할 사항은, 평범한 '산문적 설교'가 돼서는 절대로 안 된다는 사실이다." 131

까마귀는 "종신서원의 고행수도를 하는 새"로 영혼의 갈구와 체읍으로 잠겨버린 쉰 목소리에서 암울한 시대를 아파하는 영혼의 지친 쉰 목소리이며 사회의 타락에 대한 불의의 꾸짖음일 것이다.

시가 갖는 사회정화적인 기능과 사회의 타락에 대한 윤리의식의 회복을 통하여 까마귀라는 표상이 갖는 예언과 경보의 의미는 중요한 자리를 차지한다고 하겠다.

---

131 馬光洙, 『詩學』, 서울: 철학과 현실사, 1997, p. 370.

어느 날 저녁 나의 작은 뜰에 까마귀 한 마리가 허청허청
찾아왔다.

까옥 까옥 까옥 까옥

그는 거리 언덕바지에 있는 신의 무덤에 나가 앉아서 한
나절 울다가 오는 길이라면서 목이 좀 탁해 있었다.

까옥 까옥 까옥 까옥

나는 그에게 호콩과 맥주를 대접하면서 요새 자신의 노래
에 대한 자조自嘲도 있고 해서 '그대나 나나 이제 그만 불길한
울음일랑 거두고 앵무새처럼 남이 일러주는 말이나 되뇌어
보이든가, 참새떼처럼 제멋대로 세상살이나 지껄여대든가,
아니면 꾀꼬리나 종달새처럼 자연이나 흥겹게 노래하며 사는
것이 현명하지 않겠느냐' 고 그의 심중心中을 떠보았다.

까옥 까옥 까옥 까옥

그는 이 말에 정색을 하면서 '그야 이제 오직 눈에 보이는
것만 섬기는 이 백성들에게 자신이 별로 볼일 없는 날짐승이
된 것을 잘 알지만 그나마 당신이나 내가 예언과 경보警報의
제구실을 버리면 이 백성들은 독수리의 밥이 되고 말 것이니
지치고 힘겨우나 우리만이라도 숨지는 그 시간까지 제 소리
를 내다 가야 하지 않겠느냐!' 고 사뭇 나를 힐책하고 대들었다.

까옥 까옥 까옥 까옥

나도 실상 그저 해보는 소리지 변신을 의중意中한 바도 아니
어서 주석酒席의 기롱譏弄을 사과했더니 그는 곧 화색和色으로 돌
아와 동물원 철망 속의 비둘기, 까치 이야기랑을 걱정스레
우짖다가 통금시간에 견줘 도봉산 기슭, 제 둥우리로 향했다.

－「까마귀 6」 전문－

「까마귀」는 10편의 연작시로 70년대 타락한 정치 속에 타락한 삶을 살아가는 유신정권시대를 배경으로 한 시이다.

조류인 까마귀를 통하여 우화 형태의 우유를 매개로 현대의 물질만능과 과학이 빚은 인간성 상실의 비인간화를 신랄하게 풍자하고 있다. 이것은 구상의 역사와 현실에 대한 남다른 애정의 산물일 것이다.

구상은 순수를 잃고 경직되어가는 비휴머니즘의 세태를 바로잡고자 하는 의도를 문학으로 수용하면서 바른 윤리관의 정착을 기원하였다. 그리고 비판적 경고를 통하여 우회적으로 경보하고 있다.

결국은 바른 가치관의 정착으로 바른 사회의 정착을 바라는 그의 메시지를 시로 표현하고자 하는 의도로 보아진다.

위 시에서 화자는 절대자인 '신神의 무덤'이란 구절로 보아 오늘의 부패하고 타락한 종교를 목이 쉬도록 울면서 질타하고 있다고 하겠는데 까마귀와 나는 대화를 통하여 현실에 대한 생각을 개진하고 문제의 심각성을 예진하며 타락한 현실을 리얼하게 묘사하고 있다.

인간을 계도하고 소외되거나 절망감으로 희망을 상실한 인생들에게 꿈과 이상과 동경의 세계를 가져 힘들고 아픈 현실을 초극시키며 아울러 죄성으로 타락하여 낙원을 상실한 인간을 사랑과 관용으로 구원해야 하는 사명을 망각한 종교계, 특히 교회에 대한 비판과 자성의 목소리는 "한나절 울다가 온 것이라면서 목이 좀 쉬어"있는 까마귀에서 잘 나타나고 있다.

"앵무새처럼 남이 일러주는 말이나 되뇌어 보이든가, 참새 떼처럼 제

멋대로 세상살이나 지껄여대든가 아니면 꾀꼬리나 종달새처럼 자연이나 흥겹게 노래하며 사는 것이 현명하지 않겠느냐"는 나의 제안에 까마귀는 "예언豫言과 경보警報"의 구실을 버리면 백성들이 독수리란 권력을 제멋대로 휘두르는 자들의 밥이 된다며 단호하게 구상을 힐책한다고 하였다.

불길한 울음을 토하는 것 같은 까마귀는 앵무새처럼 모방하며 참새떼처럼 사변적이며 꾀꼬리나 종달새의 현실도피적인 처세술을 신랄하게 비판하면서 그들의 기회주의적이고 타락하며 현실에 방관과 추종으로 일관하는 처세가 결국 사회의 부패와 부조리와 타락을 부추길 것이란 우려가 강하게 내포되어 있다.

기피하는 새인 까마귀의 쉰 울음은 양심과 정의를 지키자는 구상의 대사회적인 신념이며 우리 사회의 회복과제인 것이다.

결국 까마귀와 같은 역할은 진실과 진리를 회복하기 위한 순교자적인 자세로 사회의 각성을 촉구하며 종교 본연의 임무인 사랑과 희생과 관용과 화해를 토대로 상생과 구원의 세계를 희구하게 된다.

까마귀는 구상 자신으로 볼 수 있으며 정의와 진실의 회복을 위한 예언자적 부르짖음을 까마귀의 울음으로 대변하고 있다.

까옥 까옥 까옥

–진실로 고민하는 자는
절망하지 않느니.

까옥 까옥 까옥

–진실로 고민하는 자는
절망하지 않느니.

까옥 까옥 까옥

—정녕, 진실로 고민하는 자는

절망하지 않느니. —「까마귀 9」 전문 —

70년대, 파행으로 치달은 정치의 비민주화와 그에 따른 시대적 갈등과 가치관의 혼란에 진지하게 현실의 모순과 부조리를 날카롭게 풍자한 연작시 「까마귀」는 강한 어조로 시대의 불길한 조짐을 까마귀의 통속적인 불길한 소리로 환기시켜 현실에 대한 경보와 예언의 역할을 함으로써 그의 시가 지향하는 소기의 목적을 이루고 있다.

결국 물질만능과 배금사상의 팽배로 비인간화와 가치관의 전도와 혼란으로 삭막해져 가는 우리 사회의 위기의식을 경각시켜 현실에 대한 인식의 전환을 이루고자 하였다.

여기서 까마귀는 시적화자 자신의 의물화이며 타락한 현실의 고발자이며 비판자의 역할을 하고 있으며 이 시는 우리 사회의 어두운 단면을 표상하며 나아가 인류의 종말을 고하고 있다고 하겠다.

구상은 비단 사회적 병리 현상의 고발과 비판뿐만 아니라 도덕적, 윤리적으로 병든 사회의 제반 현상까지도 까마귀에 감정이입을 하여 인간성의 회복과 가치관의 정립 등 사회 정화의 역할까지도 시에서 언급하고 있다고 하겠다.

10편의 연작시 후반부에서는 명상과 깨달음으로 존재의 내면을 추구하려는 시적인 변환의 조짐을 엿보게 하며 "—진실로 고민하는 자는 절망하지 않느니."란 3연의 반복으로만 구성된 「까마귀 9」의 시에서 시적인 주제의식의 변화를 예견할 수 있다.

1 <돈키호테>에서

나는 지금 그대들 때문에 끓어오르는 분노와 역정을 억누르고 비끄러매느라고 무진 애를 쓰고 있다. 만약 그대들의 비난이 참말로 충정에서 우러난 것이라면 먼저 나의 권위와 그 존엄 앞에 두 무릎을 꿇어야 할 것이다. <중략>

한번 칼을 뽑았다가 끝장을 보지 않고 도로 꽂는 것은 기사도騎士道가 아니다. 그대 책상 물림들이 골백번 아우성을 친다 한들 내가 눈썹 하나 까딱 할 줄 아는가? 나는 이미 기사騎士로서 일생을 끝마치기로 결심한 사람이다. 오직 나는 그대들을 포함한 모든 사람들의 행복한 삶을 위하여 티끌만큼의 사념邪念도 없이 내 목숨 다하는 그날까지 역사의 한 길을 전진前進할 뿐이다.

2 <햄릿>에서

이제 나에게는 죽느냐? 사느냐? 하는 판가름이 남았을 따름이다. 가혹한 이 운명의 화살을 맞고도 참아 견디며 살아 남을 것인가? 아니면 죽어서 이 삶의 쓰라림과 괴로움에서 벗어날 것인가? 그러나 살아서 참고 견디자니 이 뒤틀린 세상, 눈꼴진 자칭 기사騎士들의 오만과 횡포, 그 학대와 멸시를 이 이상 더 어떻게 감수한단 말인가? 더우기나 참지 못할 것은 <사슴인줄 알면서도 말이라고> 발라맞추는 무리들의 소행과 내가 그렇듯 코에 걸어온 민중 자체로부터의 배반으로서 이것들은 나를 절망의 수렁으로 몰아넣는다. <중략>

한번 가면 되돌이킬 수 없는 세계, 그곳이 모두가 염원하는 극락極樂일는지 공포의 지옥地獄일는지 아무리 상상의 날개를 펼쳐 봐도 헤아릴 수 없기에 나는 망서리지 않을 수가 없다. 이래서 나의 충천하는 의욕과 의기는 그 결단의 힘을 잃고 마는 것이다. 이것은 나의 어리석음에서가 아니라 나의 현명함이 나를 이꼴로 만들고 있으니 이 또한 어인 까닭인가? 어여쁜 <오필리아>여! 이 영원한 방황을 용서해다오.

3 <파우스트>에서

여러분 나를 정녕 기쁘게 하는 것이 무엇인지 아십니까? 누구나 듣고자 하지 않는 것을 나는 노래하고 말하는 것이랍니다….

―「상황狀況」 일부 ―

위의 산문시는 격동의 시대를 몸으로 맞선 구상의 역사의식의 산물로 볼 수 있다. 1979년 5월 『한국문학』에 발표되었는데 유신정권 말기의 기만적이고 위선적인 정치사회를 풍자하는 현실 비판적인 시로 본다.

1연의 시에서는 세르반테스의 『돈키호테』를 차용하고 있는데 이는 비현실주의자이며 이상주의자인 주인공을 통하여 독재정권이 야기한 현실과 이상의 괴리를 나타내려고 하였다. 시대착오적인 주인공의 비정상적인 행동을 기사도 정신에 투철한 기사로 나타내려한 것은 현실과 이상 사이에서 갈등하지만 돈키호테와 같이 역사에 대하여 무모하게 투쟁하려는 시인의 의지를 나타내고 있다고 하겠다.

2연 셰익스피어의 4대 비극인 『햄릿』을 인용한 것은 진실을 알고도 어쩌지 못하는 우유부단한 햄릿과 같이 불의한 현실의 고통스러운 정치 상황을 외면하는 것은 '민중 자체로부터의 배반' 이라는 구상의 신념을 보여준다고 하겠다. 그러나 시인은 자기의 방황을 현명하다고 치부함으로 위안을 삼을 수밖에 없는 현실을 안타까워한다.

3연은 괴테의 희곡 『파우스트』를 내세움으로 이상과 현실 사이에서 고뇌하는 구상의 심리를 대변하고자 하였음을 알 수 있다. '누구나 듣고자 하지 않는 것' 은 결국 어두운 시대를 밝힐 수 있는 진실의 소리로 볼 수 있으며 시인은 그러한 삶을 살고자 한다는 것을 보여준다.

부조리하고 불의한 시대에 진실의 말로 시대를 바로 세우고자 한 구상의 의지를 우리는 위의 시를 통하여 엿볼 수 있다.

2. 긍정적인 삶과 변증법적 역사관

긍정적인 삶과 현실인식

구상의 시에서 삶의 현장이며 공간이 되는 시적 소재가 강과 밭이라면 『밭 일기』에서는 전쟁으로 초토화된 비극의 역사 현장에서 절망하지 않고 삶의 의미를 되새기는 시적자아의 의지가 투영되어 있음을 발견하게 된다.

사물의 생성과 소멸의 현장을 긍정적 의식으로 투영하여 삶의 의미와 존재의 가치를 자각하며 설득력을 가진다.

치열한 삶의 공간인 현실이 비록 물질적으로 풍부하지는 않지만 시인은 긍정적인 태도로 삶을 조명하고 있다. 다시 말하면 구상이 느끼는 삶은 순수한 현실의 삶이며 그 삶은 존재의 인식공간이며 활동무대이기에 비록 현실이 전쟁으로 인하여 피폐해질 대로 피폐하였다고 하여도 따뜻한 시선으로 세상을 변화하여야 하겠다는 시인의 확고한 의지의 단면을 알 수 있게 한다.

부정적인 현실에서 긍정적인 현실로 변화하고자 하는 시인의 시대적 사명에서 우리는 구상 문학의 존재이유를 발견하게 된다.

밭에서 싹이 난다.
밭에서 잎이 돋는다.
밭에서 꽃이 핀다.
밭에서 열매가 맺는다.

밭에서 우리는
심부름만 한다.　　　　　　　　　　　　　　－「밭 일기 1」 전문－

구상의 연작시 「밭」은 사전적인 의미인 "물을 대지 않고 작물을 심어 가꾸는 땅"의 원형적인 의미가 아니라 사물과 존재의 필요 공간으로서의 의미를 제시하고 있다.

"대체로 땅은 잃어버린 고향, 거칠어져 가는 고향, 쉬 돌아갈 수 없는 고향, 어머니, 풍요, 재생의 이미지로 쓰였다." 132

역사의 터전인 밭의 속성을 생성과 성장, 신생과 소멸 등 자연계의 순환 질서로 보아 역사적 사실과 존재와의 상관관계를 다루었는데 밭은 한국전쟁 이후 전쟁으로 피폐하고 각박한 생활공간으로서 자리하고 있다.

근원적 생명체의 모태인 밭에서 생명을 발아하는 것은 잠재적인 우주의 신비한 힘의 작용으로 볼 수 있으며 "싹이 나고, 잎이 돋고, 꽃이 피고, 열매가 맺는다"는 구절에서는 생명 창조의 숭고함이 느껴진다. 강이나 밭의 무생물에 감정을 이입하여 재생 공간을 설정하여 생명력을 갖추고 무한성과 영원성을 축으로 하여 존재의 비밀까지 규명하고 있다.

종결연 "밭에서 우리는 심부름만 한다"에서 생명의 주관자인 절대자

---

132 韓國文化象徵辭典編纂委員會, 『韓國文化상징사전』, 서울: 東亞出版社, 1994, pp. 246~247.

의 뜻에 따라 순응하며 묵묵히 그의 뜻을 받아들이는 구상의 단면을 알 수 있다.

구상의 수필 「옛날의 금잔디 동산」에 의하면 원산시 근교인 덕원德源에서 어릴 때 겪은 농촌 생활의 희비와 농민의 애환을 이해하게 되어 「밭 일기」 1백 편을 쓰게 되었으며 "저 소년시절의 회상에서 연유하였고 또 그런대로 써낸 것도 저 소년시절의 체험에서이다"[133]란 고백에서 알 수 있다. 사물에 대한 인식은 내재적인 것과 외재적인 것의 양면성이 있겠다. 구상은 비참한 전쟁의 아픔을 딛고 일어나 봄이 오면 새로운 싹과 잎이 돋아나서 꽃이 피고 열매가 맺는 자연의 순리를 긍정적인 시각으로 바라보고 있다. 그것은 삶의 새로운 자각으로 볼 수 있다.

> 내 영혼은 本是부터
> 눈멀어 태어났는가?
>
> 날이면 날마다
> 全身의 눈알을 죄다 밝히고
> 너 하늘을 쳐다보지만
> 오오 無明과 虛無의 遭遇…… – 「밭 일기 59」 전문 –

절대자의 신비로운 비의秘義를 깨닫지 못하고 존재의 인식을 알지 못하는 구상 자신의 실토에서 자아에 침잠하며 "하늘을 쳐다보지만" 진리의 세계에 몰입하지 못하고 "무명과 허무의 조우"에 머무는 비애가 회의적으로 제시되었다. 구상은 눈먼 영안을 뜨게 하려고 매일 치열한 자기 성찰과 내면의 세계를 규명하려 하지만 그런 노력에도 불구하고 영원성에 도달하지 못한다. 무명과 허무의 의식은 그를 절망과 낙담과 비통에

133 구상, 『시와 삶의 노트』, p. 114.

처하게 하지만 그는 혼자서 알아내려는 각고의 노력을 기울인다.

이제사 겨우 눈곱이 떨어지는
鮮明으로
眞善美가 저렇듯 實在하다는 것을
나는 고개를 끄덕이며
혼자서 알아낸다. — 「나는 혼자서 알아낸다」 마지막 6연 —

구상의 일상적 삶에서 느낀 심회가 잘 드러나 있는데 손톱만큼의 선명으로 진선미眞善美의 실존적 인식을 느낀 관조의 세계에서 그의 관념의 세계를 알 수 있게 한다. 깊은 사색과 명상의 세계에서나 가능한 그의 사유는 스스로 깨어나 존재의 가치를 체득하며 "혼자서 알아낸다"고 하여 치열한 내적 삶의 자세를 견고히 한다. 구상은 자연에서 성찰한 진리는 진선미의 세계를 깨닫게 되면서 우주적 비의秘義를 수용하게 된다.

자연의 서경과 거기서 느낄 수 있는 서정의 세계를 담담하게 시화한 것은 서경과 서정의 조화로움에서 느낄 수 있는 '아름다움' 일 것이다. 전쟁의 상처가 아물고 다시 조국 근대화 사업을 추진하던 시대상에서 구상은 서정시 본령에 충실한 면을 시로 제시하고 있다. 서정시는 주관시 또는 개인시라고도 하지만 구상은 주관적인 사상, 감정, 심상을 역사의식에서 벗어나 존재가 느끼는 시적 감흥으로 잘 표출하였다.

밤비가 지나간
밭은

새벽같이 일어나서
세수하고
아침 해를 받으며

머리를 참빗질 한다. — 「밭 일기 15」 전문 —

초록 제복制服의 여학생들이
한마당

일제히
<봄의 교향악>을 합창한다.

5월의 보리밭. — 「밭 일기 16」 전문 —

「밭 일기」 15와 16은 전형적인 서정시이다.

15는 특히 생명의 근원지인 밭이 아침 햇살을 받으며 밤비에 싱싱한 초록빛으로 생기가 넘침을 의인화시켜 머리를 참빗질 한다고 하여 국토에 대한 친화와 국토애를 서경적으로 표현하였다. 서정보다는 사상을 중시하는 구상의 시 스타일에 반한 시적 기교로 볼 수 있다.

16은 풍경의 묘사라는 간접적인 방법을 통해 계절의 여왕인 5월 밭에서 생명의 찬가를 구가하는 싱그러운 보리를 의인화의 방법으로 시적 감흥과 정서를 표현하고 있다. 특히 푸른 보리밭을 초록 제복制服의 여학생으로 표현한 것이 흥미롭다. "이미지를 '감각적 지각의 모든 대상이나 특질' 로 정의할 때, 이것이 곧 지각적 이미지다. 즉 지각적 이미지는 한 대상이 직접 감각에 받아들여지든, 비유에 의한 것이든 간에 감각적 지각의 대상이 되는 모든 이미지를 일컫는다."[134] 라는 이론과 같이 구상은 위의 시에서 지각적 이미지 중에서도 시각적 이미지를 차용하여 마치 한 폭의 수채화와 같은 아름다움을 느끼며 시적인 이미지를 통하여 선명한 주제를 인식하게 했다.

---

134 장도준, p. 158.

바삭바삭
발자취 소리
제 그림자에
멈칫, 멈칫,

으응, 바위와 이쁜이!

…저것들이

젊은 보리들이
깔렸다 일어나며
울상, 웃을상,

구름 뒤에 숨었던 달이
외짝 눈을 살짝,

조것이!

어느 나라 황후폐하
사진을 오려가지고

변소에 들던
중학생 시절!
그런 모독의 정열에
밭, 나도 몸을 튼다.

-「밭 일기 19」 전문 -

구상의 관념적인 시 중에서 해학적인 내용으로, 마치 우리 선조들이 보리밭에서 만나 사랑을 나누던 광경을 그리고 있다. 평범한 시어를 가지고 보편적이고 상상력이 풍부한 미적 즐거움을 제시하는 것은 구상의 시적 영역이 광범위함을 보여준다. 구상은 시대적 역사를 비판하기 전에 작가 자신의 치부恥部부터 솔직하게 노골적으로 고백하고 있다.

어느 나라 황후폐하
사진을 오려가지고

변소에 들던
중학생 시절!

위 부분은 중학생 때 자위행위를 하기 위한 행위를 묘사한 부분인데, 구상은 '모독' 이라고 표현하고 있다.

여기서 '그림자' 는 단순한 의미의 그림자로 사용되었으며 어둠의 속성을 제시하며 밭은 서정성을 제시하는 공간적 배경의 역할을 하고 있다고 하겠다. 보리밭에서 '바위' 와 '이쁜이' 의 남몰래 만남은 유머러스하기도 하며 보리가 깔렸다 일어나는 것을 '울상, 웃을상' 으로 표현한 것도 밭에 의인화기법을 사용한 구상의 시에서 특이한 표현일 것이다.

동심을 차용하여 생활공간인 밭에서 일어나는 이야기에서 잊혀진 시심을 회복하게 하는 구상의 심상이 잘 표출되어 공감대를 형성하였다.

누워
보는
하늘

높고

깊고

넓고

무한無限 —「밭 일기 32」 전문 —

구상의 시에서 비교적 짧은 형식의 시이다. 전3연에서 1연과 2연이 2음절씩 3행으로 되어 있으며 3연만 2음절의 한 단어로 구성되었다. 누워서 바라보는 하늘의 광대무변함을 노래한 서정시로 3연만 1행으로 된 것은 2, 3연의 하늘이 높고, 깊고, 넓음을 시각적 이미지로 제시하기 위한 작가의 의도로 보인다.

"높고 깊고 넓고/ 무한"하다는 표현에서 구중서는 "평화, 존재, 무한, 영원, 이런 것들이 그의 시에 담겨 있다. 자연을 소재로 하여 서정의 한계에 떨어지지 않고 이처럼 창조적이고 존재론적인 시 작업을 이룩하는 것은 이채로운 작업이라고 생각하게 된다."[135] 고 하면서 자연과 존재의 교감으로 파악하고 있다.

구상의 시에서 비시적이고 산문적이며 설명과 사설로 된 시가 아닌 특이한 형식의 시라고 본다.

변증법적 역사관과 시인의 의지

구상의 시에서 중요한 제재와 시적 표상을 이루는 '밭'은 우리가 살아왔고, 살아가며 또 영원히 살아갈 역사의 터전인데 생성과 소멸이 번다한 밭에 감정을 이입하여 사물의 현상을 시적인 안목으로 살펴 역사

---

135 구중서, 『자연과 리얼리즘』, 서울: 太學社, 1993, p. 246.

의 현장인 밭에서 형이상학적 인식으로 실존하는 존재의 의미를 성찰하였다. 특히 한국전쟁으로 황폐화된 역사의 현장에서 전쟁의 비참함과 비극적 삶의 체험을 겪고 난 구상은 인간의 원초적인 삶의 터전인 '밭'에서 새로운 의지로 초토를 극복하고 역동적 재생을 이루어 나가길 바라고 있다.

마르틴 하이데거Martin Heidegger는 "인간 실존의 특징은 그 현존Daesin, givenness이라고 주장했다. 다시 말해 우리의 의식은 세계의 사물들을 투사project하고, 동시에 세계 내 존재의 본성 자체에 의해 세계에 종속subjected된다. 우리는 세계로, 우리가 선택하지 않은 시간과 장소로 '던져져' flung down 있는 동시에 그 세계는 우리의 의식이 그것을 투사하는 한 우리의 세계이기도 하다."[136] 고 하였다.

구상은 『인류의 맹점에서』를 출간하고 신문기자와의 대담에서 시와 생활과 신앙의 합일점을 도출하려고 노력한 시인의 시 정신을 밝히고 있다. 시인 구상, 國民日報 1998년 5월 15일, 28면

> "시인들이란 소위 그들 시심 자체에 등가량의 진실이 수반돼야 해. 그런데 시 따로 시인 따로라고 생각해서인지 현란하고 기경적인 언어만 쏟아 붓는 요즘 풍토가 걱정이야. 거짓으로 남의 마음을 움직일 수는 없는 일이지. 시란 시인의 독자적인 진실을 증거하기 위해 쓰는 것이야."

『밭 일기』는 1965년 일본에서 두 차례의 폐 수술을 받고 투병 중에 완성하여 1967년 1월부터 4월까지 〈주간 한국〉에 발표한 100편의 장편 연작시로 1960년대를 대표하는 시적 소산으로 우리나라 연작 장편시의 효시라고 할 것이다. 『밭 일기』와 『그리스도 폴의 강』은 왜관에서 사랑채에 관수재觀水齋를 짓고 쓴 시인데 구상이 이러한 연작시를 쓰게 된 이유는 그의 다음 수필에 잘 나타나 있다.

---

136 李善榮 編, 『文學批評의 方法과 實際』, 서울: 三知院, 1998, p. 352.

"나 같은 사람은 촉발생심觸發生心이나 응시소매격應時小賣格인 시를 써가지고선 도저히 사물의 실재를 파악하지 못할 뿐 아니라 존재의 무한한 다면성이나 복합성을 조명해 내지 못하기 때문에 한 제재를 가지고 응시를 거듭함으로써 관입실재해 보려는 의도에서였습니다.

또한 이러한 한 사물이나 존재에 대한 주의 집중에서 오는 투철은 곧 모든 사물이나 존재에 대한 투시력을 획득할 수 있으리라는 관점에서였는데 어느 정도 이의 실천에서 자기 나름의 성과를 거두었다고 생각합니다." **137**

사물의 실재를 파악하기 위해 한 제재를 응시하면서 사물의 실재를 파악하려고 하였음을 상기 고백에서 알 수 있는데 이런 투철은 그의 말과 같이 어느 정도 긍정적인 목적을 이루었다고 하겠다.

쟈끄 마리땡은 우리가 미를 논할 때에 관찰해야 할 것은 자연과 인간 사이의 일종의 상호침투로 보았는데 "자연에 대한 인간생활의 충격이 심화되고 광범하게 되면 될수록 그만큼 자연의 미美는 더욱 커지며, 자연을 관조觀照하면서 느끼는 심미적 쾌락審美的 快樂과 감지感知는 더욱 순수하고 생생하게 된다는 것이다"라고 하며 "우리가 자연에 대한 정감情感에 싸이면 싸일수록 더욱더 아름다워지며 그 정감은 인식을 동반하는 정감이다. 결국 이러한 정감은 주관을 초월하여 정신을 인식된 사물에게로 이끌어 주고, 더 많은 것을 인식하도록 유인한다." **138** 고 보았다.

구상은 일상에서 우리가 만나는 평범한 농촌에 자리잡은 원시적 자연의 표상인 밭에서 진정한 삶의 의미를 재생해낸다. 그 밭은 구상의 지향공간이며 우리들의 삶의 공간인 것이며 생명의 창조공간이다. 나아가 밭은 원시와 현재가 살아 숨쉬며, 자연과 문명이 교감하며 자연과 인간이 공존하는 삶의 무대로 제시되었다.

---

137 구상, pp. 161~162.
138 쟈끄 마리땡, pp. 15~17.

그리고 『밭 일기』의 결말부에서 의인화된 밭은 구상 자신의 시론으로는 존재 그 자체를 표현하고 있음을 알 수 있으며 구상이 존재의 본질 탐구에 얼마나 치열한 시 정신을 견지하는지 알게 해준다.

농부가 소를 몰아
밭을 간다.

막혔던 땅의
숨구멍이 터진다.

얼어붙었던
가슴이 열린다.

봄 하늘이
손에 잡힐 듯하다.

소와 농부가 함께
쳐다본다.

구름이 북으로
흘러간다.

엄매…

가시도 덩굴도
헤치며
갈아 나간다.

– 「밭 일기 2」 전문 –

'밭' 은 우리 국토를 상징한다고 본다면 봄에 밭을 갈아서 새로운 농사를 준비하는 농부의 마음에서 현실과의 차가운 단절인 밭을 갈므로 '막혔던 땅의 숨구멍이 터지고' 아울러 '얼어붙었던 가슴이 열리고' 에서 자유를 갈구하는 시적화자의 의지를 엿볼 수 있다.

밭은 이제 더 이상 절망의 공간이 아니며 초토화된 국토를 상징하고 있지 않다. 막혔던 땅만 아니라 전쟁으로 고향을 상실한 시인의 막혔던 가슴도 열리고 있다.

'봄 하늘이 손에 잡힐 듯' 희망이 가슴에 싹트고 있음을 보여 준다. '구름이 북으로 흘러간다' 에서 새로운 삶의 의지를 느끼게 하며 고향에 대한 향수를 느끼게 하며 소의 울음소리는 북녘 고향에 대한 그리움을 더욱 짙게 한다.

오고 갈 수 있는 고향을 지척에 두고도 가지 못하는 국토의 분단은 우리 민족의 비극이며 실향민인 시인의 마음을 답답하게 하는 조국의 현실 앞에서 절망하지 않고 '가시도 덩굴도 헤치며' 실존에의 추구를 밭을 가는 행위인 역사의식으로 대체하고 있다고 하겠다.

구상의 역사의식은 현실인식을 토대로 하여 민족의 공동체의식을 시적인 테마로 하여 공감대를 형성하고 있다고 하겠다.

산허리 무밭 가
춘곤春困에 조는 늙은 바위에
쉬파리 한 마리 놀고 있다.

<중략>
세상은 일시에 모두 정지되어
푸른 송장이 된 것같이
숨소리도 없는 이 순간,
기아飢餓와 멸시와 살육에서 해방된 순간

저주와 모반謀叛도 없는 이 순간,

너, 쉬파리 똥파리
어쩐지 이 고요가
서러운 공포가 되며
산울림하게 왕왕, 울어보누나. －「밭 일기 8」 일부－

생명에 대한 애정과 비의秘義를 밭을 통해 시로 승화시킨 구상의 창작 의도를 알려면 시에 쓰인 상징적인 시어를 살펴 시적 세계를 규명하여야 한다.

"늙은 바위"에서 바위는 신화에서는 생명력, 풍습에서는 다산, 번식, 굳건함으로 종교에서는 초월성과 불변의 의지로 문학에서는 고난, 장애, 의지로 서양에서는 거룩함, 단단함, 강력함과 부활과 영원으로 상징되고 있다.[139]

구상이 말하고자 하는 바위의 표상은 현대의 경직된 사회상을 의미한다고 하겠으며 '늙은 바위' 인 현실에서 '세상은 일시에 모두 정지되어', '기아와 멸시와 살육에서 해방', '저주와 모반도 없는 이 순간' 등은 이상적인 절대 진리를 추구하는 구상 자신의 지향공간을 나타낸다고 하겠으며 시적화자 자신을 지칭하는 '쉬파리' 는 '고요가 서러운 공포' 로 느껴져서 인간성의 상실이나 동족이 이데올로기로 첨예하게 대립하는 현존의 부조리와 모순에 대한 절규를 하며 진리의 회복을 염원한다고 하겠다.

139 한국문화상징사전편찬위원회, pp. 222~225.

3. 현실극복과 초월성

자연의 서경과 현실극복의지 투영

자연을 읊은 시를 "어떤 의미에서 자연을 읊은 모든 시는 형이상학적인 시라고 볼 수 있다고 생각한다. 왜냐하면 그러한 시들은 대부분 자연의 어떤 현상을 통해 자연의 원리를 보여주고, 그 자연의 원리를 통해 존재의 원리와 현상의 법칙을 보여주기 때문이다."[140] 라고 한 견해는 구상의 시에서도 역시 설득력을 가진다. 구상도 시에서 자연을 노래하지만 순수 서경의 자연보다 자연을 통하여 자신의 주관적 견해를 말하려는 의도를 가지고 있다.

"프라이Northrop Frye는 시의 임무를 '욕망의 충족을 드러내고 그것에 방해가 되는 것들을 밝혀내는 것'이라 본다. 예술은 인간의 작업 목적이 투사됨으로써 욕망을 만족시키는 것이다. 프라이는 이 욕망에 대해 묵시록적인 목표 지점을 상상한다. <중략> 시가 상상적 투사로서 자연 전체에 언어를 적용

140 원명수, 『김소월 시선집』, 대구: 계명대학교 출판부, 1997, p. 209.

하려 애쓰는 스스로의 노력에 자기 반성적 시선을 던지는 작품들 속에서 발견된다. 이같은 이상적인 완성이 영원히 실현되지 않은 채로 남아 있기는 하지만 욕망과 자연의 소망스러운 마지막 통합을 나타내며 이것은 자연이 어떤 신성한 시 창조자의 몸체 자체가 되는 상징적 형태를 취한다. 여기서 예술은 처음이고 끝까지 조화로운 자연을 반영한다." 141

위의 말에서 자연을 통하여 나타내려는 시인의 의도는 곧 주제의식을 통해 나타나는데 그것은 인간을 자연의 일부로 보아 자연과의 합일 내지 동화로 파악하려는 뜻이 있다.

존재한다는 것으로 볼 때 자연과 인간은 공통점을 가지고 존재하는 만상의 일부이기 때문일 것이다.

산과 마을과 들이
푸르른 비늘로 뒤덮여
눈부신데

광목처럼 희게 깔린 농로農路 위에
도시에선 약 광고에서나 보는
그런 건장한 사내들이
벌써 새벽 논물을 대고
돌아온다.
─「하일서경夏日敍景 1 아침」 전문 ─

'푸르른 비늘로 뒤덮여' 있는 것과 같은 농촌의 꾸밈없는 아름다운 모습과 광목처럼 희게 깔린 농로農路에 건장한 사내들의 이미지를 통해 구상이 꿈꾸는 소박한 건강하고도 활기찬 우리 삶을 제시하고 반문명적

---

141 엘리자베드 라이트, 『정신분석비평』, 권택영 옮김, 서울: 문예출판사, 1997, pp. 101~102.

인 인간의 욕구는 제외된 채 정겨운 우리 농촌의 소박한 모습을 보여주고 있다. 우리의 삶에서 추구할 가치관이 우선시되어야 할 인간적인 자연미는 결국 환상적인 세계가 아니라 현실에서 구가할 수 있다는 믿음을 가질 수 있다. 여름날 우리의 농촌에서 누구나 대할 수 있는 서경을 따스한 마음의 고향의식으로 시화하여 아름다운 감동을 자아낸다.

'이쁜이' 가 점심함지를
이고 나서면
'삽살이' 도 뒤따른다.

사내들은 막걸리 한 사발과
밥 한 그릇과
단 잠 한 숨에
거뜬해져서 논밭에 들면

해오리 한 쌍이
끼익 소리를 내며
하늘로 난다.

– 「하일서경夏日敍景 2 낮」 전문 –

한낮의 농촌 풍경에서 한가로움과 여유로움을 동시에 수반한 우리의 정취를 느낄 수 있다. 우리의 포근하고 안락한 삶의 터전이며 동시에 꿈이 있는 농촌에 대한 근원적인 향수를 생각하며 생태계가 파괴되어가고 도시화와 산업화로 인정이 메말라 가는 농촌사회에 대한 안타까움이 엿보인다. 아울러 우리의 삶을 짓누르는 현실의 모순과 부조화에서 농촌이 갖는 보편적 가치의 중요성을 환기시켜 보는 구상의 의도 또한 공감대를 형성한다.

저녁 어스름 속에
소를 몰아
지게지고 돌아온다.

굴뚝 연기와
사립문이 정답다.

태고로부터
산과 마을과 들이
제자리에 있듯이

나라의 진저리나는
북새통에도
이 원경遠景에만은
안정이 있다.

– 「하일서경夏日敍景 3 저녁」 전문 –

반성적 성찰과 진실된 깨달음을 생각하게 하는 시이다.

생명의 공간인 밭에서 생명을 일구며 삶을 가꾸다가 저녁 어스름 속에 귀가하는 한가로운 풍경 속에서 잃었던 고향의식을 일깨우게 된다.

동족상잔이라는 피비린내 나는 전쟁과 겨레의 아픔도 여기는 비켜갈 수밖에 없는 태고적 신비를 수줍게 감추고 원형 그대로의 모습으로 존재한다. 우리의 삶의 현장이 순수한 그대로 존재하기를 바라는 구상의 소박한 염원이 잘 표출되어 있다.

「하일서경」은 「밭 일기 23」에도 나오는데 「그리스도 폴의 강 7」과 같이 구상이 살던 칠곡군 왜관 낙동강변의 베네딕도 수도원 농장과 바로 집 앞 나루터의 삶이 시의 소재와 제재가 되었고 그곳의 실경實景과 실사實寫를 시화한 것이다.

구상은 수필 「낙동강변 나의 시골집」[142] 에서 다음과 같은 시와 관련된 사연을 말하고 있다.

달이 으슥한 우물 안에서
철렁 철렁 목욕을 하다
두레박을 타고 올라와
질옹배기로 흘러 들어간다.

이번엔 햇바가지에 담겨
새댁의 검은 머리채 위서부터
보얀 등허리와 볼록한 앞가슴을
미끄러져 내려

빨랫돌 위에 산산이 부서진다.

달로 씻은 육신은 달처럼 희다…

노란 지붕 위에서
내려다보던 고추들이
얼굴을 더욱 붉힌다.

어느새 중천中天에 다시 올라간
달을 쳐다보고
박덩이가 쩔쩔매며
넝쿨 뒤로 숨는다.

142 구상, 『모과 옹두리에도 사연이』, pp. 268~272.

꽃밭에서 이를 바라보던 봉선화가
너무나 재밌어 꽃잎을 떨구며
눈에 이슬을 단다. —「달밤 2경景 1」 전문 —

강에 달이 둥실

강낭밭에 그림자가 바삭 버석.

마당의 코스모스가 너울너울.

뒤란에 장독대가 빙.

지붕 위에 박넝쿨이 살살. —「달밤 2경景 2」 전문 —

인간의 주관적인 감정을 표현한 것이 서정시라면 서정시는 주主와 객客의 합일 내지는 일체화를 꾀하게 되므로 '자아'를 둘러싼 세계와 하나가 되는 느낌을 받게 될 것이다. 서정시는 대상을 자아화하여 표현하게 되므로 새로운 세계로 참여하게 되는 미적 효과를 얻게 된다. 또 이러한 과정을 통해 감정의 순화가 이루어 질 것이다. 구상은 한국 서정시의 특징을 「한국의 서정시」에서 다음과 같이 설명하고 있다.

"범 동양적인 만물만상을 일여시一如視하는 존재관과 그 무상성에서 오는 체관에 유인된 것이라 하겠습니다." 143

그러나 대체로 서경시는 일견 풍경을 그림 그리듯이 묘사한 시이지만 구상의 시에는 은연중에 시인의 심리 상태나 암시적인 의미가 들어 있

143 구상, 『현대시창작입문』, p. 292.

을 수밖에 없을 것이다. 결국 풍경이란 간접적 방법을 통해 분위기, 감정, 느낌 등을 복합적으로 표현하고 있다.

「달밤 2경」을 통해 달밤의 서경과 서정적 분위기를 흠뻑 느끼기에 충분한 시심을 제공받을 수 있다.

> 울밑 장독대를 빙 둘러
> 채송화가 피어 있다.
>
> 희고 연연한 몸매에
> 색색의 꽃술을 달고
> 저마다 간드러진 태를 짓고
> 서로 어깨를 떠밀기도 하고
> 얼굴을 비비기도 하며 피어 있다.
>
> 하늘엔 수박달이 높이 걸리고
> 이슬이 젖어드는 이슥한 밤인데
> 막내딸 가슴의 브로우치만큼씩한
> 죄그만 나비들이 찾아 들어
> 꽃술 위를 하늘하늘 날고 있다.
>
> 노랑,
> 빨강,
> 분홍,
> 연두,
> 보라,
> 자주,

이 꽃술에서 저 꽃술로
꽃가루를 옮겨 나르는 나비들!
이른 봄부터 밤마저 새워가며
그 수도 없이 날던 나비 떼들!

사람인 나 홀로 이 밤
울타리에 썩어가는 말뚝이듯
아무것도 모르며 섰는가?

-「조화 속에서」 전문 -

자연과 인간의 조화는 생태환경에서도 중요한 문제가 되었다. 상생의 법칙이 아니더라도 삼라만상의 공존을 가능하게 하는 것은 개체와 개체 간의 조화라는 자연현상의 조화로움 때문일 것이다. 햇빛과 바람과 우로雨露의 미묘한 조화가 결국 생명을 가능하게 할 것이다. 자연은 서로 유기적으로 결합하여 상호 보완을 하며 살아간다. 이것이 바로 신의 조화로운 섭리이며 자연의 이치일 것이다.

구상은 점차 인간화가 상실되어 가는 현실의 안타까움에서 서로 상생하며 살아가는 자연 앞에 고뇌하며 사람과 사람의 조화로움을 희구하며 사람 사는 이치를 "사람인 나 홀로 이 밤/ 울타리에 썩어가는 말뚝이듯/ 아무것도 모르며 섰는가?"라고 자문자답하며 자연과의 조화로움을 생각하게 한다.

현실을 통한 인식의 확대

구상은 시에 있어서 현실은 현실과의 단선적인 연결을 의미하는 것이 아닌 역사적인 현실이나 시대상황에 대한 지적인 비평을 통하여 우리의 삶과 단절되지 않은 현실을 시로 형상화하였다. 구상은 우리 현대시를 분석하면서 그 이유를 다음과 같이 제시하고 있다.

> "우리의 시가 현실과 유리되어서는 안된다는 것은 그의 제재가 자연서정이든 인간의 정한이든, 사회현실이든, 나아가서는 존재론적 입자이나 형이상학적 관념이든지를 막론하고 스스로의 실존적 삶과 구체적인 결속에 있어야 한다는 것입니다." 144

존재와 현실과의 관계를 규명하여 시적인 형상화를 기했다는 것은 실존과 현상에 대한 시적 인식의 결과라고 볼 수 있다.

가을 하늘에
기러기 떼 날아간다.
내 앓는 가슴 위에다
긴 그림자를 지으며
북으로 날아간다.
한 마리 한 마리 꼬리를 물듯이
직선을 그으며 날아간다.

팔락
 팔락
  팔락
   팔락
    팔락
     팔락
      팔락

144 구상, 『시와 삶의 노트』, p. 310.

팔락
내 가슴 공동空洞에 내려앉는다.

도
레
미
파
솔
라
시
마지막 한 마리는
내가 붙잡았다.

팔딱
팔딱
팔딱
내 가슴이 뛴다.

끼럭
끼럭
끼럭
내 가슴이 운다.

끼럭
끼럭
끼럭
하늘이 운다.

끼럭
끼럭
나는 놓아 보낸다.

혼자 떨어져 날으는 뒷모습이
나 같다.

가을 하늘에
기러기 떼 날아간다.
나의 가슴에
평행선을 그으며 날아간다. -「가을 병실」 전문 -

가을은 수확의 계절, 은혜의 계절, 감사의 계절이다. 구상과 같은 신앙인에게는 세상적인 것들을 떨쳐 버리고 위에 것을 바라보는 신앙의 계절로도 볼 수 있다. 존재와 실존의 문제를 천착穿鑿하며 자연의 신비에 눈뜨는 비의秘義의 계절일 것이다.

"가을의 맛이란 실로 독특한 것이어서 봄의 훈훈함이나 신선함이 아니고 또는 여름의 약동이나 열기가 아니라 그런 외향적인 욕구나 정열이 아니고 난 뒤에 오는 내향적인 가라앉음과 맑음인 것입니다. 그래서 우리의 머리와 가슴도 청명해지고 관조적이 됩니다."[145]

가을 하늘에 기러기 떼가 날아가는 모습과 그에 따라 병세가 악화됨을 시각화하여 나타낸 시이다.

기러기 떼가 꼬리를 물듯이 날아가다가 폐결핵으로 앓던 구상의 공동에 팔락거리며 떨어지는 모습과 병세가 '끼럭' 이란 단어는 기러기 울음

---

145 구상, 『삶의 보람과 기쁨』, 서울: 자유문학사, 1995, p. 190.

과 병든 환자의 울음이 병치된 중의적 표현이며 사선과 반복을 통하여 강조하고 있다.

'파스칼' 의 갈대만이
흰 머리와 흰 구렛나룻을
바람에 날리고 있었다.
휴전선!

-「휴전선」 전문 -

"인간은 생각하는 갈대다."라고 파스칼은 『팡세』에서 은유하였는데 파스칼이 연상되는 갈대의 흰 꽃술이 백발과 구렛나룻과 같이 바람에 날리는 모습을 휴전선에서 비유적으로 묘사하고 있다.

구상은 분단 조국의 현장인 155마일 휴전선에서 여러 가지 떠오르는 상념을 장황하게 서술하지 않고 간결하게 압축하여 순수 서정의 세계를 짧은 단형시로 표현하고 있다.

마지막 구절 '휴전선!' 에서 더 이상의 진술이 없이 느낌표로 처리함으로써 구상은 시에서 심심상인心心相印의 여운을 주고 있다.

-徒刑囚 짱의 獨白

빠삐용! 이제 밤바다는 설레는 어둠뿐이지만 코코 야자 자루에
실려 멀어져 간 자네 모습이야 내가 죽어 저승에 간들 어찌 잊혀
질건가!

빠삐용! 내가 자네와 함께 떠나지 않은 것은 그까짓 간수들에게
발각되어 치도곤이를 당한다거나, 상어나 돌고래들에게 먹혀 바다
귀신이 된다거나, 아니면 아홉 번째인 자네의 탈주가 또 실패하여
함께 되옭혀 올 것을 겁내 무서워해서가 결코 아닐세.

〈중략〉

빠삐용! 그래서 자네가 찾아서 떠나는 자유도 나에게는 속박으로 보이는 걸세. 이 세상에는 보이거나 보이지 않거나 창살과 쇠사슬이 없는 땅은 없고, 오직 좁으나 넓으나 그 우리 속을 자신의 삶의 영토로 삼고 여러 모양의 밧줄을 자신의 연모로 변질시킬 자유만이 있단 말일세.

빠삐용! 그것을 알고 난 나는 자네마저 홀로 보내고 이렇듯 외로운 걸세.

－「드레퓌스의 벤취에서」 일부－

드레퓌스의 벤취는 프랑스의 앙리 샤리에르의 탈옥 수기 『빠삐용』에 나오는 남아메리카 기아나 앞바다의 〈죽음의 섬〉 벼랑에 있는 벤취이다.

유대인 출신 프랑스 육군 포병대위로 독일 스파이라는 반역죄에 몰려 1894년 이 섬에 유형되었다가 12년만인 1906년에 복권된 A.드레퓌스의 이름을 딴 것이다. 도형수 짱은 주인공 빠삐용의 탈출을 돕고 그대로 〈죽음의 섬〉에 남는 중국계 도형수이다. 이 시는 「모과 옹두리에도 사연이 79」에도 유사類似한 내용으로 나온다.

이제 나는 '드레퓌스'의
벤취에 앉아

밤바다를
야자열매 자루에 얹혀
멀어져 가는
'빠삐용'을 멀거니 바라보는

도형수 '짱' 의 심회로
세상을 바라본다.

<중략>

그래서 나는
새로 찾아 나서야 할
자유도 복지도 없어
이렇듯 외로운 것이지!

이 시는 구상이 1946년 응향사건으로 필화를 당하여 그 해 11월 월남하던 중 붙잡혀 1947년 2월 북한을 탈출하여 다시 월남한 자전적인 문제와 깊은 연관을 가지고 있다.

'빠삐용' 과 같은 심경으로 자유를 찾아 필사적으로 남하하였지만 곧 이어 한국전쟁의 비극을 체험하였고 이후 정국의 혼란상을 경험하기도 하였다.

자유당 독재정권에 의하여 1년 간 투옥되기도 하였기에 구상은 자유를 위해 탈출한 '빠삐용' 보다는 오히려 감옥에 있기를 희망했던 '짱' 의 입장에서 남한이나 북한이나 별로 다를 것 없는 현실의 부조리한 삶에 대하여 허무의식을 깨닫고 자기의 심경을 토로했고 구상에게 현실과 초현실의 구분은 별의미가 없다.

두 시가 모두 종결구에 '이렇듯 외로운 걸세' 와 '이렇듯 외로운 것이지!' 란 유사구가 있는데 원초적인 삶의 외로움 속에서 존재의 가치를 확인하려는 시적 화자의 결연한 의지를 엿볼 수 있다.

기울이에 밤 그림자 같이

님 리를 취했는 六根이나 七罪여

海潮然 보소는

종이를 쓴 色相은 찾아

衆生의 業報의 바람께

날려 가는 우담 慶 보소로

한 소식 거름으로 녹아 흐르고

아픈 울 같이 바삭거리는

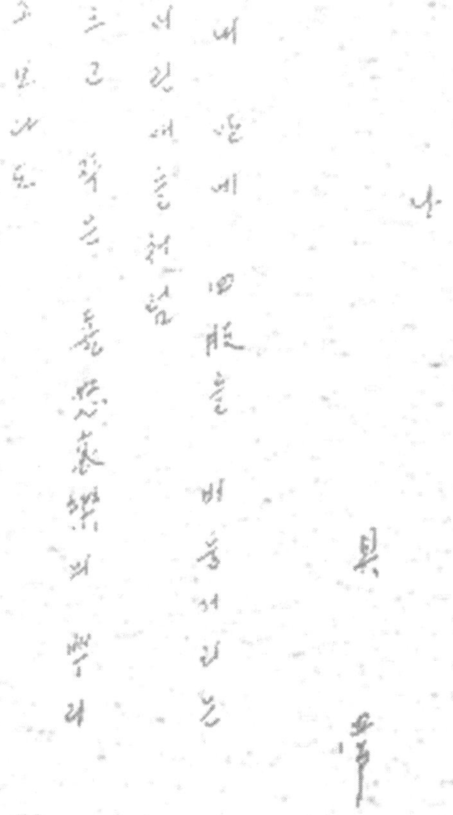

제 4 장

존재의 내면탐구와 기독교적 구원사상

1. 종교적 범신론과 존재론적 자아

문학은 언어나 문자를 가지고 사상과 정서를 표현하는 정신적 작품이고 종교는 신과 인간과의 관계를 맺어 주는 것이라고 할 수 있다. 특히 종교적 사상을 가진 작품은 삶에서 종교심을 자극하는 동시에 사상을 문학적으로 표현하여야 한다면 구상은 가톨릭 사상을 시화한 대표적인 시인이라고 본다. 그에게 있어 종교의 의미는 가톨리시즘의 시화로 볼 수 있을 것이다.

> "우주만상을 창조하시고 다스리시는 절대자이신 하느님과 인간과의 관계를 맺어주는 것이며, 따라서 종교의 궁극적인 최종 대상은 만물의 최초 원인이 되시는 하느님인 것이다. 그러므로 동기動機야 어떠하든지 우주만상을 창조하시고 그의 제1원인이 되시는 절대자로서의 하느님을 알고 인정하는 데서부터 참 종교인이 될 수 있다" 146

구상은 자기를 희생하고 종교적 가치지향의 삶을 추구한 시인으로 북

---

146 유봉준, 『가톨릭 입문』, 서울: 가톨릭출판사, 1997, p. 6.

에서 필화를 당한 초기 시 「여명도黎明圖」에서부터 시인으로서의 운명을 예지하고 있다. 가톨릭 문학이 초월자를 향한 자기희생이라면 구상은 절대자에게 문학을 통하여 경배를 드리고 이렇게 함으로써 절대자의 무한한 축복을 얻게 된다는 자기의 신앙관을 시를 통하여 표출하였다.

믿음, 사랑, 소망, 인간의 존엄성, 종교의 사회윤리, 신에 대한 인간의 의무 등을 통하여 절대자 앞에서 단독자로서 사랑과 하느님 나라의 완성을 갈구하였다고 하겠다. 치열한 삶자신과 사회을 산 구상은 노년에는 그의 시 「노경老境」에서 "이제 초목의 잎새나 꽃처럼/ 계절마다 피고 스러지던/ 무상한 꿈에서 깨어나// 죽음을 넘어 피안에다 피울/ 찬란하고도 불멸하는 꿈을 껴안고/ 백금같이 빛나는 노년을 살자"와 같이 허무한 꿈에서 깨어나 삶에 대한 자아성찰을 하게 되고 인간실존의 한계인 죽음을 껴안게 된다.

가톨릭에서는 하느님은 우리 인간을 원죄와 자범죄의 속박으로부터 구원하시기 위하여 당신의 아들 예수 그리스도를 속죄양으로 보내셨다고 한다. 예수 그리스도는 타락하여 멸망당할 수밖에 없는 인간에 대한 하느님의 사랑이며 증표와 화해의 제물로써 자기의 죽음을 통하여 인간을 구원하셨다고 한다. 결국 가톨릭의 궁극적 목적이 구원이라면 구상의 종교적 사상의 핵심도 구원사상이 될 것이다.

작품을 한 개인의 정신적 산물로 볼 때 작가의 내면세계, 다시 말하면 무의식을 분석함으로써 작가와 창작되어진 작품의 관계를 해명하려는 방법이 심리주의 비평이라면 인간의 무의식을 의식세계의 잠재작용의 원인으로 보려는 방법이 인간의 내면세계를 찾아준다는 정신분석학적 방법이 될 것이다.

정신분석은 인간 정신의 비 의식무의식을 탐구하는 것인데 무의식의 핵심인 내면세계를 문학 연구의 대상으로 하였다는 것은 매우 중요한 점을 시사한다. 정신분석학을 통하여 우리는 작가의 경험과 개성과 주관이 어떻게 작품의 창작심리와 작품세계에 영향을 미치며 또 작품에 나타난 표면적 의미와 내면적 의미를 고찰할 수 있을 것이다.

정신분석학 기재는 많으나 그 중에서도 에로스와 타나토스를 차용하여 구상의 시세계를 살펴보고자 한다.

인간의 본능을 삶의 본능과 죽음의 본능으로 본다면 삶의 본능은 에로스가 될 것이고 죽음의 본능은 타나토스가 될 것이다.

에로스Eros는 지그문트 프로이트Freud의 퍼스낼리티 이론에서 생의 본능을 말한다. 다시 말하면 에로스는 생존으로 이끄는 모든 본능을 말하며 재생이나 창조적인 특성을 가진다고 한다. 신체적으로는 성을 통해, 정서적으로는 사랑을 통해, 정신적으로는 상상을 통해 에로스는 생명력을 준다고 한다.

프로이트는 에로스라는 용어를 삶의 욕동과 죽음의 욕동의 이론 틀 속에서 사용했으며 타나토스라는 용어는 프로이트의 후기 이론에서 두 가지의 커다란 욕동이 갖고 있는 보편적인 원리의 성격을 특히 강조하고 있다[147] 고 한다.

타나토스Thanatos는 프로이트의 퍼스낼리티 이론에서 죽음의 본능을 말하는데 공격성과 같은 파괴적인 모든 본능을 지칭한다고 본다. 그렇다면 구상의 시 세계에서 현실의식은 창조적인 에로스 이론을 적용할 수 있겠으며 그와 상대적인 개념인 타나토스Thanatos는 죽음을 거쳐 신과 화해하게 되는 구원사상에 적용할 수 있을 것이다. 그러나 에로티시즘과 타나토스는 별개의 것이 아니라 궁극적으로는 같은 맥락에서 살펴볼 수 있을 것이다.[148]

결국 구상의 시 세계에서 삶과 죽음을 대하는 인간의 생에 내재된 근

---

147 장 라플랑슈·장 베르트랑 퐁탈리스, 『정신분석사전(VOCABULAIRE DE LA PSYCHANALYSE)』, 임진수 옮김, 서울: 열린책들, 2006, p. 477.

148 죠르쥬 바따이유는 『에로티즘(조한경 역, 민음사, 1989)』에서 인간은 심리적 추구로 성적인 행위를 에로티시즘으로 승화시켰으며, 에로티시즘은 죽음에 이르는 삶이라고 하였다. 구상의 시에서도 작가의 내면의식이 에로티시즘과 타나토스로 표출된다고 보겠다.

원적 정신을 에로스와 타나토스라고 한다면 이것이 곧 인간의 원형의식이 된다고 볼 수 있다.

인간의 실존에서 지배와 피지배, 또는 종속과 복종의 관계인 절대자와 인간의 관계가 내면화된 구상의 작품에서 어떻게 보면 이것이야말로 인간성 회복의 정신세계라 할 것이다. 왜냐하면 인간의 근원적 정신을 알 수 있기 때문이다.

시대상에 투영된 종교적 범신론

쟈끄 마리땡의 말은 시가 갖는 초월적 성격을 제시하고 있다.

"시는 시구詩句를 쓰는 특수한 기술이 아니고, 좀더 일반적이며 근원적인 하나의 과정過程, 즉 사물事物들의 내면적 존재內面的 存在와 인간적 자기人間的 自己, Human Self의 내면적 존재內面的 存在 사이의 상호통교相互通交를 말하는 것이다."149

구상은 우리의 삶 속에서 일상의 중요성을 말하였다.

"조금만 세심하게 살피면 우리의 삶 자체와 그 하루하루가 얼마나 경이로운 신비에 감싸여 있는지 또는 뭇 인간의 협동과 그 사랑 속에서 영위되는지를 깨우칠 것이요 또한 조금만 마음의 눈을 뜨면 우리의 일상속의 아주 사소한 사물이나 사상事象이나 사리 속에서 얼마든지 삶의 기쁨에 나아갈 수가 있다."150

---

149 쟈끄 마리땡, p. 11.
150 구상, 『시와 삶의 노트』, p. 16.

다음과 같은 구상의 진술로 미루어 볼 때 구상은 시에서 존재와 구원을 축으로 시 세계를 구축하고 있음을 알 수 있다.

"오늘날까지 모든 시 속에 그런 존재론적, 형이상학적 의식을 담고 있습니다. 인간의 구경적인 문제와 역사의식을 젊은 시절부터 오늘날까지 지속적으로 추구하고 있다고 말할 수 있겠지요. 내 시의 주제나 소재는 모두 인간이나 자연이나 왜 사느냐 어떻게 사느냐 하는 데 집중되어 있으며 배경이 되어 있어요. 6·25 때도 청마 유치환의 「보병과 더불어」라든가 조지훈의 「역사 앞에서」가 있지만 어떤 역사적 현실적 당위성이나 민족적 전략적 가치의 문제를 나는 언제나 뛰어넘으려는 의식을 가지고 있어요. 『초토의 시』만 봐도 그래요." 151

구상의 시에서 항상 시상의 초점은 인간과 자연과 대상을 자연적인 관점으로 보느냐 아니면 초자연적인 관점으로 보느냐가 중요한 시상의 핵이 되었다.

구상의 시에서는 기독교적인 관점을 기저로 불교사상과 도교의 노장사상과 원시종교를 망라하여 범신론적인 관점이 시에 은연중에 적용되었다고 볼 수 있다.

"일부 한국의 지식인들이, 시인들도 그렇지만 불교적인 애니미즘에 속한다고 할 정도의 범신론에 떨어져 있어요. 말하자면 모든 존재를 심미적으로만 받아들이거든요. 거기서는 실존적 가치가 없어요. 인간 특수적인 존재로서의 가치가 없어요. 그렇게 되면 윤리의식 같은 것이 전혀 없죠." 152

구상은 가톨릭 가정에서 태어나 네 살 때 함경도 지구 선교를 맡게 된 독일계 가톨릭 베네딕트 수도원의 교육사업을 위촉받은 아버지 구종진

---

151 권달웅, pp. 62~63.
152 구상 외, "나의 文學 나의 詩作法", 『현대문학』, 1983년 6월호, p. 141.

을 따라 원산시 근교인 덕원德源에서 자랐다. 둘째 형인 구대준은 가톨릭 사제였고 구상은 열다섯에 가톨릭 신부가 되고자 베네딕트 수도원 신학교에 들어갔다가 3년 만에 일반 중학으로 전학하게 된다. 이후 1937년 일본 동경으로 유학을 떠나서 일본대학 종교과에 입학하여 학업을 계속했다.

"이제 추억으로 임해 보아도 저렇듯 나의 대학생 생활은 청춘의 찬란한 낭만과는 등진 일종의 정신적 우범자의 오뇌와 고독 속에서 보냈다 하겠습니다."153

구상은 자라 온 환경에서도 알 수 있듯이 이 시기가 정신의 근원을 다져 준 시기였다고 할 수 있다.

동경에서 유학이 끝난 1941년 부친이 작고하고 사제위에 오른 형이 홍남교회 주임으로 전임되어 귀향을 하여 어느 정도의 관조와 정사靜思를 얻고 시작업에 정진을 하게 된다. 해방 후 소련군이 진주하여 구상은 다시 반동인테리겐차란 명패가 붙은 채 두문불출을 하게 되며 동인들과 발간한 시집『응향』이 필화筆禍를 받게 되며 자기비판이라는 속죄부로 신변의 위협을 받게 된다.

이 시집『응향』은 해방 이후 혼란했던 남북한의 정치적 대립상을 극명하게 나타낸 것이며 좌·우익의 이데올로기 논쟁을 불러일으킨 계기가 되었으며 아울러 구상 개인의 생의 방향을 바꾸어 놓았다.

구상은 공산주의자들의 탄압을 피해 남쪽으로 결국 피난을 가게 되었고 이러한 정치적 경험을 통해 중요한 문인으로서의 확고한 위치를 다

---

153 구상,『예술가의 삶』, p. 53.

154 '응향' 사건의 구체적인 경과는 월간문학 출판부에서 발간한『문단유사』의 공산치하에서 당한 시집 '응향' 필화 사건에 잘 나타나 있다.

155 "그때 내가 내놓은 작품은 네 편인가 다섯 편이었는데 지금은 그 제목마저 일일이 기억 못하고 나의 첫 시집『具常』에 수록되어 남은 것은 다음의 두 작품으로서 가장 문제된 작품 역시 그것들이라 여기에 하나씩 소개해가며 당시의 論難들을 회상해 보고자 한다."-『문단유사』의 구상 회고.

지게 되었다.[154]

『응향』에서 가장 문제가 된 작품은 구상의 회고에 의하면 「여명도」와 「길」이다.[155]

동이 트는 하늘에
까마귀 날아

밤과 새벽이 갈릴 무렵이면
카스바 마냥 수상한 이 거리는
기인 그림자 배회하는 무서운
골목….

이윽고
북이 울자
원한에 이끼 낀 성문이 삐걱지고
구렁이 잔등같이 독이 서린 한길 위를
횃불을 든 시빌이
깨어라!
외치며 백마白馬를 달려.

말굽소리
말굽소리

창칼 부닥치어
살기殺氣를 띠고

백성들의 아우성

또한 처연凄然한데

떠오는 태양 함께
피 토하고
죽어가는 사나이의 미소가
고웁다.156 -「여명도黎明圖 1」 전문 -

"시는 예언豫言의 일종이다. 이러한 의미에서 시는 모든 예술藝術 하나하나의 은밀한 생명生命이다."157

「여명도 1」에서는 예언자적인 시의 기능을 알 수 있겠는데 1연에서 '동이 트는 하늘에 까마귀 날아' 란 구절에서는 해방 이후 좌우익으로 분리되어 이념의 혼란상을 알 수 있게 하여 준다.

해방으로 새로운 희망과 조국의 밝은 미래를 기대하였는데 북한의 노동당 공산 치하에서 앞날을 기약할 수 없는 조국의 어두운 암흑과 같은 현실이 까마귀라는 장면의 설정으로 제시되어 있다.

'동이 트는' 은 해방의 희망찬 공간이 여명으로 제시한 것이라면 '까마귀 날아' 는 북한의 불안정한 정국을 암시한다고 할 것이다.

2연의 '밤과 새벽이 갈릴 무렵이면 카스바 마냥 수상한 이 거리는 기인 그림자 배회하는 무서운 골목' 에서 밤과 새벽이 갈릴 무렵이란 해방 정국의 기대와 현실의 질곡을 설정한 장면이라면 수상한 정국은 불안한 앞날의 미래를 말한다. '그림자' 는 구상 시어에 자주 보이는데 여기에서는 불안과 부정적이며 비극적인 이미지로 사용되고 있다.

특히 "시빌이 깨어라 외치며 백마를 달려"란 구절에서는 민족의 미래

156 구상, 『오늘 속의 영원, 영원 속의 오늘』, 서울: 홍성사, 2004, pp. 260~261.
157 쟈끄 마리땡, p. 11.

를 이끌어 나갈 예언자로서의 작자의 역할을 제시하며 민족의 각성을 경고하고 있다고 할 것이다.

"깨어라"라고 외치는 예언자의 목소리를 이인복은 "의식의 각성이나 참회에의 촉구와 더불어 '부끄러움'에의 깨달음이 동시에 내포되어 있다고 할 수 있다. 왜냐하면 깨어나려는 몸짓은 곧, 깨어나기 이전의 상태에 대해 부끄러움을 느끼는 참회의식을 전제로 해야만 하기 때문이다."[158]라고 보았다. 해방정국의 혼란상이 가져온 불안한 현실에서 인간이 근원적으로 소유하고 있는 부끄러움을 성찰하여 본연의 자기를 되돌아볼 수 있도록 하자는 구상의 시인으로서의 사명이 나타나고 있다.

시인으로서의 역할과 사명을 다하기 위해 노력하다가 암울한 시대적인 현실 앞에서 좌절하며 쓰러지는 한계성을 마지막 연에서는 보여주고 있다. 구상의 올곧은 신념과 조국을 위한 투철한 조국애가 이데올로기에 의해 좌절될 수밖에 없는 현실의 안타까운 심정이 잘 용해되어 있다.

광복을 맞은 우리의 현실상황을 묘사한 「여명도 1」은 아래의 고백과 같이 광복을 맞는 기쁨보다 남북 신탁통치의 불길한 조짐을 예표한 시인의 시대감각을 묘사하였다.

> "솔직히 말해 당시 南北을 막론하고 시인들은 解放讚歌에 취해 있을 때 나의 시인적 豫知랄까 감촉은 이 黎明이 결코 단순한 축복이 아니라 여러 가지 불길不吉한 조짐兆朕과 그 試鍊으로 차 있다는 실감이 나로 하여금
>
> 동이 트는 하늘에
> 가마귀 날아
>
> 라는 시구詩句를 낳게 했던 것이요."[159]

---

158 이인복, 『한국문학과 가톨리시즘』, 서울: 宇眞出版社, 1990, p. 99.
159 구상, 『구상문학선』, p. 399.

이 시의 초점은 불안한 북한의 암흑사태를 상징한 것보다 새로운 힘이 잉태하여 새로운 진정한 광복이 도래하여야 하며 자신은 희생자가 되리라는 염원일 것이다.

결구의 "피 토하고 죽어가는 사나이"는 구상 자신이며 조국을 위해 희생할 것이란 신념을 밝힌 것으로 본다.

박철석은 마지막 구절을 예수의 죽음에서 볼 수 있는 자기희생과 같다고 하면서 "이러한 속죄양의 의식은 그의 시가 전인적全人的 이상 추구에 있음을 말해준다." 160 고 하였다.

이 시는 사상을 형상화하였다는 점으로는 높은 평점을 받아 왔지만 문학적인 형상화에서는 초기 작품 중에서도 미숙한 시적 경지를 견지하고 있다고 하겠다. 대체로 시빌선지자의 등장과 그의 심판이 현실적인 상황에서 합리적이지 않으며 사건의 필연성이 결여된다. 선지자의 등장이 될 수밖에 없는 시대상황의 구체성이 제시되지 않은 점이 이 시의 취약점일 것이다. 감상성이 앞서기에 논리적인 설득력의 확보에 실패하였다고 본다.

떠오는 태양 함께
피 토하고
죽어가는 사나이의 미소가
고웁다.

시대적 광명의 조짐인 떠오르는 태양과도 같은 광복을 맞았지만 또다시 사상적 이데올로기의 지배로 분단의 징후가 보이는 조국의 미래를 위해서 몸을 바치겠다는 자기희생의 의지적인 결단력도 설득력을 상실한 다분히 감상적인 측면이 강하게 제시되었기에 시인의 생각이나 감정

---

160 박철석, p. 390.

이 시적으로 승화되지 못한 정서적 과잉으로 말미암아 시적인 형상성은 떨어진다고 하겠다.

시에서 감상성의 원인은 대체로 시에 대한 인식의 부족에서 찾을 수 있으나, 그 근저에는 여러 가지 요인들이 있을 수 있다.

첫째, 시인 자신이 감상적 정서의 표현에 몰두하고 있는 경우이다. 시인이 시보다도 자신의 감정에 지배를 받게 되면 우리는 시인의 개인적인 감상만을 듣게 된다.

둘째, 시인이 자신의 사상이나 정서를 설득력 있게 나타내기보다는 오히려 자신의 개인적인 느낌이나 정서를 강요하는 경우이다. 이때 우리는 시인의 감상인 감정을 전달받게 된다.

셋째, 시인 자신이 충분한 시적 상관물이 없이 감정을 지나치게 직접적으로 표출하는 경우이다. 이런 감상성을 탈피하지 못하면 감정만을 앞세우기 때문에 결국 감정 위주의 시를 짓게 된다고 하겠다.

구상은 앞의 시에서 의식에 자리 잡고 있는 정서 과잉의 상태에서 벗어나지 못하고 있기에 시의 객관화를 이루지 못하였다고 하겠다.

하늘이 찢어질 듯
쇠북소리 울면

안개 피인 벌판으로
베폭처럼 뻗치는 여민黎民의 행렬.

아직도 하늘엔 또 하나
수상한 장막이 드리워 있어

소름도 채 가시지 않은
아우성 뒤덮였는데….

이읔고
피묻은 언덕 위에서
일식日蝕의 자포紫袍 벗은 대제관大祭官

'모름지기 우리는 새로운 반죽이
되기 위하여 묵은 누룩을 버릴지라'
포효咆哮하면

백성들의 흐느낌은
찬가讚歌되어 흐르고

높이 쳐든 멍든 손에
깃발 깃발이

꽃처럼 피어나다
꽃처럼 만발하다.[161]

- 「여명도 2」 전문 -

「여명도 2」도 「여명도 1」과 맥락을 같이 하고 있는데 해방 이후의 극심한 혼란상과 좌우익의 민족 분열의 혼돈된 세상에서 불안감이 가시지 않은 시대상과 시인의 절망감이 잘 표출되어 있다.

'수상한 장막이 드리워 있어' 란 구절에서는 조국의 어두운 현실을 여실하게 보여주는데, 그 현실은 극심한 아우성으로 드리워져 있어 시인은 일식의 자포 벗은 대제관으로 자기의 희생을 각오하고 있음을 보여준다.

조국의 안타까운 현실에서 구약성경 '출애굽기' 에 나오는 이스라엘

161 구상, pp. 262~263.

백성들이 홍해를 건너기 위해 민족지도자 모세가 손을 쳐들고 백성들을 격려하며 지도하던 것과 같이 민족지도자로서 안타까운 헌신의 자세가 시인의 역할로 잘 나타내고 있다.

공산치하에서 쓰여진 구상의 「여명도」는 해방정국을 광명세계보다 암흑세계로 묘사하여 불안감에 휩싸인 시대상황을 노래하고 있다고 하겠다.

김윤식은 「여명도」를 이렇게 평하고 있다.

> "남쪽과 북쪽에서 아직은 해방의 기쁨을 노래하고 있는 단계일 때 具常만이 유독 예언자적 자세로 닥아올 시대를 경고한 것이 문제의 시 「여명도」인 것이다. 그리고 그 예언자적 목소리 속엔 「自己犧牲」의 각오가 선언되었음도 우리가 눈여겨 보아야 한다. 이 선구적인 사실은 구상의 시를 특징짓는 가장 큰 사실인 것이다." 162

시적인 수준으로는 평범하다고 하겠으나 구상의 시대상황에 대한 예리한 통찰력을 창작배경으로 하고 있으니 구상의 시사적 위치에서나 우리 현대시사에서 중요한 자리를 차지하고 있는 것이다. 그것은 바로 구상의 시적 저항정신 때문일 것이다.

「여명도 1」의 "횃불을 든 시빌이/ 깨어라/ 외치며 白馬를 달려"와 「여명도 2」의 '모름지기 우리는 새로운 반죽이 되기 위하여 묵은 누룩을 버릴지라' 에서 시대를 선도하는 초인超人을 고대하는 공산정권에 대한 저항정신의 표출을 알 수 있다.

결국 구상의 「여명도 1」, 「여명도 2」는 해방정국을 광명의 세계가 아니라 암흑의 세계로 감지하여 공산치하의 현실에 저항한 시 정신을 표출하고 있다.

---

162 김윤식, p. 126.

이름 모를 귀향길 위에
운명의 청춘이
눈물겨웁다

보행步行의 산술算術도
통곡에도…
피곤하고

역우役牛의
줄기찬 고행苦行만이

슬프게
좋다.

찬연한 계절이
유혹한다손

이제사
역행逆行의 역마役馬를
삯 낼 용기는 없다.[163]

이하의 생략된 부분은 다음과 같다.

지혜의 열매로
간선揀選받은 입설에

---

163 구상, p. 147.

식기를 권함은
예양禮讓이 아니고

노정路程이
변방에 이르면

안개를 생식生食하는
짐승이 된다.

뭇사람이 돈을 따르듯
불운과 고뇌에 흘리워

표석標石도 없는
운명의 청춘을
가쁘게 가다. —「길」 전문 —

「여명도」에 비하여 시적 수준이 나은 작품이라고 할 수 있는데 이것은 1947년경 시인의 자화상을 그린 작품이라고 하겠다.

이 시 역시『응향』에 실린 작품으로 북한의 문총에 의하여 반공산주의 사상을 가진 시로 규정되어 규탄을 받았으며 구상이 월남 후 남로당계 문학가동맹의 기관지 『문학文學』 3호에 『응향』의 필화사건을 다루면서 전재하여 해방정국의 우리 문단에 뜨거운 논쟁을 불러일으킨 작품이다.

이름 모를 귀향길은 청춘이 눈물겹도록 서러운데 해방정국의 불안하고 암울한 인생의 여정을 걸어가는 시인 자신의 모습이 통곡과 줄기찬 고행으로 슬프게 느껴진다.

그러한 혼란상에도 결코 좌절과 패배감을 느끼지 않는 시인의 내적 신념이 새롭게 다가와 새로운 의지를 불태우게 되는 시인 자신의 자화상에서 젊은 혈기의 굴하지 않는 사명감을 느끼게 한다.

예술사적이나 미적 기준으로는 작품의 우월성을 발견하기 어려우나 해방이후 우리 민족의 암울한 시대상을 폭로했다는데 시사적인 가치가 있을 것이다.

> "이 시야말로 지금 여기서 보면 너무나 소박한 想念의 소산이지만 唯物史觀을 바탕으로 한 공산주의 지배사회에서의 思考로서는 지극히 有神的이고 唯心的인 반역사상이요, 그 사회에서 뿌리 뽑아야 할 독소를 지닌 작품이 아닐 수 없다."164

구상의 필화사건에 대한 설명이다.

> "시집 『凝香』의 필화사건은 북한 사회를 공산당이 지배하는 初期 과정에서 일으킨 문화적인 唯一의 큰 사건이었을 뿐 아니라 북한의 모든 비극적 정치사건 중 공식적으로 표면화시킨 최초의 사건으로서 그들의 진보적 민주주의를 가장한 공산주의 독재 이념의 정체와 야만적 방법과 수단을 그대로 탄로시킨 사건이라 하겠다. 한편 이것이 해방 직후 南北文壇 또는 汎文化藝術界에 경악과 충격을 불러 일으키고 여러 가지 논쟁과 파문을 던짐으로써 南韓 民族 文化陣營의 결속을 공고히 하게 하였다고도 말할 수 있다.
>
> 또한 나 개인적으로는 인간적 신념이나 그 운명의 결단에 대한 시련을 일찌감치 치름으로써 문학적 이념이나 그 자세에 있어 對社會的인 모순과 갈등을 딛고서라도 文學本領으로 일관해보겠다는 志向을 갖게 해주었다고 하겠다."165

구상은 이 시를 통하여 공산치하의 상황과 시적 비전을 감수성이 예민한 청년 작가의 시선으로 저항하였다고 볼 수 있다.

---

164 Ibid., p. 403.
165 Ibid., pp. 407~408.

「길」은 구상의 고백과 같이 적게는 구상 개인의 문학관에 영향을 미쳤다고 할 수 있으며 크게는 공산통치하에서 민족적인 고난을 폭로한 시로도 볼 수 있을 것이다.

제1연에서는 삶을 "이름모를 귀양길"로 정의하면서 그 길은 "눈물겨운" 청춘으로 나타내면서 공산치하에서의 고달픈 삶을 제시하고 있다.

제2연에서는 삶 그 자체가 바로 "역우의 줄기찬 고행" 뿐이란 표현에서 절망감과 상실감을 3연의 "슬프게/ 좋다"란 역설적인 표현으로 강조를 하였다.

제4연에서는 "찬연한 계절(공산주의의 허상)이 유혹한다"고 하여도 5연에서는 "역행의 역마"를 몰아갈 수는 없다고 굳은 지조와 신념을 노래하고 있다.

제6연과 7연에서는 "지혜의 열매"로 선택받은 지조志操의 입에 식기를 권함은 "예양이 아니고" 8연과 9연에서는 "이름모를 귀양길"의 고비에 이르면 "안개를 생식하는 짐승"처럼 비참하게 타락한다고 보았다.

제10연에서는 암흑의 세상인 북한 사회가 "불운과 고뇌에 흘리워" 마치 방황하는 인생처럼 11연에서 고행뿐인 "운명의 청춘"을 가쁘게 살아감은 운명이라고 체념한다. 공산치하의 암울한 현실과 그들의 시대를 역행하는 행위를 폭로하며 타협하지 않으려는 구상의 저항정신과 지조를 시를 통하여 엿볼 수 있다.

존재론적 세계관

"실존적 확신이란 우리 시대의 현철賢哲인 가브리엘 마르셀의 용어로서 인간으로 하여금 삶의 보람을 찾게 하는 그 신비적인 원동력을 말하는 것입니다. 철학자들 중에는, 우리의 삶을 이끄는 것은 이성이나 지성이라고 가르치는 이가 많지만 나는 삶의 보람을 찾게 하고 그것을 지니게 하는 것은 그런 인간의 일면적 능력이 아니라 포괄적인 힘, 즉 실존 전체의 욕구라는 생각에서 가브리엘 마르셀의 이 말을 애용합니다.

그런데 삶의 보람을 찾게 하는 신비적 원동력의 그 원천은 무엇인고 하니 크리스천인 나로서 말하라면 우리 실존의 원리인 하나님의 부르심인 것입니다. 저 아우구스티누스가 그의 『참회록』에서 "하나님! 당신은 우리를 당신께로 향하게 만드셨습니다"라고 탄식하듯이 말한 대로 우리 인간은 하나님의 그 초청에 응답하면서 살아야만 결국 삶의 보람을 찾게 되는 것입니다."166

구상이 생각하는 "실존적 확신"이야말로 현대인에게 삶의 보람을 찾게 되는 첩경이며, "실존적 확신"을 위해서는 자아의 정립이 필요하다고 보았다.

"인간은 누구나 삶의 보람을 찾고 있습니다. 가브리엘 마르셀의 말을 빌면 실존적 확신 속에 살고 있습니다. 그런데 현대인은 이 실존적 확신의 혼란 때문에 고민하고 방황합니다.

커뮤니즘이 의도하는 사회의 개혁도, 실존주의자들이 지적하는 부조리한 삶으로부터의 탈피도, 결국은 이러한 실존적 확신의 혼란에 대한 새로운 삶의 보람에 대한 추구와 제시라고 하겠습니다. 좀더 구체적으로 말하면 "내가 나 자신을 빼앗기고 있고 내가 나 아닌 상태에서 벗어날 수 있는 그 길은 무엇일까?"하는 물음과 그 해답인 것입니다."167

결국 실존적 확신에서 그 존재의 물음과 해답을 찾고자 한 구상의 인생관과 그의 사상에 영향을 미친 사람이 가브리엘 마르셀이란 것이 그의 존재론적 고백에서 잘 표출되고 있다.

---

166 구상, 『실존적 확신을 위하여』, pp. 4~5.
167 Ibid., p. 64.

자전시초自傳詩抄인 「모과 옹두리에도 사연이 63」에 가브리엘 마르셀에 관한 시가 나온다.

그 나라의 물질의 풍성도 놀랍지만
보다 그 정신의 풍요가 부러웠다.
내 정신의 요람이었던 간다 거리를
허기진 사람처럼 찾아 누빈다.

빽빽이 꽂힌 책의 수풀 속에서
무엇을 읽어야 할지조차 몰랐다.
그 표제에 끌려서 첫 번째 사 든 것이
[현대 최고의 철학자 가브리엘 마르셀]
나는 이 [은혜의 책]을 그 밤을 세워 읽었다.

*

가브리엘 마르셀 선생!

당신은 역사에 대한 거듭된 절망으로
허무의 수렁에 빠져 있는 나에게
삶의 새로운 긍정의 문을 열어 주었습니다.

당신은 육신과 분리되어 있는 나의 영혼을
도로 함께 살게 해주었습니다.

당신은 나에게 인간은 홀로서이지만
또한 더불어서임을 가르쳐 주었습니다.

당신은 나에게 유한성에 대한 자각이
겸손에 이어져야 함을 깨우쳐 주었습니다.

당신은 나에게 신비가 空虛가 아니고
충만임을 깨닫게 하였습니다.

당신은 나에게 한치를 줄여서 사는 것이
한치를 초월해 사는 것임을 보여주었습니다.

당신에게서 나는 내세來世를 오늘부터
살아야 함을 배웠습니다.

오오, 만남의 비의秘義여! －「모과 옹두리에도 사연이 63」 전문 －

앞의 시에서 구상이 인용한 책 『현대 최고의 철학자 가브리엘 마르셀』은 '존재와 소유' 문제에 깊은 통찰을 보여준 마르셀이 1957년 일본을 방문했을 때 철학 해설서로 씌어진 책이다. 저자는 다케노 게이사쿠岳野慶作이라는 일인 교수와 네덜란드 교수인 반 스트라렌과의 공저인데 구상에 의하면 이 책을 인연으로 마르셀에 심취하게 되었다고 한다.

구상은 이 책에서 "삶의 진정한 보람과 그 영속성을 찾는 길은 소유에서가 아니라 존재에서 찾을 수밖에 없다."[168]는 것을 가브리엘 마르셀이 1966년 일본을 방문했을 때 텔레비전 방송을 통해 일본 철학자들과 대담하는 것을 통해 깨닫게 되었다고 한다.

구상의 시에서 바탕을 이루고 있는 존재에 대한 끊임없는 탐구에 영향을 미친 사람이 바로 가브리엘 마르셀이란 것을 알 수 있다.

---

168 구상, 『시와 삶의 노트』, p. 60.

늙은 바위 번들번들한 뒷머리에
푸른 벌레가 알을 슬 듯
파릇파릇 이끼가 돋아 있다.

백곡百穀이 움트는 봄비의 소치所致런가?
아니면 백세百歲 바위의
소생蘇生하는 유치幼稚런가?

<중략>

하늘의 저 허허창창虛虛蒼蒼과도 면오面晤하고
이 지상地上, 버라이어티의 문란紊亂도
관용寬容하고
저 대양大洋의 넘실거림도
홀로의 묵좌默坐로서 진정鎭靜한다.

'그러나 나는 알라딘의 램프가 아니다'

무심無心한 바위에
세심細心히 낀 이끼
선정禪定의 광경이여!

– 「선정禪定」 일부 –

6연 23행의 「선정」은 구상이 이끼가 낀 바위를 보고 느낀 점을 시화하였는데 한문과 형이상학적이 내용의 시로서 이해가 어려운 '난해시'로 볼 수 있다.

"이 시가 씌어진 것은 1966년 봄 일본 도쿄 교외에 있는 기요무세라清瀨村라는 마을의 한 결핵요양소에서인데 나는 그곳에 1년 전에 입원하여 폐수술을 두 번이나 받고 겨우 소생하여 아침과 오후 두 차례 산책 허가가 나서 병원 근방 숲길을 돌다 오곤 하였다.

그런 어느 날 이른 아침 나는 숲 속을 지나 논밭이 펼쳐져 있는 들판엘 나갔더니 어느 밭머리에 큰 바위가 하나 놓였는데 그 바위 뒷머리 부분에는 시의 첫 줄대로 파릇파릇한 이끼가 돋아 있었다. 더구나 그 아침은 봄비가 온 이튿날 아침이라 들판에는 여러 가지 곡식의 새순들이 빛을 뿜고 있었는데, 이것이 인기척 없는 이른 아침의 고요와 함께 그 바위의 존재를 돋보이게 하고 나에게 자연의 심오감을 맛보게 하였다. 그리고 이것을 시로서 표현해보려는 생각이 들었다." 169

구상은 시창작에서 사물대상에서 받은 인상을 시화할 때 '이끼낀 바위' 와 같은 대상을 집중적으로 관찰하여 감동의 느낌을 집중적으로 상념화하였음을 알 수 있다.

존재에 대한 구상의 가치관과 의미는 존재의 실체를 규명하며 자기세계를 구축해 가는 확인으로 볼 수 있으며 구상은 대상과의 교감을 통하여 진실된 존재의 확인을 할 수 있었다.

이끼가 낀 채로 묵묵히 서있는 바위가 마치 깊은 명상에 잠긴 모습이 인간이 가질 수 있는 최고의 경지인 선禪의 자세로 이미지화 하여 의인화와 비유의 방법으로 표현하였으며 자연적 풍경을 모두 생략한 채 바위에다 시상을 맞추어 추상적 관념을 심화시켜 나가며 운율적 어운語韻, 각운脚韻으로 시적 변화와 긴장감을 유도하였음을 알 수 있다.

서울 남산 팔각정에서
어떤 발레리나가
색실로 풍선에 꽁꽁 매달아

169 구상, 『현대시창작입문』, pp. 229~230.

띄운 꽃씨는
마침 들난이 바람에
장충단奬忠壇 성城 및 순이네 깡통집
한줌 뒤곁에 떨어져
마치 제비가 물고 온 강남 박씨인 양
성돌 밑에다 기도처럼 심었다가
씨를 다시 받아 껌 은지에 싸서
그 이듬해 천막학교에서 쓴
위문편지 속에 넣어 보내

이것을 받은 일선一線 병사는
향로봉香爐峰이 마주 뵈는 상상봉上上峰
참호입구塹壕入口 앞에다 심어서
그 여름 가을밤내
'울밑에 선 봉선화'를
하모니카에 맞춰 부르더니
또 그해 가을 그 병정은
씨를 받아 배낭 한구석에 넣고
군함을 타고 황해黃海, 인도지나해印度支那海를
건너서
월남越南 땅에 올라, 다시 뗏목을 타고
여기 다낭 ○○기지.

한 봉지는 병사兵舍 앞 화단에 심어
열사熱射의 태양에 싹이 말라 죽고
간호장교가 나눠간 한 봉지는
병원내 빈 약통에 심어서

봉오리마저 맺혔는데

이 꽃이 시들지 않고
아오자이 소녀의 새끼손가락에
물이 들이게 될는지 아닐는지는
아직 두고 보아야 알 일이다. ―「어느 꽃씨의 전설」 전문 ―

월남전쟁이 치열하던 1967년 11월 구상은 베트남 전선을 시찰하고 왔다. 이때는 베트남 정부군과 미군과 파월 한국군의 전세가 승세를 타고 있을 때였다.

구상은 시적 감동을 시로 형상화하게 된 계기를 말하면서 체험적인 현실과 유리되어 시인의 픽션이나 트릭이 시적 정신의 무한한 자유로 시가 창작될 수 있다고 하였다.

"시적 감동詩心이란 이국의 피비린 내나는 싸움터에 향토적 순정의 상징이라고 할 봉선화 꽃씨를 군장軍裝 속에 넣어 갖고 가서 심어 가꾸는 간호장교의 그 아리따운 마음씨가 눈물겹도록 나의 심금을 울려서, 저러한 순수한 인간의 정서는 어느 때 어느 곳에서도 싹트고 꽃피워지고 있고 또 꽃피워져야 한다는 나의 내면의 진실한 충격과 욕구와 열망이 저러한 시를 쓰게 하였다" 170

자유공산주의의 침략에서 월남의 자유를 지킨다는 명목으로 파병된 자유수호전쟁에서 구상이 느낀 것은 무엇이었을까?

다음의 시 「越南紀行」에서 그 해답을 찾을 수 있겠다.

---

170 Ibid., p. 182.

<전략>

내가 그것으로 말미암아
오직 느낀 것이 있다면
나란 人間이
아니 人類가
아직도 깜깜하다는 것 뿐이다.

나는 그 〈메시지〉를
풀다 풀다 못하여
이제 故國에 돌아와서까지
이렇듯 廣告한다.

白紙위에
鮮血로 그려진
疑問符
「?」
그게 무엇이었느냐?

이 시는 구상이 월남전을 돌아보고 지은 유일한 시로 어디서 날아왔는지 모르는 출처 불명의 〈메시지〉 한 장을 풀려고 애를 태우다 돌아왔다는 구상의 말에서 〈메시지〉는 우리 모두가 "아직도 깜깜하다"는 구절에서 살펴보건대 자유수호란 미명아래 자행되는 살육의 현장에서 우리 인간의 도덕적 양심이 실종됨에 대한 회의를 나타내며 그의 시 「적군묘지 앞에서」와 같이 생명의 존엄성과 시대적 양심 앞에서 부끄러움을 가졌음을 보여준다.

-木瓜 옹두리에도 사연이 86

흰 홑이불에 덮여
앰뷸런스에 실려 간다.

밤하늘이 거꾸로 발밑에 드리우며
죽음의 아슬한 수렁을 짓는다.

이 채로 굳어 뻗어진 내 송장과
사그라져 앙상한 내 해골이 떠오른다.

돌이켜 보아야 착오투성이 한평생
영원의 동산에다 꽃 피울 사랑커녕
땀과 눈물의 새싹도 못 지녔다.

이제 허둥댔자 부질없는 노릇이지…

「아버지 저의 영혼을
당신 손에 맡기나이다」

시늉만 했지 옳게 따르지 못한
그분의 최후 말씀을 부지중 외면서
나는 모든 상념에서 벗어난다.
또 숨이 차온다.

-「臨終豫習」 전문 -

인간은 나약하며 불완전한 존재이다. 인간의 존재에서 생명의 유한성은 영원성의 동경으로 연결되며 아울러 영생에 대한 소망을 가지게 되며 결국 나이가 들며 노년이 되면 더욱 믿음과 절대자에 대한 경외와 귀의에 귀착하게 된다. 생명과 인간에 대한 사랑은 결국 시의 중요한 주제로 표출되는데 선악과 양심의 갈등, 현실과 미래에 대한 갈등, 현존과 영원의 갈등 등이 여러 가지 형태의 시로 표출되어 있다.

정도를 걷지 못한 삶에 대한 회한이 "흰 홑이불에 덮여 앰뷸런스에 실려"가며 시인은 죽음을 예견하고 자신의 지난 삶을 되돌아본다. 죽음 앞에서 인간은 누구나 나약할 수밖에 없다. "돌이켜 보아야 착오錯誤 투성이 한평생"이란 구절로 유추하면 자아성찰과 참회를 통해서 절대자와의 관계를 바로 정립하려는 그의 인생관을 알 수 있다. 예수 그리스도가 겟세마네언덕에서 십자가에 달려 돌아가실 때 제자들이 다 그를 배신하고 없다가 뒤에 비로소 참회를 하였듯이 '참회'는 결국 고독한 자기의 결단으로 보기에 결코 쉬운 일은 아닐 것이다.

「아버지 저의 영혼을 당신 손에 맡기나이다」에서 십자가 위의 예수의 가상 칠언을 돌이키며 그의 삶을 따르려고 하는 순종의 믿음을 다진다.

나는 간밤에 몽설夢泄을 했다.
상대는 배꽃같이 해사한 젊은 여인인데 각시적 아내가 아니매 말하자면 간음을 한 셈이다. 깨고 나니 열적기 짝이 없다.

<중략>

이제 70을 바라보는 나이, 스스로는 바닷가의 빈 조개껍질처럼 비린내 나는 육신과는 헤어지고 세상살이 그 파도에서 밀려나 산다고 믿고 있는데 아무리 꿈이라도 이 어쩐 소년 같은 치기稚氣런가?
아니 내 잠재의식 깊숙히 저렇듯 칠죄七罪의 뿌리가 자리하고 있단 말인가?

언제나 나는 생시나 꿈에서나 저런 망상에서 벗어난다지.

— 「꿈」 일부 —

"시가 상징을 통하여 철학, 특히 형이상학의 구실까지도 포괄하는 폭넓은 기능을 가질 때 시는 비로소 존재의의를 갖는다. 이것은 문학이 구체적인 언어, 즉 구상具象으로서의 언어형이상학적 언어를 통하여 새로운 것을 창조할 수 있기 때문이다." 171

위에서 시의 존재에서 상징이 갖는 역할이 얼마나 중요한 것인가를 알 수 있다. 왜냐하면 시는 언어로 창조되는 언어예술이기 때문이다.

꿈은 프로이트의 심리학에서 중요한 위치를 차지한다.

"꿈이 가지는 활력은 깨어 있을 때에는 충족되지 않는 욕망을 만족시키고자 하는 무의식적 충동에서 비롯된다. 행동으로 나타낼 수가 없는 이 충동은 현재의 신체적 요구와 전날의 회상「낮의 잔존물」과 같은 최근의 경험과 유아기의 성적 소망을 포함해 먼 옛날의 기억들 모두로부터 재료를 끌어 모은다. 무의식적 소망이 전의식과 만나 환상적인 만족을 찾으려 애쓰는 것이다." 172

구상이 되돌아 본 인생은 꿈과 같다고 할 것이다. 욕망의 분출이 꿈으로 자리매김한다고 볼 때 꿈은 인간에게 반드시 필요하다고 할 것이다. 구상은 헛된 미몽迷夢에서 벗어나지 못함을 시를 통해 고백하고 있다.

풍곡豊谷 성재휴成在休 화백의
회고전 개막식장엘 갔더니
70평생의 대표작을 모은지라
호암갤러리 1·2층이 빼곡했다.

그와 함께 전시장을 돌면서

---

171 마광수, 『象徵詩學』, p. 145.
172 엘리자베드 라이트, p. 29.

내가 한마디 없을 수 없어
"이거 정말 임자 궁리로 다 그린 건가?"
하고 덕담德談을 했더니
"더러 남의 것 베낀 것도 있고!"
라는 그다운 응수다.

또 가다가 이번에 둘이는
'배암 나오라!' 라는
그림 앞에 섰다.

쟁반만한 둥근 달밤
넓적바위만한 개구리 한 마리가
엉덩이를 깔고 뒷다리를 내뻗고 앉아
남산만한 배를 불룩 내놓고는
왼쪽 앞다리를 내뻗친 발바닥에다
가득찬 큰 컵 술잔을 올려 놓고는
왕방울 눈에 입을 찢어지게 벌리고
도연陶然해 있는 진기한 정경…

"이거야 임자 화상이로군!"
"음. 자네가 이 도저한 경지를 알까?"
"그야 정도正道에는 아둔하지만 주도酒道사!"

<후략> — 「배암 나오라」 일부 —

성재휴1915~1996는 한국화가이며 서예가로 일찍이 19세 때 서병오徐丙五에게 서예, 사군자, 개자원화보介子園畵譜 등을 배웠으며 1934년 허백련許百鍊

으로부터 전통적 남종화법과 화론을 터득하여 독창적인 화법을 펼쳤다.

'배암 나오라!' 라는 그림은 1969년 작으로 그의 강한 필세筆勢와 발묵潑墨과 파필破筆의 표현이 돋보이는 작품이다. 술을 마시고 도연陶然해 하는 성재휴 화백과의 대화를 통해 구상의 동심의 경지를 알 수 있다.

구상의 넉넉한 인품이 가져온 종교계, 예술문화계, 교육계, 사회단체에서 폭넓은 교유의 일면을 보여준다.

평소의 근황을 에스키스esquisse화하여 건강이 좋지 않은 심경을 피력하고 있다. 애주가들이 술을 가까이 하지 못하는 상황을 소재로 차용하여 공감대를 형성하였기에 잔잔한 감동을 주고 있다. 이와 같이 구상은 다양하고 풍부한 소재로 체험을 진솔하게 시화하였기에 주제가 깊이 있게 형상화되었다.

구상의 시 중에서 드물게 해학적이며 희화적으로 사물을 관조하여 실체를 사실적으로 조명하고 있다. 관조적인 자세로 존재의 실유를 넉넉한 인품으로 서술하고 있음이 구상의 시가 주는 매력이라고 하겠다.

Ⅰ
내 안의 울 속에서
밤낮없이 으르렁대는

저 사나운 짐승의
정체는 무엇일까?

무슨 먹이라도 보았는가?
오늘은 길길이 뛰고 있다.

Ⅱ
내 안의 바다 위를

정처없이 표류하는

저 닻없는 쪽배의
기항지(寄港地)는 어딜까?

파도가 거센가 보다
오늘은 몹시 흔들린다.

Ⅲ
내 안의 허공 속을
끝없이 나래펴는

저 파랑새의 꿈은
언제 어디서 이뤄질까?

불멸의 그 동산을 그려본다.
영원이 오늘은 내 안에 있다.

－「내 안에 영원이」 전문－

인간의 마음 속에는 누구에게나 한 마리의 야수와도 같은, 순치馴致되지 않은 야수성이 존재한다고 시인은 생각한다. 정체도 정확하게 알지 못하는 동물적 야수성의 존재를 인식하지만 우리는 교육과 도덕과 종교적 심성으로 억제하며 자기의 정체성을 회복하려고 노력한다.

제1연에서 마음속에서 일어나는 야수성을 느끼며, 제2연에서 마음속에 끊임없이 일어나는 풍랑과 같은 심경을 안타까워한다. 제3연에서 부정적인 시각에서 벗어나 마음속에서 갈구하는 깨끗하며 평화로운 꿈을 그리워한다.

그것은 마음속에서 일어나는 사나운 짐승과도 같은 야수성을 치열한 삶의 현장에서 여과와 정화과정을 거쳐 맑고 깨끗하며 평화로운 세계에 도달하게 하는 것이 바로 문학의 사명이라고 구상은 생각한다.

겉도 안도 너덜너덜

이 걸레로 이 세상 오예汚穢를
모조리 훔치겠다니 기가 차다.

먹으로 휘갈겨 놓는 것은
달마達磨의 뒤퉁수.

어렵쇼, 저 유치찬란!

너를 화응和應하기엔 실로 되다.

허지만 내 삶의
허덕 허덕 마루턱에서

느닷없이 만난
은총의 소나기.

–「걸레스님」 전문 –

선화禪畵와 선시禪詩의 걸레스님 중광重光, 속명은 고창률, 1935~2002은 파행과 기행으로 자유와 무애의 정신을 살았으며 조선시대 김명국金明國, 1600~1662? 이후 달마도達磨圖의 대가로 불린다. 자비사 주지인 박삼중은 "걸레스님 중광과 얽힌 일화도 있다. 중광스님과 나는 오래전부터 친구 사이였다. 선생은 끝까지 중광을 끌어안은 분이셨다. 중광에 대한 선생구상의 한없는 포옹은 세상이 다 안다."[173] 고 회고하고 있다.

위 시에서 구상은 중광이 잘 그린 전통적 〈달마도〉와 짚신 한짝과 장죽을 등에 매고 가는 〈싱거운 달마〉와 커다란 등에 작은 뒤통수만 보이는 〈면벽 달마〉 등을 보고 “먹으로 휘갈겨 놓는 것은 달마達磨의 뒤통수, 느닷없이 만난 은총의 소나기”라고 평하고 있다.

구상은 중광의 일면 유치하고 수준 낮게 보이는 예술적 세계를 “은총의 소나기”라고 하며 영적인 교감을 이심전심以心傳心으로 시화하였다.

구상의 존재론은 기독교적 실존을 토대로 한다.

> “내 존재론의 근거나 바탕은 기독교적인 것입니다. 그러나 어떤 형식상의 시에 있어서도 기독교적인 것을 그대로 긍정적으로, 관념적으로 받아들이는 것이 아니라, 실존적 삶 속에서 일어나는 기독교적인 것에 대한 갈등과 상충 그리고 그것의 구현 등이 문제가 되죠…내가 어렸을 때부터 지닌 기독교적인 소양이나 근거의식이 나의 고민, 갈등, 상충 등의 원인이 되었어요.
>
> 진리란 시공을 초월한 것이지만 사실에 있어서는 그것을 자기 안에서 체득하고 증거하는 실존적인 삶 속에서 진정으로 체득하고 증거되는 것이지 그것 없이는 관념의 유희일 뿐입니다. 나는 시의 형상화에 있어서 기독교적 관념 그 자체를 시현하려는 것에 힘을 기울이기보다는 시와 내가 체험한 진실을 일치시키려는 데 노력을 기울입니다. 시와 신앙이 아니라 시와 진실을 일치시키려는 노력 속에서 도그마틱하게 기독교적인 교리의 세계, 신심의 세계를 형상화하지는 않아요.”174

구상의 존재론적 사상의 특징은 역사와 사회와의 연관성을 생각할 때 공동선을 고려하여 역사의식을 표출하였다는 것이다. 존재의 규명을 통한 영원의 추구는 구상 문학이 지향하는 것이라고 하겠다.

---

173 시인구상추모문집 간행위원회, pp. 248-249.
174 구상, 『나의 文學 나의 詩作法』, pp. 134~135.

나의 서재 觀水齋에는
隱樵翁의 〈觀水洗心〉이란
扁額이 걸려 있다.

저 글귀대로 나는 날마다
성당에나 가듯 輪中堤에 나아가
유유히 흘러가는 한강을 바라보며
걸레처럼 더럽고 추레한 내 마음을
그 물에 헹구고 씻고 빨아 보지만
절고 찌들은 땟국은 빠지지 않는다.

흐려진 내 눈으로 보아도 내 마음은
아직도 名利에 연연할 뿐만 아니라
음란의 불씨도 어느 구석에 남아 있고
늙음과 병약과 無事를 핑계로 삼아
태만과 안일과 허위에 차 있다.

더구나 나는 이렇듯 강에 나와서도
세상살이 일체에서 벗어나기는커녕
俗情의 밧줄에 칭칭 감겨 있으니
어찌 그리스도 폴처럼 이 강에서
사랑의 化身을 만날 수가 있으며
싯달타처럼 깨우침을 얻겠는가?

끝내 나는 僧도 俗도 못 되고
엉거주춤 이 꼬라지란 말인가?

오오, 저 흐름 위에 어른거리는

천국의 계단과 지옥의 수렁! — 「近況」 전문 —

1연에서 관수재란 구상 서실의 당호堂號인데 물水는 마음心과 통용이 되며 觀水란 '마음을 바라본다' 도 되기에 구도 수행과 사색의 뜻이 담겨 있다.

"<관수재시초>를 읽으면 맑은 강가에 있는 우리 마음의 빨래터 같다는 느낌이 든다. 인생이란 세월의 흐름에 따라 때묻은 빨랫감처럼 될 수밖에 없다. 쉼없이 맑은 사유의 강물을 찾아 생존을 빨지 않으면 추레한 인생을 면할 수가 없다. 신앙도 인생을 빨래하는 것이요, 선정禪定도 빨래하는 것이다. 구상이 차려 놓은 언어의 빨래터에는 한복과 양복이 함께 들어 있고, 그 빨랫감에 묻은 땟국들을 언어의 강물에서 빨아내고 씻어 준다. 그러므로 구상의 연재시를 '세심시洗心詩' 라고 불러도 될 것이다." [175]

인생이란 세월의 흐름에 때가 묻은 빨랫감과 같아 강가에 '걸레처럼 더럽고 추레한 내 마음을 그 물에 헹구어 씻고 빨아 보지만' 결국 그의 신앙과 삶과 죽음도 욕정과 이기심으로 잘 빠지지 않는다는 그의 진솔한 고백에서 우리는 공감을 한다.

1992년 5월부터 1년 간 『문학사상』에 연재한 〈관수재시초〉의 첫째 시이다. 우리의 세속에 찌들대로 찌든 마음을 觀水洗心의 심경으로 되돌아보며 우리가 지녀야 할 순수한 마음을 다시금 회복하려고 한다. 벗어버리거나 잊어버려야 할 것들이 가득한 때묻은 더러운 마음을 빨듯이 깨끗이 하여 인간다운 면을 회복하려고 한다. 신과의 단독자적인 대면에서 존재의 가치를 추구하며 자아를 돌아보는 것은 시인이 추구하는 명징明澄한 세계일 것이다.

---

175 구상, 『인류의 盲點에서』, 서울: 문학사상사, 1998, p. 171.

한강의 윤중제에 나가 한강물에 더럽고 추한 마음을 씻지만 시인의 마음은 명리名利와 음란과 태만과 안일과 허위에 차 있음을 자각하며 한탄한다.

나는 한평생, 내가 나를
속이며 살아왔다.

이는 내가 나를 마주하는 게
무엇보다도 두려워서였다.

나의 한 치 마음 안에
천 길 벼랑처럼 드리운 수렁

그 바닥에 꿈틀거리는
흉물같은 내 마음을
나는 마치 고소공포증
폐쇄공포증 환자처럼
눈을 감거나 돌리고 살아왔다.

실상 나의 知覺 만으로도
내가 외면으로 지녀 온
양심, 인정, 명분, 협동이나
보험에나 들듯한 신앙생활도

모두가 진심과 진정이 결한
삶의 편의를 위한 겉치레로서
스스로가 도취마저 하여 왔다.

더구나 평생 시를 쓴답시고
綺語 조직에만 몰두했으니
아주 죄를 일삼고 살아왔을까!

그러나 이제 머지않아 나는
저승의 관문, 신령한 거울 앞에서
저런 추악망측한 나의 참 모습과
마주해야 하니 이 일을 어쩌랴!

하느님, 맙소사!

— 「臨終告白」 전문 —

임종고백臨終告白은 가톨릭에서 죽음에 임한 사람이 한평생 자신이 저지른 죄를 뿌리째 사제司祭에게 고백하고 참회하는 신앙교범인데 누구라도 죽음에 임하여 먼저 생각나는 것은 자기 생에 대한 아쉬움과 잘못 산 삶의 뉘우침일 것이다.

구상의 고백과 같이 '나는 한평생 내가 나를 속이며 살아왔다'는 반성과 후회로 자책도하면서 죽음 앞에서는 우리 모두 겸허해질 수밖에 없다. 외면상 지녀온 양심, 인정, 명분, 협동, 신앙생활도 겉치레인 것을 깨닫고 죽음을 순리로 받아들이게 된다. 더구나 불교의 10악惡 중 하나인 비단과 같이 겉만 번지레하고 진실이 수반되지 않은 말로 시를 쓴답시고 시인으로 행세한 자신에 대한 죄책감에서 시인은 장탄식을 했다.

죽음에 대한 인간의 첫 반응이 충격과 거부라면[176] 어쩔 수 없이 맞는 죽음의 공포에서 충격을 받게 되고 공포로부터 벗어나고자 하는 거부감을 표출하게 된다. 죽음을 앞둔 인간이 보이는 허무의식은 후회와 결합하여 심한 죄의식을 동반하게 되고 현실과의 단절과 유리를 보인다.

---

176 이인복, 『죽음과 구원의 문학적 성찰』, 서울: 우진출판사, 1989, p. 439.

이제사 나는 눈을 뜬다.
마음의 눈을 뜬다.

달라진 것이라곤 하나도 없는
이제까지 그 모습, 그대로의 만물이
그 실용적 이름에서 벗어나
저마다 총총한 별처럼 빛나서
새롭고 신기하고 오묘하기 그지없다.

무심히 보아 오던 마당의 나무,
넘보듯 스치던 잔디의 풀,
아니 발길에 차이는 조약돌 하나까지
한량없는 감동과 감격을 자아낸다.

저들은 저마다 나를 마주 반기며
티없는 미소를 보내기도 하고
신령한 밀어를 속삭이기도 하고
손을 흔들어 함성을 지르기도 한다.

한편, 한길을 오가는 사람들이
새삼 소중하고 더없이 미쁜 것은
그 은혜로움을 일일이 쳐들 바 없지만
저들의 일손과 땀과 그 정성으로
나의 목숨부터가 부지되고 있다는 사실을
이제는 너무나도 실감하고 있기 때문이다.

만물의 그 始原의 빛에 눈을 뜬 나,

이제 세상 모든 것이 기적이요,
신비 아닌 것이 하나도 없으며
더구나 저 영원 속에서 나와 저들의
그 완성될 모습을 떠올리면 황홀해진다.

－「마음의 눈을 뜨니」 전문－

구상은 일제 치하와 한국전쟁과 4·19 학생의거와 5·16 군사혁명과 민주화 운동 등 실로 다사다난한 민족의 역사와 삶의 궤를 같이 하였다. 역사의 변혁기에서도 올곧은 신념으로 바르게 생각하며 바르게 행동하기 위해 노력하였음은 그의 삶과 문학이 대변하고 있다.

신앙과 삶의 일치, 생각과 행동의 일치가 빚어낸 그의 시는 자전적 연작시집인 「모과 옹두리에도 사연이」에 잘 나타나고 있다.

위 시는 일반적인 허무의식과 좌절감이나 무력감보다 마음의 눈으로 세상을 성찰하고 영원을 대비하는 시인의 삶이 투영되어 있다. 변증법적인 자세로 보다 차원 높은 긍정적인 세계관을 내포하고 있다. 달라진 것이 없는 현실이지만 사유와 사색으로 사물을 인식함으로써 새롭게 사물을 의식하면서 인식의 폭과 깊이도 달라지게 되었다. 과거에서 벗어나 사물을 마음의 신령한 눈으로 관찰하면서 현실을 수용하게 된다.

과거와의 단절이 빚는 삶의 자세는 미래에 대한 두려움보다는 "무심히 보아오던 마당의 나무, 넘보듯 스치던 잔디의 풀"등에서도 새로운 삶의 외경과 감동을 느끼게 된다. 구상은 신앙생활에 대해 이렇게 말했다.

"우리가 조금만 영혼의 눈을 뜨고 마음의 문을 열기만 하면 우리의 바로 앞에 계신 주님을 뵈옵고 맞아들일 수가 있는데 말이다. 그야말로 우리의 완강한 거절로 주님께서 지치고 지치셔서 우리를 내버리고 떠나시기 전에 우리는 마음의 문을 열어야 하겠다." 177

177 구상, 『우리 삶 마음의 눈이 떠야』, p. 150.

이것은 마치 우리가 마음의 문을 닫고 바로 앞에 계신 주님을 모르고 다른 곳에서 주님을 찾는 어리석음을 행하는 것을 꼬집은 것이다. 우리 인간적인 표준에다 주님을 맞춘 것과 같다고 할 것이다.

온화하지는 않더라도
험상궂어도 좋으니
그저 숫된 얼굴이 그립다.

저런 天性의 얼굴을 보면
옛 친구를 만난 듯 반갑다.

<중략>

이제 그 얼굴들을 바로잡으려면
모두가 그야말로 마음을 훌훌 비워서
때마다 하늘과 구름도 멀거니 쳐다보고
산과 들, 강과 바다도 멍청히 바라보고
삶과 죽음도 곰곰이 생각해 보고
더불어 사는 남의 구실도 헤아려 보며

삶의 참된 보람과 기쁨을 찾아서
몸부림치며 뉘우치고 울기도 하고
허망에도 빠지고, 영원도 그려 보아야
本然의 얼굴을 지니게 될 것이다.

– 「얼굴」 일부 –

사람들은 누구나 살아가기 위한 생존경쟁에서 마음의 때를 기다리고 있다. 그러나 마음속에 덕지덕지 낀 마음의 때를 털어 내야한다고 시인은 절규하고 있다. 사람의 얼굴이 뒤틀리고 찌들대로 찌든 것은 '마음이 세상살이와 그 利害에만 쏠려서 탐욕으로 가득 차있기 때문' 인데 마음을 비우고 인생의 유한성과 자연의 무한성을 생각하며 참된 인간의 가치를 추구하여야 본연의 얼굴을 되찾게 된다는 메시지에서 언어의 방망이질로 마음의 때를 씻으며 언어의 빨래터에서 마음을 헹구어 내며 자아를 되찾자는 이 시대를 향한 선구자적인 사명을 느낀다.

구상은 참된 삶을 다음과 같이 정의하고 있다.

"인간의 참된 삶이란 자신의 유한성 속에 열려 있는 그 새롭고 무한한 모습과 가능성에 헌신하는 것을 의미한다."178

참된 삶을 통한 참된 문학의 실천은 구상이 일생을 추구한 좌표이다.

흰눈이 소금같이 뿌려진
과수원에
한 그루 매화의 굵고 검은 가지가
승리의 V자를 지었고
그 언저리를 부활의 화관인 듯
꽃이 만발하다.

'보라! 나의 안에 생명을 둔 자
죽어도 죽지 않으리니
보이지 않는 실재를
너희는 의심치 말라'

까치가 한 마리 이 가지 저 가지를

---

178 구상, "나의 文學的 人生論", 『표현』, 1982년 5월호, p. 101.

해롱대며 날아다닌다.

*

폐肺의 공동空洞처럼 뻥뚫린 구덩이 옆에
한 그루 아름드리 사과나무가
송장처럼 뻐드러져 있다.

그림자처럼 어두운 사내가
지게를 지고 와서
도끼로 마른 가지를 쳐내고
몸뚱이를 패서 지고 간다.

'보라! 형벌의 불 아궁 속으로 던져질
망자亡者의 몰골을.
그러므로 너희는 마음의 뿌리를
병들지 않도록 삼가라'

얼어붙은 하늘에 까마귀가
까옥까옥 날아간다. ―「겨울 과수원에서」 전문 ―

이 시에는 두 가지 상징적 표상이 보이는데 첫째, 나무는 "신수神樹, 생명의 나무, 세계의 축軸으로서의 나무, 죽음과 재생의 나무, 모성적 속성과 남성적 생산성을 함께 갖추고 있는 나무, 지혜의 나무, 희생의 나무, 역사와 전통을 상징하는 관념"[179] 을 가졌다.

둘째로 전반부의 까치와 후반부의 까마귀이다. 창세기 2:9에는 생명나무와 선악과가 나오는데[180] 만약 과수원을 에덴동산에 비유하면 전반부의 과수원은 범죄 이전의 상승, 천상의 세계를 상징한다고 하겠으며 후반부의 과수원은 범죄 이후의 하강, 지하의 세계를 상징한다.

대조적인 대칭구조의 시에서 구상은 삶과 죽음과 축복과 저주와 부활과 심판의 표상을 나타내기에 겨울 과수원을 시간적, 공간적인 배경으로 하여 시의 상징성을 풍부하게 설정하였다.

전반부의 "흰눈이 소금같이 뿌려진 과수원", "한 그루 매화의 굵고 검은 가지가 승리의 V자", "부활의 화관인 듯 꽃이 만발" 등의 표현은 삶, 축복, 부활의 상징성을 갖추고 있다면, 후반부의 "폐의 공동처럼 뻥뚫린 구덩이", "송장처럼 뻐드러져 있다", "형벌의 불 아궁 속으로 던져질 망자의 몰골" 등의 표현은 죽음과 저주와 심판의 상징성을 갖춘 표현일 것이다. 그리고 전반부의 까치가 관습적인 의미인 길상조吉相鳥를 표상하여 부활을 의미한다면 후반부의 까마귀는 관습적인 의미인 흉조凶鳥를 표상하여 심판의 의미로 쓰였다.

'보라! 나의 안에 생명을 둔 자
죽어도 죽지 않으리니
보이지 않는 실재를
너희는 의심치 말라'

신약성경 요한복음 11:25~26에 "예수께서 가라사대 나는 부활이요 생명이니 나를 믿는 자는 죽어도 살겠고 무릇 살아서 나를 믿는 자는 죽어도 살겠고 무릇 살아서 나를 믿는 자는 영원히 죽지 아니하리니 이것

---

179 한국문화상징사전편찬위원회, p. 136.

180 공동번역성서: 창세기 2장 9절에 "여호와 하나님이 그 땅에서 보기에 아름답고 먹기에 좋은 나무가 나게 하시니 동산 가운데에는 생명나무와 선악을 알게 하는 나무도 있더라."와 17절에는 "선악을 알게 하는 나무의 실과는 먹지 말라 네가 먹는 날에는 정녕 죽으리라 하시니라"는 구절이 보이는데 생명나무는 뱀의 유혹에 아담의 아내인 하와가 따먹음으로써 범죄를 하게 되고 인간은 생명나무로부터 소외당해야 하였고 죽음을 경험하여야 했다. 에덴동산에 하나님이 선악과를 두신 목적은 인간의 도덕적 본성이 발휘될 기회를 주시려는 뜻이며 동시에 자유의지의 인격체로 창조하신 것이다.

을 네가 믿느냐"는 구절로 미루어 나예수를 믿는 자는 육적으로 죽을지라도 영적으로 영원히 죽지 아니할 것이다. 이 메시지는 역설적으로 강조한 말이다. 구상은 시에서 뜻을 강조하기 위하여 위의 구절과 같이 표면적 진술과 그것이 가리키는 내적 의미 사이에 모순이 있는 역설의 방법을 쓰고 있다.

여기는 결코 버려진 땅이 아니다.

영원의 동산에다 꽃피울
신령한 새싹을 가꾸는 새 밭이다.

젊어서는 보다 육신을 부려왔지만
이제는 보다 정신의 힘을 써야 하고
아울러 잠자던 영혼을 일깨워
형이상形而上의 것에 눈을 떠야 한다.

무엇보다도 고독의 망령亡靈에 사로잡히거나
근심과 걱정을 도락道樂으로 알지 말자.

고독과 불안은 새로운 차원의
탄생을 재촉하는 은혜이어니
육신의 노쇠와 기력의 부족을
도리어 정신의 기폭제起爆劑로 삼아
삶의 진정한 쇄신에 나아가자.

관능적 즐거움이 줄어들수록
인생과 자신의 모습은 또렷해지느니

믿음과 소망과 사랑을 더욱 불태워
저 영원의 소리에 귀기울이자.

이제 초목의 잎새나 꽃처럼
계절마다 피고 스러지던
무상無常한 꿈에서 깨어나

죽음을 넘어 피안에다 피울
찬란하고도 불멸하는 꿈을 껴안고
백금白金같이 빛나는 노년老年을 살자. – 「노경老境」 전문 –

이 시는 「모과 옹두리에도 사연이 90」에도 나오는 시로, 인생의 종착역인 노년을 노드롭 프라이는 이렇게 말했다.

"한 개인을 집단에서부터 소외시키는 것이므로 우리가 느끼고 있는 것은 공포 가운데 가장 심오한 공포를 우리의 마음속에 몰고 온다. 이 공포는 비교적 기분이 좋고 또 서글서글한 지옥의 유령보다 훨씬 더 깊은 공포인 것이다."[181]

그에 의하면 가을은 비극에 해당되며[182] 생과 소유와 욕망과 집착으로부터 단절하게 한다. 노년에서 생의 유한성을 인식하고 깨달을 때 존재에 대한 깊은 성찰과 침잠을 하게 된다. 아울러 과거에 대한 후회와 더불어 남은여생에 대한 뜨거운 의욕을 갖게됨이 인지상정人之常情이라면 진지하게 여생을 뒤돌아 볼 수 있어야 한다.

자아성찰과 삶과의 연계성을 가질 때 인간은 새로운 삶의 의지가 있을 것이다.

---

181 노드롭 프라이, 『비평의 해부』, 임철규 역, 서울: 한길사, 1982, p. 304.

구상은 노경의 경지를 노래하며 “여기는 결코 버려진 땅이 아니다”고 하면서 “영원의 동산에다 꽃피울 신령한 새싹을 가꾸는 새 밭”이며 “잠자던 영혼을 깨워 형이상形而上에 눈을 떠야 한다.”고 한다.

아울러 노년을 “죽음을 넘어 피안에다 피울 찬란하고도 불멸하는 꿈을 껴안고 백금白金같이 빛나는 노년老年을 살자”고 삶의 마지막 의지를 불태웠다.

마치 서정주의 「국화 옆에서」와 같이 온갖 고뇌와 시련을 거쳐 도달한 생에 대한 원숙의 경지에 도달한 마음 밭에 새로운 삶의 구도를 그릴 수 있다는 시인의 젊은 마음을 엿볼 수 있다. 이러한 삶에 대한 의욕은 인생의 가치를 새롭게 한다고 할 수 있다. 우리에게 주어진 시간은 많고 적음의 가치 척도를 중요시할 게 아니라 어떻게 사는가라는 방법론적인 것이 중요하다고 할 것이다. 이렇게 볼 때 우리에게 주어진 시간은 모두 중요한 것임을 느끼게 된다. “신령한 새싹을 가꾸며” 살아가려는 다짐과 지향점에 그의 삶의 중요성이 있다고 본다.

구상의 노년에 대한 감회는 존재에 대한 깊은 성찰과 신앙적 사유에 의해 심도 있게 다루어지고 있다. 노년의 경지가 버려진 땅이 아니라는 역설적 논리는 정신적인 면에 치중하는 그의 사상의 단면을 보여주고 있다.

> 어느 시인은 하늘을 우러러
> '한 점 부끄럼 없기를' 하고 읊었지만
> 나는 마음이 하도 망측해서
> 하늘을 우러러 부끄럽고 어쩌고커녕
> 숫제 두렵다.

---

182 Ibid., p. 288.

일일이 밝히기가 민망해서
애매모호하게 말할 양이면
나의 마음은 양심의 샘이
막히고 흐리고 더러워져서
마치 칠죄七罪의 시궁창이 되어 있다.

〈중략〉

하기는 이따금 그 진창 속에서도
흙탕과 진흙을 말끔히 퍼내고 뚫어서
본디의 맑은 샘을 솟게 하고 싶지만
거짓으로 얽히고설킨 세상살이의
현실적 파탄과 파멸이 무서워서
숨지기 전에는 엄두를 못 내지 싶은데
막상 그 죽음을 떠올리면 이건 더욱
그 내세가 불안하고 겁난다.

이 밤도 TV에서 저 시구詩句를 접하고
걷잡을 바 없는 암담 속에 잠겨 있다가
문득 벽에 걸린 십자가상을 바라보고는
그 옆에 매달렸을 우도右盜처럼 주절댄다.
주님! 저를 이 흉악에서 구하소서…

하지만 이 참회가 개심改心에 이어질는지를
나 스스로가 못믿으니 이를 어쩐다지? — 「고백」 일부 —

이같이 구상의 진솔한 고백적인 시에서 맑고 깨끗한 신앙적 양심을 느낄 수 있다.

「서시」를 부분 인용하였으나 현실을 초월하지 않고 괴로워하는 그의 마음의 갈등이 1연에서 잘 나타나고 있다. 그러나 '마음이 하도 망측' 하다는 구절에서 역설적으로 현실 극복의 의지와 결백한 삶을 읽을 수도 있겠다. 윤리적 판단의 주재자로 지고지순의 진리인 하늘을 우러러 볼 때 비록 '칠죄七罪의 시궁창' 이라 자인하지만 외식하는 바리새인과 같은 양심의 소리에 귀를 기울이는 신앙인의 자세를 꾸밈없이 표출하였다.

가톨릭에서는 우리가 죄인임을 스스로 인정할 때 비로소 하나님을 만날 수 있으며 죄는 윤리적이고 종교적인 방법으로 해결해야 한다고 한다. 교회는 하나님과 이웃에 대한 사랑을 거스리는 죄로 다음과 같은 일곱 가지 죄의 종목을 가르쳐 왔으며 일곱 가지 항목을 마음속에 품거나 행동으로 옮길 때 죄를 짓는 것으로 간주하였다.

> "물질에 마음을 집착시키는 인색함과 남의 좋은 일에 대해 마음 아파하는 질투, 절도없는 분노, 지나치게 즐기는 탐식, 부당한 사랑을 낳는 정욕, 지나치게 게으름을 피우는 해태懈怠, 자기 자신을 가장 높은 자로 생각하고 남을 업신여기며 나아가서는 하나님까지도 무시하게 되는 교만이 그것이다." 183

그러므로 죄 중에 있는 사람은 스스로의 자발적인 참회와 회개를 통하여 하나님께 용서를 받고 사랑으로써 하나님의 은총에 끊임없이 응답하여야 하며 참된 자녀로서 성숙하도록 노력해야 한다.

단조로운 호흡으로 평이한 고백의 시지만 정신적인 공감대를 형성함은 그의 시적 진술의 사실성 때문일 것이며 그것이 독자와의 거리를 좁히고 있다고 하겠다.

---

183 유봉준, p. 333.

2. 형이상학적 인식과 죽음의 초월

형이상학적 인식

구상은 「詩와 實在認識」에서 "우리 시에 씌여진 것은 경험이나 감각 세계의 묘사로서 실재를 밝히려는 노력과 형이상학적 인식의 세계에 등한하다."[184] 고 하며 형이상학적 인식을 중요하게 여기고 있다. 그것은 구상 스스로는 실존 다시 말하면 존재의 문제에 깊은 관심을 가지고 그것을 시에 차용하기 때문일 것이다.

> "나는 시를 존재에 대한 제 나름의 새로운 의미를 부여하는 것이라는 신념 하나로 써 왔기 때문에 나의 시를 한마디로 말한다면 그 주제가 강렬한 편이다. 시란 감상하는 편에서도 그렇지만 작가에게 있어서도 시 속에 사상적 요소를 보다 많이 담는 이와 감각적 경험의 요소를 보다 많이 담는 두 가지 경우가 있는데 나는 앞쪽이라 하겠다. 그러나 이것은 미의 대상이 되는 정서의 표상 위에서의 이야기임은 두말할 것도 없다."[185]

---

184 구상, 『具常文學選』, p. 372.

구상의 진술에서도 알 수 있듯이 그의 시에서 주제가 강하기에 사상적 요소가 시의 근간이 되고 있음을 알게 한다.

"시가 궁극적으로 지향하는 것은 역시 본질의 세계, 본체의 세계이다. 시는 일상적 언어, 문법적인 언어를 구사하면서도, 그것을 통한 초월적 존재의 인식을 기도하고 있다. 이것이 바로 시가 갖는 형이상성形而上性이라 할 수 있을 것이다." 186

구상은 시에서 형이상학성을 확보하기 위하여 거칠은 표현의 한자어를 자주 쓰는데 이것은 한자어가 가지는 사상성의 인식과 개념성을 가지기 위한 의도적인 배려로 보인다.

철학적이고 종교적이며 관념적인 시상의 전달 매개체는 국어보다 한자어가 더 이미지를 나타내기에 적절하다는 판단에서 나온 산물이 바로 전고典故나 한자어의 사용으로 나타났다. 그러나 한자어의 남용은 시상이 매끄럽지 못하고 단선적인 결점을 가질 수도 있다.

구상은 전거가 될 만한 옛일을 시적인 제재로 차용하여 깊이 있는 시상을 형성하며 사유의 폭을 넓게 제공하고 있다. 특히 연작시 편에서 고사와 관련된 일을 차용하였으며 한자 어휘를 많이 사용하여 딱딱하다는 느낌을 주지만 형이상학적 주제를 표출하는데 효과적인 성과를 거두고 있다. 특히 진부하고 격식에 속박된 표현을 피하고 언어의 표현에 신선한 느낌과 맛을 주기 위해서 사회적 환경을 효과적으로 환기시키기 위해 비속어를 사용하여 사실적이고 감각적인 표현의 효과를 거두었다.

그리고 구상은 의태어와 의성어를 사용하여 생동감을 느끼게 하였으며, 떠오르는 영상이나 시적 대상을 감각적으로 자극하여 감각을 재현하면서 이미지의 선명함도 제시하고 있음은 특이한 점이라 할 수 있다.

---

185 구상, 『드레퓌스의 벤취에서』, p. 6.
186 마광수, 『象徵詩學』, p. 76.

하현식은 구상의 강을 "연작시 「강」은 포괄적으로 한 시대의 문제를 관념화하는 것이 아니라 보다 근원적인 관조의 세계에 그 뿌리를 대고 있다. 그것은 세계의 형성과 소멸의 의지를 비롯하여 그러한 세계 속에 존재하는 주체의 의지와 비전까지도 표출한다. 시인의 특이한 종교적 신념을 토대로 한, 대상을 향한 명상적 자세는 역사와 원초적 진실에 상도하려 하면서 현재적 삶의 의식을 피력한다."[187] 고 보며 현상적이면서 존재의 실체를 승화시켜 진실의 흐름으로 이끌어 주는 계기를 제공한다고 보았다.

그리스도 폴!
나도 당신처럼 강을
회심回心의 일터로 삼습니다.

하지만 나는 당신처럼
사람들을 등에 업어서
물을 건네주기는커녕
나룻배를 만들어 저을
힘도 재주도 없고

당신처럼 그렇듯 순수한 마음으로
남을 위하여 시중을 들
지향志向도 정침定針도 못가졌습니다.

또한 나는 강에 나가서도
당신처럼 세상 일체를 끊어버리기는커녕

---

187 하현식, pp. 148~149.

욕정欲情의 밧줄에 칭칭 휘감겨 있어
꼭두각시모양 줄이 잡아당기는 대로
쪼르르, 쪼르르 되돌아서곤 합니다.

그리스도 폴!
이런 내가 당신을 따라
강에 나아갑니다.

당신의 그 단순하고 소박한
수행修行을 흉내라도 내 가노라면
당신이 그 어느 날 지친 끝에
고대하던 사랑의 화신을 만나듯
나의 시도 구원의 빛을 보리라는
그런 바람과 믿음 속에서
당신을 따라 나아갑니다. —「프롤로그」 전문 —

구상은 그리스도 폴의 단순·소박한 회심과 수덕을 본받아 나가며 항상 머리 속에 염두를 두고 시를 써 나갔다. 그는 시가 구원의 빛을 볼 것이라고 하면서 존재에 대한 관념적 구도로 인생에 대한 내면의 성찰을 하였다. 홍신선은 구상의 長詩「그리스도 폴의 강」을 "초월의 공간을 지향하는, 한 시인의 뛰어난 상상력을 보여준다."[188] 고 하며 "그 초월을 향하여 마음이 움직여 나간 기록이다."[189] 라고 하였다.

구상의 존재에 대한 탐구의 출발점은 삶의 실상에 토대를 두고 있다고 할 것이다.

---

188 홍신선, p. 17.
189 Ibid., p. 22.

구상은 생과 사, 운명과 자유가 상호 상생하며 실유實有할 수 있음은 바로 실존 때문이라고 하는데 이것은 대립적이고 서로 대치하는 상반되는 것들의 조화로움이 바로 공존공생의 대원칙이라고 보는 견해이다.

자연강과 인간역사의 조화와 화해가 실유實有일 것이다. 결국 실유와 인간과 자연은 하나라는 결론이 도출될 것이다.

실유에 대한 구상의 관념은 강에 대한 표상으로 작용되며 강으로 존재의 내면을 추구하게 된다고 본다. 구상의 시에서 강은 과거와 현존과 미래를 이어주는 가교로 영원성을 내포하며 구상이 지향하는 영원성의 세계를 예표豫表한다고 하겠다.

바람도 없는 강이
몹시도 설렌다.

고요한 시간에
마음의 밑뿌리부터가
흔들려 온다.

무상無常도 우리를 울리지만
안온安穩도 이렇듯 역겨운 것인가?

우리가 사는 게
이미 파문이듯이
강은 크고 작은
물살을 짓는다.

–「그리스도 폴의 강 4」 전문 –

구상은 「밭 일기」에서 생성과 소멸을 속성으로 하는 밭의 역사에 대한 당위의 세계를 그렸기 때문에, 생성과 소멸이 뚜렷하지 않은 객관적 상관물인 강에서 존재와 현실에 대한 인식을 추구하려고 하였다.

"이것은 설명한 것도 없는 심회의 한 가락이지만 그러나 실제의 강을 오래 관찰한 데서 오는 소위 관입실재觀入實在의 소산이라 하겠다. 시의 우열은 고사하고 일반적인 조망으로는 강의 저러한 정중동靜中動을 포착하지 못하고 또 그것을 우리의 심층심리와 부합시킬 수 없기 때문이다" 190

구상은 고요한 강의 흐름을 보며 명상에 잠긴다. 마음의 고요를 흔드는 강의 흐름에서 번다한 인간사를 대입하여 우리의 삶도 강과 같이 크고 작은 물살을 짓는다고 하였다.

그것은 깊은 구도적 사색과 관조의 결과를 시적 기교로 표현한 것인데 구상의 심경 고백으로 다시한번 살펴보자.

강에 은현銀絃의 비가 내린다.
빗방울은 물에 번지면서
발레리나가 무대인사를 하듯
다시 튀어올라 광채를 짓고
저 큰 흐름 속으로 사라지고 만다.
강은 이제 박수소리를 낸다. —「그리스도 폴의 강 6」 전문 —

보슬비가 내리는 강의 서경을 묘사와 비유로 표현한 시다. 강을 하나의 공간적 배경으로 보슬비를 현학기의 줄로 은유한 시다. 빗방울이 떨어져서 파동을 그리기까지 광경을 마치 발레리나가 무용을 끝내고 무대에서 막 뒤로 사라졌다가 다시 객석을 향하여 인사하는 모습에다 직유로 표현하며 사실감을 제고하였으며 비가 다시 세차게 내리기 시작하는 것을 관람객들이 무대를 향하여 박수를 치는 것으로 서술하였다.

---

190 구상, 『詩와 삶의 노트』, p. 116.

"비유는 정서와 심리상태를 효과적으로 전달하는 하나의 방법인 것이다. 시의 언어를 인식의 언어라고 할 때, 그 내용을 구성하는 핵심은 비유다. 시는 현실의 복잡하고 대립되는 요소들을 비유의 상호작용의 기능에 의하여 적절하게 질서화시켜 새로운 모습으로 인식시킨다. 비유는 언어를 확장함으로써 현실과 경험을 새롭게 구성하고 확장한다."[191]

"비유는 사물에 대한 상식적이고 습관적인 인식에서 벗어남으로써 독자에게 새로운 경험의 세계를 열어 보여주어야 한다."[192]

이렇듯 구상은 비유의 역할을 강조하였다. 구상의 견해에 따르면 사물에 대한 인식의 폭과 존재의 의미를 넓히기 위한 하나의 시적 표현법이 바로 비유의 역할이고 그런 비유에 의하여 독자들은 풍부한 경험과 상상력을 가질 수 있다고 보았다.

구상의 상상력은 인간의 회복과 인간의 존재의 가치를 추구하고자 하는 시 정신의 결과로 볼 때 자연과 인간의 조화와 화해와 부조화의 극복을 통해 재인식된다.

결국 진정한 존재의 의미를 사색과 명상으로 생각하며 느끼게 되는 것이 구상의 시 정신이 제시하는 의미가 될 것이다.

붉은 산굽이를 감돌아 흘러오는
강물을 바라보며
어느 소슬한 산정 옹달샘 속에
한 방울의 이슬이 지각을 뚫은
그 순간을 생각는다네.

---

191 장도준, p. 217.
192 구상, 『현대시창작입문』, p. 75.

푸른 들판을 휘돌아 흘러가는
강물을 바라보며
마침내 다다른 망망대해
넘실 파도에 흘러들어
억겁의 시간을 뒤지고 있을
그 모습을 생각는다네.

내 앞을 유연히 흐르는
강물을 바라보며
蒸化를 거듭한 윤회의 강이
因業의 허물을 벗은 나와
현존으로 이곳에 다시 만날
그날을 생각는다네.

—「그리스도 폴의 강 9」 전문 —

사람과 사람의 만남은 인연의 허물일 것이다. 우연이든 필연이든 악연이든 선연이든 불가에서는 인생의 현실을 직시하여 스스로 생각한 대로 되지 않는 일이 너무 많음을 밝혀내 '고苦'라고 하면서 생로병사生老病死와 원증회고怨憎會苦, 애별리고愛別離苦, 구불득고求不得苦, 오온성고五蘊盛苦를 합하여 사고팔고四苦八苦라하고 윤회설이 아니더라도 삼세의 인연의 소중함을 말하고 있다. 맹귀우목盲龜遇木과 같은 인연으로 맺어진 것이 인생사라고 한다면 구상의 강은 무생물인 강을 통하여 삼라만상의 필연적인 윤회를 노래하고 있다.

어느 소슬한 산정 옹달샘 속에 한 방울의 이슬이 지각을 뚫고 푸른 들판을 휘돌아 망망대해 넘실 파도에 흘러들어 억겁의 시간을 뒤지고 있을 그 모습을 시적 화자는 바라보면서 다시 수많은 시간을 흘러 증화를 거듭한 윤회의 강이 다시 이슬로 돌아와 현존으로 다시 만날 날을 생각하는 시인의 상념에서 우리는 질긴 인연의 고리를 다시 사념하며 즉자와 타자와의 만남은 필연이란 귀결점에 도달하게 된다.

무심히 흘러가는 왜관의 낙동강은 구상의 영감의 원천이면서 동시에 현존과 영원의 회귀가 된다. 관수제觀水齋는 구상의 서실 당호로서 강물을 바라볼 수 있으며 동시에 자아 성찰의 공간이기에 한강의 여의도 시범아파트와 왜관의 고가에도 당호堂號로 쓰였을 것이다. 구상의 범신론적 관점에서 보면 윤회는 우주론적인 생명의 결과일 것이다.

「강 9」는 구상의 제재에 대한 형이상학적인 가치관을 자연현상을 통하여 잘 드러내고 있다. 시인은 순수하고 원초적인 생명의 대상인 강을 미래에 대한 삶의 이상 실현의 수단으로 환치하여 과거와 현재와 미래가 공존하며 시·공의 단절을 극복하고 있다.

강은
과거에 이어져 있으면서
과거에 사로잡히지 않는다.

강은
오늘을 살면서
미래를 산다.

강은
헤아릴 수 없는 집합集合이면서
단일單一과 평등을 유지한다.

강은
스스로를 거울같이 비워서
모든 것의 제 모습을 비춘다.

어느 때 어느 곳에서나
가장 낮은 자리를 택한다.

강은
그 어떤 폭력이나 굴욕에도
무저항으로 임하지만
결코 자기를 잃지 않는다.

강은
뭇 생명에게 무조건 베풀고
아예 갚음을 바라지 않는다.

강은
스스로가 스스로를 다스려서
어떤 구속에도 자유롭다.

강은
생성과 소멸을 거듭하면서
무상 속의 영원을 보여준다. —「그리스도 폴의 강 16」 전문 —

구상의 강은 존재론적 실존의 가치명제를 추구하여 존재와 세계와의 관계를 밝히고 있다고 하겠다.

역사를 초월하여 영원히 지속성을 갖는 '강'은 과거와 현재와 미래를 연결하여 동일선상에 존재한다고 하겠다. 구상의 시에서 시간적 개념은 동일선상에서 추구하는 항존의 시간이기에 관념의 의식을 가지고 해명하여야 할 것이다. 강에서 느낀 우주적 깨달음이 그의 시적 화두가 되었기에 형이상학적인 인식이 필요하게 된다. 영원성을 특징으로 하는 구상의 강은 과거와 현재, 현재와 미래, 긍정과 부정, 유한과 무한, 현존과 영원, 갈등과 화해 등의 복합적인 개념을 가지기에 존재의 실존을 그 특성으로 한다고 본다.

자연의 속성을 가진 강에서 구상은 오늘의 괴롭고 부정적 삶을 초월하여 긍정적인 미래지향을 가지고 극복하겠다는 확신을 피력하였다.

> "나의 상념은 강을 통하여 역사에 대한 낙관을 획득합니다. 즉 우리의 오늘 삶이 아무리 연탄빛 강으로 흐르고 그 오염이 징그럽게 번득이더라도 언젠가는 푸른 바다에 흘러들어 맑아질 그날이 있을 것을 나는 믿고 바라는 것입니다. 그래서 오히려 오늘의 저 눈 뒤집힌 삶이 가엾기까지 한 것입니다." 193

봄밤의 汝矣島
한강

둑을 만들어 막아 놓고
가둬 놓고 갈라 놓은
한강

그 갈라 놓은 강물 위에
보름달이 하나씩 떠 있다.

月印千江이라더니
바로 저런 것이구나.

이 시각 저 달은

193 구상, 『실존적 확신을 위하여』, p. 113.

낙동강
섬진강
예성강
금강
소양강
임진강

아니, 저 북녘땅
압록강
두만강
대동강
장진강
성천강에도
두둥실 떠 있겠지!

그리고 그 달을 보는 이마다
제 나름의 感懷에 젖어 있겠지!

이 밤 나는 人跡이 끊인
輪中堤 둑에 홀로 앉아
술잔의 달을 거듭 비운다. —「그리스도 폴의 강 58」 전문 —

구상은 자기가 살고 있는 여의도 시범아파트에서 말없이 흐르는 한강을 바라보며 사색을 통한 구도하기를 좋아하여 당호堂號를 관수재觀水齋라 명명하여 존재와 사물의 실재를 형이상학적으로 인식하였다.

이 시에서도 망향의 회정을 가지고 깊은 명상에 잠긴 실향민 구상의 모습을 연상할 수 있다. 보름달은 북녘 땅에도 고루 두둥실 떠 있으며 그 달을 보는 이마다 제각기 다른 감회를 가진다는 생각에 여의도 윤중제 둑에서 홀로 술잔의 달을 비우는 구상의 파토스pathos : 비애감, 정념적인 기질을 느끼게 한다. 그러나 구상은 다음의 진술로 그의 시적 경향을 예고하였다.

> "나는 독자적 욕구에 이끌리어 소싯적부터 내 나름대로 살아오고 써 왔다고 할 수가 있으므로 우리나라 시인치고서는 파토스적이기보다 에토스ethos: 민족정신, 사회 사조적이라고나 하겠습니다." 194

우리의 시정신이 파토스적인 서정성이 주류라고 본다면 그것은 바로 로고스의 결핍이 중요한 변인變因이라 할 수 있을 것이다. 감성적인 면이 강하기에 자연히 서정과 정한과 애상과 같은 시의 소재를 발견하게 된다. 그것은 존재론적이고 인식론적인 형이상학의 결핍 때문일 것이다.

어디를 가리지 않고 환하게 세상을 비추는 보름달은 "밝은 달이 이 세상에 있는 모든 강물에 고루 다 비친다"는 뜻으로 부처의 교화敎化가 온 세상에 가득함을 비유한 월인천강月印千江 195 을 생각하게 한다.

고향을 가지 못하는 실향민 구상은 두고 온 산하인 북녘에도 밝게 비추는 달을 보며 고향에 대한 감회를 고독으로 달래고 있다.

> 웨스페라의 聖盒처럼
> 태양이 솟은 아침 강 한복판으로부터
> 홀연 물 위를 더벅더벅 걸어 오시는
> 나의 師父, 그리스도 폴. 聖人,

---

194 구상, 『예술가의 삶』, pp. 80~81.

195 '月印千江' 의 뜻은 월인석보(月印釋譜) 제1장 첫머리에 '부톄 백억 세계에 화신化身ᄒᆞ야 교화ᄒᆞ샤ᄃᆡ ᄃᆞ리 즈믄 ᄀᆞᄅᆞ매 비취요메 ᄀᆞᄐᆞ니라' (부처가 수많은 세상에 몸을 바꾸어 태어나 중생을 교화하심이, 마치 달이 천 개나 되는 강에 비침과 같으니라)에서 따온 말이다. 즉 '달' 은 석가불, '강' 은 중생을 비유한 것이다.

놀람과 반가움에 어쩔 줄 모르는 내 앞에
그 분은 神將 같은 모습으로 다가와서
마치 撈處나 하듯 다짜고짜 물었다.

「요한 형제! 그대는 강을
일터로 삼은 지 이미 여러 해
이 강에서 무엇을 보았는가?」

「신비를 보았습니다」
무망중, 나의 대답이었다.

「요한 형제! 그대는 강을
일터로 삼은 지 이미 여러 해
이 강에서 무엇을 배웠는가?」

「신비를 배웠습니다」
내친 김에 눈먼 대답이었다.

「요한 형제! 그대는 강을
일터로 삼은 지 이미 여러 해
이 강에서 무엇을 깨우쳤는가?」

「신비를 깨우쳤습니다」
그 거듭되는 질문이 나의 대답의
印可쯤 여겨서 으쓱대며 응답했다.

그러나 다음 순간, 나의 師父는

마치 손에 쥔 如意棒을 휘두르듯
怒氣를 띠고 一喝하기를

「이 도둑놈, 사기꾼아! 그것은
아무것도 못 보고 못 배우고
못 깨우쳤다는 말인가?」

나는 황겁결에 고개를 떨구고
「네」랄 수밖에 없었다.

「네?! 그 소리만이 구원이로구나,
다시 시작해라, 강과 더불어 쉼없이!」

「네」

내가 얼마만엔가 고개를 쳐드니
그리스도 폴 성인은 사라지고
강만이 쉼없이 흐르고 있었다. －「그리스도 폴의 강 59」 전문－

'그리스도 폴' 은 교회사에서 출생지와 연대도 정확히 알 수 없지만 '그리스도 폴' 을 주보로 하여 강생 후 452년 칼케돈Calkedon에 성당이 섰다는 사실로 보아 초대교회 때5세기 때, 스페인의 성자로 추정하고 있다.

"옛날 서양 어느 더운 지방에 굉장히 힘이 센 젊은이가 있었다. 그는 일찍이 고향을 떠나 여러 지방을 돌면서 힘 겨누기를 하며 자기보다 힘이 센 장사를 만나기가 소원이었다. 그러다가 만난 것이 마귀(깡패?)였다. 그래서 그는 마귀를 두목으로 삼고 온갖 악행과 향락을 일삼으며 세상을 돌아다니던 중 어느 날 황혼녘에 어느 강가에 다다랐다.

그들은 그날 밤 강변 어떤 은수자隱修者의 움에서 묵게 되는데, 두목은 그 움 안에 걸린 십자가상을 보더니 그만 벌벌 떨면서, "나는 저자한테만은 당할 수가 없다."라고 실토하고 그만 뺑소니를 치고 마는 것이었다. 이리하여 새로운 강자를 알게 된 그는 오직 그 실물예수을 대하기가 유일한 소원이었다. 은수자의 권고대로 그 이튿날부터 세상을 다 끊어버리고 강을 왕래하는 사람들을 업어 건너주는 것을 자신의 소임과 수덕修德의 길로 삼은 그였지만, 달이 가고 해가 가도 그의 새 두목인 예수는 좀체 그 모습을 나타내지 않았다. 차차 그도 늙어갔다.

날이 몹시 궂은 어느 날 밤이었다. 누가 찾길래 나가보니 남루한 차림의 한 어린 소년이 강을 건너달라고 애원했다. 그는 군말없이 등을 둘러대 소년을 업고 물에 들어갔다. 그런데 물살이 센 강 복판에 이르렀을 때부터 등은 차차 무거워져서 그만 소년의 무게로 그가 물속에 고꾸라질 지경이었다. 온 세계를 자기 등에다 얹은 듯한 무게에 허덕대면서 간신히 대안對岸에 닿은 그는 소년을 떨어뜨리듯이 내려놓고 휙 돌아섰다. 그 찰나! 놀라운 일이었다. 거기 모래사장에는 그가 그렇듯 그리던 아기 예수가 후광에 싸여 미소 짓고 있지 않은가!" 196

그리스도 폴의 또 다른 설화도 전한다.

"그는 깡패 무리의 부두목이라 두목 외에는 무서운 자가 없었습니다. 어느 날 두목과 함께 한 은수자隱修者의 거처를 찾아갔는데, 그 두목이 예수님의 십자가 고상을 보고 냅다 도망을 쳤다지요. '난 저 사람은 당할 수 없어.' 하고 소리치면서 말이지요. 그래, 그 광경을 보고 그리스도 폴은 그 수도자에게 물었답니다. "어떻게 하면 고상 속의 저 사람을 만날 수 있는가?"하고. 그는 수도자가 시키는 대로 강가에서 오래도록 사람들을 업어 나른 끝에 드디어 그리스도를 만날 수 있었다는 이야기지요." 197

---

196 구상, 『그리스도 폴의 江』, 서울: 성바오로출판사, 1977, p. 19.

초대교회의 성인인 그리스도 폴을 구상은 자신의 신앙과 시작을 위한 표상으로 삼고 있는데 구상은 생성과 소멸이 눈에 보이지 않는 강을 상념과 회심의 일터로 삼고 시를 지은 것이다.

요한은 구상의 세례명인데, 구상은 이러한 속성을 가진 강에서 보고, 배우고, 깨우친 것이 '신비'라고 자백하지만 '신비'가 무엇인지를 밝히고 있지는 않고 상상의 여지를 제공하고 있다.

시작과 끝이 없고 과거, 현재, 미래의 시간적인 개념이 없는 강에서는 시간과 영원, 시간과 존재와의 관계가 형이상학적으로 나타나고 있다.

어떤 사물이 가지고 있는 근원적 상징인 원형상징에서 강물은 "시간의 흐름, 생의 윤회"[198]를 나타낸다.

구상은 4세 때 함경도 덕원으로 이주하여 적전강이 보이는 곳에서 유년기를 보냈으며 시골집이 경상도 왜관의 낙동강 변에 있었고, 서울에서도 한강이 바라보이는 여의도 시영아파트에서 말년을 보냈으니 구상은 강과 필연적인 인연을 가지고 살았다. 구상에게 있어 강은 사색의 공간이었으며 주요한 시의 소재였으며 대상이었기에 강이란 연작시를 통하여 삶의 터전을 가꾸어 나갔다.

연작시 『그리스도 폴의 강』에서도 나타났듯이 그리스도 폴은 예수의 재림을 예표하였으며 예수의 사랑을 몸소 전하고 덕을 쌓았던 곳이 바로 강이었다. 그리고 구상은 강의 이미지에 그리스도 폴을 연관시킨 것은 예수를 만나고 싶은 마음에 강가에 살면서 사람들을 업어 강을 건너게 한 그리스도 폴의 마음과 예수를 만나고 싶은 마음으로 현실을 살아가는 구상의 마음 즉 신앙심의 구현을 위한 하나의 제도적인 장치가 바로 강일 것이다.

안수환은 구상의 〈강〉을 다음과 같이 지적하고 있는데 퍽 시사적이다.

---

197 김봉군, "시인 구상 선생을 찾아서", 『月刊文學』, 2001년 12월호, p. 30.
198 마광수, 『詩學』, p. 300.

"기독교적 진리를 증명하기 위하여 그는 함부로 신앙고백의 司祭的 계명에 편을 들지 않고, 인간의 궁핍과 불행으로부터 우러나는 개인적인 유기성에 더 가까이 다가앉은 자세를 취했다. 그것이 이른 바 그리스도 폴의 逸話가 작용된, 앞의 연작시 <江>이다. 다시 부연하면 그것은 이미 훼손된 그리스도의 상gesta Christ을 영적 의미로 붙잡으려는 그의 치열한 노력으로 간주된다."[199]

강물은 인생 자체가 물의 흐름과 같이 무한과 영원의 세계로 흘러가는 것으로 본다면 인간은 의지에 상관없이 세상의 파도에 흘러가면서도 꿈을 버리지 않는 삶의 목표가 있으니 존재에 대한 물음에 답을 제시하여 준다고 할 것이다.

강물은 현재와 미래, 의식과 무의식의 통로를 소통하여 주는 시인의 의지와 관계가 있다고 본다.

강에 바람이 인다.
진갈매빛 물살이
이랑을 지으며
모새 기슭에
파도를 친다.

강도 말 못할 억울을
안으로 지녔는가?
보채듯 지즐대며
사연이 많다.

199 안수환, pp. 153~154.

하늘은 먹구름을 토하고
바람은 포목布木으로 휘감긴다. —「그리스도 폴의 강 5」 전문 —

조용히 흐르는 강에 바람이 일고 물살이 기슭에 파도를 치는 모습과 같은 억울한 사연이 많아 보이는 강과 같이 우리의 오늘의 삶도 험하고 힘들다고 하여 강의 생리를 우리 인간사의 생리에 적용하여 객관성을 확보하여 생각의 여백을 설정하였다. 묘사의 묘미를 한껏 살린 뛰어난 시적 기교가 시의 흐름을 압도하고 있다고 하겠다.

강을 바라보는 구상은 존재의 내면에만 성찰을 하려고 하지만 현실은 "하늘은 먹구름을 토하고 바람은 포목布木으로 휘감긴다"와 같이 내적인 갈등과 번민의 세계라서 깊은 인식을 요구한다고 할 것이다.

오늘도 신비의 샘인 하루를
구정물로 삼았다.

오물과 폐수로 찬 나의 암거暗渠 속에서
그 청렬淸洌한 수정水精들은
거품을 물고 죽어갔다.

진창 반죽이 된 시간이 무덤!
한 가닥 눈물만이 하수구를 빠져 나와
이 또한 연탄빛 강에 합류한다.

일월도 제 빛을 잃고
은총의 꽃을 피운 사물들도
이지러진 모습으로 조응調應한다.

나의 현존과 그 의미가
저 바다에 흘러들어
영원한 푸름을 되찾을
그날은 언제일까?

－「그리스도 폴의 강 20」 전문－

이 시는 『말씀의 실상』에는 「하루」라는 제목으로 실려 있다. 구상은 전반부에서 현실적 공간인 강을 통하여 인간의 삶에 내재한 모순과 부조리, 부도덕과 불합리적인 모든 부정적 요소들이 현대인들의 삶은 지배하고 있다고 보았다.

그 현실은 '신비의 샘인 하루'를 秘義신령함에 찬 시간들을 헛되게 더럽히며 구정물과 같이 살았고 '오물과 폐수로 찬 나의 암거' 속에서 암울한 절망과 희망을 상실한 회의로 현존의 자의식이 방황한다는 고백에서 '연탄빛'과 같은 구상의 강은 끝없이 침잠한다. 강은 그의 내면의식의 자화상이며 삼라만상은 제 빛을 잃고 이지러진 모습으로 조응하며 더욱 그를 절망과 회의에 빠트린다.

그러나 '신비의 샘인 하루'와 '청렬한 수정들'은 눈물을 통하여 잃었던 존재의 의미를 찾게 되고 영원한 푸름을 회복하기를 간구한다.

대조적인 의미로 제시된 강의 내포적인 이미지가 서로 모순된 채로 나타나는데 이것은 시인 자신의 의식구조가 다양하게 전개됨을 암시한다고 하겠다.

끊임없는 갈등과 대립과 회의와 침잠은 구상의 시에서 시적 모티브가 되는데 강은 현실을 살아가는 시적화자에게 관수재觀水齋란 당호와 같이 마음을 관조하며 현실과 이상을 연결시켜 미래로 나아가는 하나의 동기를 유발시킨다. 괴로운 현실의 삶의 공간인 강은 현실을 극복하고 영원으로의 회귀를 갈구하는 그의 심리를 반영하고 있다.

구상이 하루하루의 삶을 왜 시에 밝혀야 했는지 그 이유는 다음의 글에서 해답을 찾아보자.

"사람은 어느 누구나가 다 일상적인 삶 속에서 괴로움과 쓰라림을 맛보아야 하는가 하면 한편, 즐거움과 기쁨을 맛보며 그 교차 속에서 살고 있다는 것을 손쉽게 밝히기 위해서이다."200

구상에게 있어 하루는 "신비의 샘"인 동시에 "영원한 푸름"일 것이다. 푸름은 절대자 안에서 누리는 영원한 평화와 순결을 의미한다고 볼 것이다.

결국 신비하고 푸른 하루는 영원한 시간으로 해석이 가능할 것이다. 종결연에서는 시인이 갈구하는 시공을 초월한 영원한 세계에 대한 기대가 나타나고 있다.

강에 눈이 내린다.
내 가슴에 한 가닥 온기만 남기고
가버리는 꿈결 속의 여인처럼
자취도 없이 사라진다.

순수한 아름다움은
이렇듯 단명短命한 것인가?

어떠한 진실을 고하려고
흰 눈은 소리도 없이 내려서
순식간에 물로 변신하는가?

나의 안에서 피고 스러진
억만의 사념들은

---

200 구상, 『詩와 삶의 노트』, p. 73.

어디로 가서 무엇이 되었을까?
멀리서 기항지寄港地 잃은
뱃고동이 들린다. —「그리스도 폴의 강 27」 전문 —

구상은 겨울의 강에 소리 없이 내리는 흰 눈을 보며 상념에 잠긴다. 흰 눈과 같이 순수한 아름다움은 단명短命하는가라는 자성의 물음에서 우리는 구상의 깨달음을 알 수가 있다.

끊임없이 내리는 눈은 수증기가 상승하여 찬 대기를 만나 다시 눈으로 하강하여 내리며 다시 물로 변하는 자연현상에서 존재의 가치를 인식하게 된다. 맑은 물이 눈으로 변하지만 본질을 통찰하면 동일하다는 만상의 가치는 인생사와 결부시켜 보건대 죽음과 재생이라는 구상의 사념을 엿볼 수 있으며 이러한 시적 상상력은 결국 초월공간에서 인생사를 말할 수 있다고 할 것이다.

종결구인 기항지를 잃은 뱃고동 소리는 강과 합일된 구상의 시관이 영원성을 지향하고 있기에 현실에서 갈등을 겪지 않을 수 없다는 고백으로 보게 한다.

죽음의 초월

인간이 겪어야 할 유일한 체험 중의 하나가 죽음이라면 죽음의 속성은 비가시적이고 비현실적이기에 초월적 공간으로 자리잡고 있다. 타나토스적 공간인 현실에서 구상은 죽음을 초월하는 영원한 대상을 찾게 되며 그 공간이 바로 '물' 이다.

구상은 그의 시적 상상력의 세계에서 '물' 이 갖는 의미를 다음과 같이 말하고 있다.

"강의 기나긴 흐름은 과거－현재－미래의 지속성을 표상합니다. 우리들 현존의 의미가 강의 흐름은 함축하고 있습니다. 그래서 내 시는 '오늘에서 영원을 살자' 고 노래합니다." 201

구상에게 인생은 강과 같이 과거 현재 미래로 흐르는 도정이며 오늘을 우리가 살아간다는 것은 영원 속의 한 과정이기에 오늘이 곧 영원 속의 한 표현이며 부분이고 과정이다.

구상의 시에 보이는 죽음은 삶의 좌절과 절망감의 표출이라기보다는 육체의 사멸과 부재를 드러내는 한 방편으로 볼 수도 있을 것이다.

"인간 존재란 결코 죽음으로 끝나는 단순한 생물적 존재가 아니라 영성을 지닌 불멸하는 존재라는 것에 모든 사람이 명확한 인지를 지녀야 한다는 점이다. 그래서 죽음은 삶의 종식이 아니요, 죽음은 삶의 고통의 피신처가 될 수 없고 더구나 죽음의 안식은 그저 함부로 얻어지지 못하는 것이다." 202

구상은 죽기 6개월 전 가상 유언장을 통해서 그의 심경을 다음과 같이 피력하였다.

"나는 '오늘서부터 영원을 살자' 는 한마디를 가족을 비롯해서 문인어록이나 서명첩 같은데 이미 유언처럼 쓰고 있습니다." 203

그리고 구상은 연작시 『그리스도 폴의 강』을 창작하게 된 배경에 대하여 다음과 같이 말하고 있다.

"내가 연작시連作詩 「밭」 백 편을 끝내고 작년 봄부터 시작한 것이 바로 「강」이다. 「현대시학現代詩學」의 지난 5월호에 10편을 발표했지만, 내 노트에는 그럭저럭 30여 편이 된다. 내가 강을 새 연작의 소재로 삼게 된 것은 강에

---

201 김봉군, p. 29.
202 구상, 『삶의 보람과 기쁨』, p. 178.
203 구상, "가상 유언장(오늘서부터 영원을 살자)", 『한국문인』, 2003년 10월~11월호(합권), p. 46.

서 아기 예수를 업어 건넜다는 그리스도 폴 성인의 일화가 크게 작용하였다. 누구나 잘 아는 얘기지만, 몇 번 거듭 듣고 해도 구수하고 흥그러운 얘기여서 여기에 다시 한 번 옮긴다. <중략> 저러한 그리스도 폴의 전반前半의 생애와 그 삶이 어쩌면 비슷한 나는 이 낙동강을 저와 같은 회심回心의 일터로 삼고 시를 쓸 작정이었다." 204

존재의 내면을 성찰하고자 하나 세사世事와 속정俗情에 얽매인 시인은 그리스도 폴과 같은 삶을 연모하며 수덕修德을 하려고 한다.

그의 연작시 「강」을 읽으면 맑은 강에서 세심의 빨래터에 있는 것 같은 착각이 들며 구상이 마련한 빨래감은 한복동양과 양복서양이 함께 존재하며 그 빨래에 묻은 땟국은 우리의 생활에서 누구나 부대끼는 현존의 그물이며 그 땟자국을 맑고 순수한 언어의 물로 빨아서 씻어준다는 느낌을 갖는다.

조남익은 「강」을 통해 구상이 자연과 인간의 상관관계를 중시하고 있음을 나타냈다고 했다.

"이 작품은 이례적으로 자연과의 교감交感을 통하여 인간이 자연의 일부로서 자연의 가운데에 전신전령全身全靈을 담그고 있다는 것을 선언하고 있다. 이 작품의 강은 인간이 살아가고 있는 <시대조류>를 상징하며, <나룻배>는 <인간자신>을 나타내고 있다." 205

구상의 시는 형이하학과 형이상학이 공존하며 오늘과 내일이 상존한다고 하겠는데 언어의 물에서 사람과 사람, 자연과 자연을 화해의 매개체로 설정하여 인류 공통의 구원을 찾으려 한 것이 구상의 의도라고 하겠다. 사색과 명상을 토대로 생성과 소멸을 윤회처럼 반복하는 영혼불

---

204 구상, 『그리스도 폴의 강』, pp. 18~20.
205 조남익, p. 131.

멸의 강에다 존재를 투영하여 실체를 구명하며 인식의 폭을 넓히고 이것이 주는 교훈을 시로써 재해석하였다는데 시적 의미를 부여하였다.

저 산골짜기 이 산골짜기에다
육신의 허물을 벗어
흙 한줌으로 남겨놓고
死者들이 여기 흐른다.

그래서 강은 뭇 인간의
渴願과 嗚咽을 안으로 안고
흐른다.

나도 머지않아 여기를 흘러가며
지금 내 옆에 앉아
낚시를 드리고 있는 이 막내애의
그 아들이나 아니면 그 손주놈의
무심한 눈빛과 마주치겠지?

그리고 어느 날 이 자리에서
또다시 내가 讚美만의 모습으로
앉아 있겠지. ―「그리스도 폴의 강 10」 전문 ―

시간과 공간을 초월하여 생성과 소멸을 거듭하여 영원히 흐르는 강에서 느낄 수 있는 상념에서 인생의 유한과 자연의 무한을 대비하여 인식의 세계를 드러내지 않고 암유적으로 표현하여 문학성의 승화를 이루고 있다. 마치 한 폭의 풍경화를 보는 듯한 서정적인 시인데 내면적으로 사상성을 갖추고 있다.

태곳적부터 시작된 강은 흐름에 몸을 내어 맡기고 유유히 흘러간다. 강에는 인간들의 '갈원渴願과 오인嗚咽' 등 구체적인 삶의 형상도 깃들어 있다. 기심機心으로 느끼게 되는 강은 시적화자의 마음을 담고 있기에 강에 깃든 범신론적인 인식에서 우리는 시공을 초월하여 존재하고자하는 시인의 간절한 염원을 알 수 있다.

마지막 연 '또다시 내가' 라는 표현에서 연작시 「강」에서 느낄 수 있는 생사를 초월한 윤회적인 재생의식을 표출하고 있다. 그 재생의식은 '찬미' 와 더불어 생명의 영원성과 부활에 대한 강한 의지를 확보하고 있다고 보며 구상이 갖는 죽음은 삶의 미래지향적 발전의 형태일 것이다.

자연에 대한 사랑을 확보한 구상은 연작시 「강」에서 불교적, 기독교적, 도교적인 사상을 제시하고 있는데 위의 시에서는 불교의 윤회사상과 기독교의 부활사상이 근저를 이루고 있다고 할 것이다.

구상은 최동호와의 대담에서 '찬미讚美' 를 "부활과 영원에 대한 애착이지요." [206] 로 정의하고 있는데 신에 대한 찬미는 그의 내세관과 밀접한 연관성을 가진다고 할 수 있다.

강에 대한 무한한 상념은 인식의 폭을 획득하여 영적 내면의식의 세계를 시에서 우회적으로 제시하고 있다.

"육신의 허물을 벗어 흙 한줌으로 남겨놓고 사자死者들이 여기 흐른다"에서 과거의 시간이 단절되지 않고 현재로 이어지며 "나도 머지않아 여기를 흘러가며"에서 현재에서 미래로 영존하는 강의 연속성을 제시하는데 강은 죽음을 초월하여 존재하는 신생, 성장, 사멸에서 다시 반복되는 재생의 영원성을 그 속성으로 하는 존재의 자아성찰에서 인식되고 있다.

> "실상 우리가 죽어 묻힌 뒤 그 시체의 수분은 다 빠져 무덤 밑을 스며 나와 강으로 흘러내릴 것이다. 그리고 거기서 중화한 수분은 전생轉生을 거듭하

---

206 구상 외, 『나의 文學 나의 詩作法』, p. 142.

는 것일 것이다. 이렇게 생각할 때 강은 단순한 물일 수가 없다. 나는 기독교적 부활의 그 날도 강을 놓고 이렇게 그려 보는 것이다." 207

구상은 강에서 회심의 일터로 삼는 심경을 피력하고 있다.

"내가 장성해 가면서 일반적인 경색景色이나 풍정風情으로써의 강보다 인식의 대상으로써 강을 바라보게 된 것은 그리스도 폴이라는 카톨릭 성인의 전설과 헤르만 헤세의 소설 『싯달타』를 접하게 된 영향이다. 너무나 유명한 설화와 소설이라 그 줄거리는 생략하지만 여하간 거기 주인공들은 강을 회심의 수도장으로 삼고 있는 것이 공통점이다. 저러한 강에 대한 상념이 마침내 나로 하여금 50을 넘긴 1970년대에 들어 강을 연작시의 소재로 삼게 하였다." 208

그러나 『싯달타』에서 헤세가 현재만을 강조하였는데 반하여 구상은 초월적인 시간상의 의미를 강조함은 대조적이라 할 것이다. 이것은 그의 시가 이미지보다는 관념적인 사상에 천착함으로 형이상학적인 세계를 구축하기 때문일 것이다.

그저 물이었다.
많은 물이었다.
많은 물이 하염없이
흘러가고 있었다.

흘러가면서 항상
제자리에 있었다.

---

207 구상, 『詩와 삶의 노트』, p. 118.
208 구상, 『예술가의 삶』, pp. 82~83.

제자리에 있으면서
순간마다 새로웠다.

새로우면서 과거와
이어져 있었다.
과거와 이어져 있으면서
미래와 이어져 있었다.

과거와 미래가 이어져서
오직 현재 하나였다.
오직 하나인 현재가
여러가지 얼굴을 하였다.

여러가지 얼굴을 하고서
여러가지 소리를 내었다.
여러가지 소리를 내면서
모든 것에 무심하였다.

무심하면서 괴로와하고
괴로와하면서 무심하고
무심하게 죽어가고
죽어가면서 되살아났다. －「그리스도 폴의 강 11」 전문－

쉼 없이 흘러가는 강은 제자리에 있다는 역설적인 진리에서 '유有'와 '무無'가 동일하다는 존재론적 인식을 취하면서 구상이 갖는 직관의 일면을 엿보게 한다.

『반야심경』의 「색즉시공色卽是空, 공즉시색空卽是色」처럼 모든 것을 '공空'

으로 파악하므로 인간의 집착에서 벗어나 현상하면서 존재하는 실유를 느끼며 동일 선상에서 흐름이란 강의 보편적인 속성을 시화하고 있다.

항상 그 자리에 있지만 항상 새로워지는 강에서 시간으로 나뉘는 우리 인간사의 과거, 현재, 미래에서 죽음과 재생이란 깨달음의 세계를 가지는 구상의 혜안을 엿볼 수 있다.

구상의 위 시에서 절대적인 시간의 개념은 현재이며 그 현재성은 시간의 구분이 되지 않는 영원과 통한다고 할 수 있다.

옛날
옛날
그 옛날부터
강이 하나 흐르고 있습니다.

그 강은 다른 사람들 눈에는
뜨이지 않고
오직 나의 눈에만 보입니다.

하지만 나에게도 강은
흐르다가는 스러지고
스러졌다가는 다시 흐르곤 합니다.

말하자면 그 강은 내 뜻대로
등장하는 것이 아니요,
퇴장도 제멋대로입니다.

그러면서도 그 강은 나에게
많은 이야기를 합니다.

주로 보이지 않는 세계를,
그리고 보이는 세계의 숨은 신비를
말해 줍니다.

그러나 그 이야기가
물상物象으로 된 비유이기 때문에
내가 보는 바가 그 말의 실재實在인지
그 아닌지를 가늠할 바가 없습니다.

오늘도 그 강에는
63층짜리 빌딩 하나가
돛단배처럼 떠 있는데
그것은 무엇을 뜻하는 것인지
곰곰 생각 중에 있습니다. 만… —「그리스도 폴의 강 33」 전문 —

구상은 60편의 연작시 「강」을 통하여 현재의 시간과 미래의 시간성이 동일하며 회귀된다고 보았는데 그의 수필 「강, 나의 회심의 일터」에서 그의 내면세계를 엿볼 수 있다.

그런데 저런 내가 장성해 가면서 일반적인 경색景色이나 풍정風情으로써의 강보다 인식의 대상으로써 강을 바라보게 된 것은 그리스도 폴이라는 가톨릭 성인의 전설과 헤르만 헤세의 소설 『싯달타』를 접하게 된 영향이다.

너무나 유명한 설화의 소설이라, 그 줄거리는 생략하지만 여하간 거기 주인공들은 강을 수도장으로 삼고 있는 것이 공통점이다.

저러한 강에 대한 상념이 마침내 나로 하여금 50을 넘긴 1970년대에 들어 강을 연작시의 소재로 삼게 되었다. 여기에는 물론 내가 여의도에 살아 날마다 한강을 마주하고 있고 시골집도 왜관이라 낙동강을 자주 접하는 데서 오는 친근감이 작용하였을 것으로 보인다.

그러나 그보다 내가 1960년대에 〈밭 일기〉 1백 편을 쓰며 그 생성과 소멸이 번다한 밭에가 역사에 대한 나의 당위의 세계를 담아보았기 때문에 이번에는 생성과 소멸이 표면화되지 않는 강에다 존재의 세계나 실재에 대한 인식을 더욱 추구해 보려는 의도에서인 것이다.[209]

60편의 연작시 「그리스도 폴의 강」은 시간성과 영원성의 관계를 형이상학적으로 밝히면서 사물의 현상과 존재를 관찰하며 사물과 존재의 실존을 시로 여과하여 실존의 근원을 살폈다. 구상은 시공을 초월하여 흐르는 객관적 상관물인 강의 속성에다 감정을 이입하여 재생모티브를 적용하여 윤회사상의 틀에서 시적해법을 구하려고 하였다.

우주와 자연과 인생의 존재가 생성과 사멸되는 비의秘儀를 깊은 사색과 통찰로 규명하고자 하였는데 위 시에서도 구상의 시적 상념의 근원을 잘 보여준다.

'까마득한 옛날부터 강이 흐르고 있었는데 오직 나의 눈에만 보이며 나에게도 그 강은 흐르다가는 스러지고 스러졌다가는 다시 흐르곤 하여 등장과 퇴장도 제멋대로 하지만 주로 보이지 않는 세계와 보이는 세계의 숨은 신비를 많은 이야기를 통하여 말해 준다' 고 하여 강과 나와의 이심전심以心傳心의 상관관계를 말하고 있다.

구상에게 강은 명상의 대상이며 깨달음의 실체로 다가와 존재의 본질과 가치를 인식시켜 준다.

---

209 Ibid., pp. 82~83.

3. 신앙생활과 영적 승화

사랑과 화해의 정신

『말씀의 실상』은 구상 자신의 신앙시 54편으로 된 신앙시선집이다. 구상은 주제에 따라 시를 다음의 4부로 나누고 있다.

1. 신령에 눈을 떠서14편
2. 신심의 뒤안길14편
3. 이웃과 더불어12편
4. 기도와 찬미14편

구상의 『말씀의 실상』은 종교적인 색채가 짙은 작품집으로 신앙심과 구도를 주제로 한 시편들로 구성이 되어 있다.

가톨릭은 사랑의 종교라고 한다. 사랑은 모든 사람에게 필요한 요소이며 공통적으로 감동을 줄 수 있는 것이다. 종교인들은 흔히 우주 안에 있는 끌어당기는 친화력이 바로 사랑이라고 한다. 하나님은 죄로 말미암아 부패하여 타락한 인간들을 사랑하여 독생자인 예수 그리스도를 보내셔서 구원의 화목제로 삼으시고 죄를 용서하여 주셨다.

그리스도인이 참된 그리스도인이 되려면 사랑하는 자가 되어야 한다. 신이 인간을 무한대로 사랑하셨기에 우리도 이웃과 형제를 사랑하여야 한다. 하나님이 인간을 구원하시려고 택한 방법은 사랑이었기 때문이다. 영혼을 구원하기 위해서 필요한 것도 바로 사랑이 될 것이다.

구상은 가톨릭신자였기에 사랑의 필요성을 깊이 체감하였을 것이다. 그 결과 기도의 찬미시가 고백되어 시화되었다고 본다.

> 그 어린애를 치어죽인 運轉手도
> 바로 저구요.
>
> 그 여인을 絞殺한 下手人도
> 바로 저구요.
>
> 그 銀行갱 逃走犯도
> 바로 저구요.
>
> 실은 지금까지 迷宮에 빠진 사건이란
> 사건의 正犯이야말로
> 바로 저올시다.
>
> 犯行動機요, 글쎄?
> 가난과 無知와 惡循環,
> 아니, 저의 안을 흐르는 '카인'의 피가
> 저런 죄를 저질렀다고나 할까요?
> 저런 악을 저질렀다고나 할까요?
> 이제 기꺼이 捕繩을 받으며

고요히 絞首臺에 오르렵니다.

최후에 할말이 없냐구요?
솔직히 말하면 죽는 이 순간에도
저는 최소한 3천만과 共犯이라는
이 느낌을 버리지 못해
안타까운 것입니다. -「自首」 전문 -

구상의 윤리의식을 알 수 있는데 가톨릭에서 주장하는 "내 탓이요"란 도그마를 연상하게 하는 시이다.

사회의 제반 부도덕한 현상들이 "바로 저구요"란 정범正犯의식은 책임의 소재가 우리이며 "최소한 3천만과 공범共犯"이라는 구절에서는 부도덕한 현상들이 바로 우리 공동의 죄악 때문이라는 공동체의식의 발로로 볼 수 있다고 하겠다. 결국 사회악은 우리에게 깊은 성찰과 참회가 요구된다.

구상의 자기 죄라는 의식의 고백은 가톨릭에서 고백성사로 우리의 죄를 용서받고 다시 절대자와의 관계를 회복하게 된다는 것이다.

구상은 이러한 범죄의 양상은 바로 "가난과 무지와 역사의 악순환"이며 동시에 구약성경에 나오는 인류 최초의 살인자 '카인'의 피가 그 근본원인으로 규정하고 있다. 그것은 흔히 종교적인 교리에서 말하는 인간의 내면에 존재하는 원죄의식原罪意識때문이라고 보며 그것이 바로 우리 자신이라는 논리가 적용된다.

마지막 연에서 바로 진실하게 살지 못한 자신에 대한 후회와 회한은 결국 안타까움으로 표출되며 인간적인 사랑, 믿음, 소망의 회복을 염원하고 있음을 알 수 있다.

그의 삶에 대한 진정성은 사회 윤리의식의 회복이 선행되어야 함을 의연하게 제시하고 있다.

신약성경요한복음 8:1~11에 나오는 간음한 여인의 이야기에서 예수는 정죄하기를 청하는 군중들에게 "너희 중에 죄 없는 자가 먼저 돌로 치라"고 하시며 간음한 여인의 죄를 용서하였다.

이 시의 주제는 "죄 없는 자가 돌을 던져라"라고 본다면 죄에서 벗어나 자유로운 자는 없다고 할 것이다. 결국 죄에 대한 회개와 자기 성찰은 윤리의식에서 필요한 것이란 시인의 견해는 객관적 호소력을 가질 것이다.

「자수自首」는 "윤동주의 속죄양 의식에 의한 참회록과 함께 한국 기독교 문학의 정화"[210] 라고 일컬어진다. 결국 그의 자아성찰은 양심을 기초로 문제의 근원을 내 탓이라고 자인하면서 참회를 통한 존재의 실존의식을 회복하게 된다.

> 鄕友 이 중섭이 이승을 달랑달랑 다할 무렵이었다.
> 나는 그때도 검은 장밋빛 피를 몇 양푼이나 토하고 屍身처럼
> 가만히 누워 지내야만 했다.
> 하루는 그가 불쑥 나타나서 애들 도화지 한 장을 내밀었다.
> 거기에는 애호박만큼 큰 복숭아 한 개가 그려져 있고, 그
> 한가운데 씨 대신 죄그만 머슴애가 기차를 향해 만세!를
> 부르는 시늉을 하고 있었다.
> 나는 그것을 받으며
> '이건 또 자네의 바보짓인가, 도깨비 놀음인가?'
> 하고 픽 웃었더니 그도 따라서 씩 웃으며
> '복숭아, 天桃 복숭아
> 님자 常이, 우리 具常이
> 이걸 먹고 요걸 먹고

---

210 김봉군, "구상론", 『한국현대작가론』, 서울: 민지사, 1984, p. 97.

어이 빨리 나으란 그 말씀이지'
흥얼거리더니 휙 돌쳐서 나갔다.

<중략>

그런데 차차 그 가락은 무슨 영절스러운 祝文으로 변해가더니 어느덧 나에겐 어떤 敬虔과 그 기쁨마저 주기에 이르렀다.
그리고 또한, 내가 胎中에서부터 熱親한 또 다른 한 분의 음성과 한데 어울려 오는 것이다.
"이것은 내 몸이니 받아 먹으라.
이것은 내 피니 받아 마시라.
나를 기억하기 위해
이 禮를 행하라." — 「秘義」 일부 —

구상은 '만남인연의 신비'를 삶의 보람으로 살았는데 이중섭과의 인연을 다음과 같이 회고하고 있다.

"내가 동경으로 건너간 39년 가을엔가 제국帝國미술학교에 다니던 나찬근羅燦根, 지금 김일성대학 미술과장인가로 듣고 있다이라는 친구의 소개로 알게 되는데 그는 원산 광명光明소학교에 와서 교사를 한 바 있어 나와 대향大鄕을 따로따로 만났던 모양이었습니다." 211

"또 언젠가 내가 병상에 누워 있을 땐 그는 아이들 도화지에다 큰 복숭아 속에 한 동자童子가 청개구리와 노니는 것을 그린 그림을 내놓은 적이 있다. 내가 이것은 어쩌라는 것이냐고 물었더니 그 순하디 순한 표정과 말로

211 구상, 『실존적 확신을 위하여』, p. 168.

"그 왜 무슨 병이든지 먹으면 낫는다는 천도복숭아 있잖아! 그걸 상이 먹구 얼른 나으라고, 요 말씀이지." 하였다.

그 덕택인지 나는 그 후 세 번이나 고질로 쓰러졌다가도 일어나서 이렇게 남루인생을 살고 있다. 중섭의 시심은 저렇듯 청징淸澄하였다."212

구상은 가톨릭 신자로서 종교적인 신념에 바탕을 두고 이중섭에 대한 회고를 통하여 철저히 사랑과 화해를 통한 시적 진실과 사명에 투철하였다는 것을 알 수 있다.

이운룡은 영적 교감의 세계에 대한 인식을 이야기하면서 "시는 곧 영혼과의 끊임없는 대화로 표현된다. 그 대상은 말씀의 신령한 존재 곧 하느님이다. 그리고 그 중개자는 영적으로 통교하는 그의 시이다."213라고 하였다.

『말씀의 실상』은 구상의 신앙심을 여실히 보여주는데 신앙생활을 통한 자기 성찰과 하나님의 사랑, 하나님께 향한 기도와 찬미, 신앙적인 삶에서 느낄 수 있는 회의와 갈등 등이 54편의 시들에서 잘 나타나있다.

구상은 시를 통하여 신과 영적인 교통을 하면서 자기를 성찰하고 신의 섭리를 따르면서 그의 정신을 따르려고 하였다.

영혼의 눈에 끼었던
無名의 백태가 벗겨지며
나를 에워싼 萬有一體가
말씀임을 깨닫습니다.

---

212 구상, 『우리 삶 마음의 눈이 떠야』, pp. 248~249.
213 李雲龍, 『韓國詩의 意識構造』, 전주: 新亞出版社, 1995, p. 41.

노상 무심히 보아오던
손가락이 열 개인 것도
異蹟에나 접하듯
새삼 놀라웁고

창 밖 울타리 한구석
새로 피는 개나리 꽃도
復活의 示範을 보듯
사뭇 황홀합니다.

蒼蒼한 宇宙, 虛漠의 바다에
모래알보다도 작은 내가
말씀의 神靈한 그 은혜로
이렇게 오물거리고 있음을

상상도 아니요, 象徵도 아닌
實相으로 깨닫습니다. — 「말씀의 實相」 전문 —

구상의 자아성찰에 관한 생각을 잘 나타낸 시로 존재에 대한 인식의 단면이 나타나 있다.

영혼의 눈으로 파악한 사물의 실체는 바로 말씀이며 영혼의 눈을 떠 보는 세상은 황홀 그 자체일 것이다. 무명에 대한 깨달음의 인식은 놀라움이며 말씀의 신령한 은혜로 거듭난 삶을 살아가고자 한다.

구상은 존재의 신비성에 대한 경이로움과 감복을 기독교적인 입장에서 표현하고자 이 시를 썼다고 하였다.

"이것은 내가 이제 회귀回歸에 든 연륜과 더불어 존재의 비의秘義에 눈떠 가는 표백일 뿐이지만 실상 앞에서도 말했듯이 조금만 마음을 순수하게 하고, 즉 탐욕에서 벗어나면 온통 이 세계가 신비 속에, 그 신령한 힘 속에 감싸여 있음을 알고 느낄 수가 있다 하겠다."[214]

말씀[215]에 따라 말씀 안에서 순종하며 말씀대로 생활할 때 그에게 있어 삶은 은혜이며 축복이라는 신앙관을 알 수 있으며 말씀은 곧 실상으로 연결되며 생명의 근원인 것을 알게 한다.

아울러 우리 존재의 미적 향유는 겸허한 윤리적 체험의 바탕을 통하여 다다를 수 있으며 형이상학적 인식을 통해서 도달할 수 있다고 본다.

구상은 1971년 2월 26일 하와이대학 이스트웨스트센터에서 「한국의 서정시」라는 특강을 통하여 윤리적 체험에 바탕을 둔 존재의 미적 향수를 중요시하며 시적 방법론에 대한 견해를 밝혔다.

"카프카Franz Kafka의 말인 '존재를 심미적으로 향수하느냐? 논리적으로 체험하느냐? 하는 설문에 나는 반대다! 이것이냐 저것이냐 하는 머릿속의 생각理論은 실상 공연한 것으로 존재의 미적 향수는 겸허한 윤리적 체험을 통해서만 가능한 경지인 것이다' 라는 지적에 동의하는 사람입니다."[216]

구상은 그의 생각을 직설적으로 말하는 게 아닌 돌려 말하기의 우회적인 표현을 쓰고 있다. 왜냐하면 시 자체는 종교가 아니며 교의敎義가 아니기 때문이다.

아무리 자신의 영적 체험과 신앙관을 피력해도 문학은 문학 본연의 역할과 기능에 충실할 뿐이지 종교는 아니며 단지 종교적인 자신의 생각과 느낌을 표현하기 위한 하나의 방법에 불과할 뿐이다.

---

214 구상, 『詩와 삶의 노트』, p. 92.

215 톰슨성경편찬위원회, 『관주 톰슨 성경』, 서울: 기독지혜사, 1984, p. 142.
"태초에 말씀이 계시니라 이 말씀이 하나님과 함께 계셨으니 이 말씀은 곧 하나님이시니라" 말씀은 하나님이시며 영원히 존재하는 실존이다.

216 구상, p. 204.

보편타당한 진리를 통해 신령한 깨달음의 세계를 알 수 있게 만드는 하나의 과정으로서의 문학이 바로 구상이 추구하는 문학관일 것이다.

다음 구상의 진술에서도 그의 문학적 신념을 알게 한다.

"나는 기독교 신앙을 가졌다지만 솔직히 말하면 그 교리와 의식에 익숙할 뿐 엄밀히 자기를 살피면 신앙을 안 가진 사람과 다를 바 없고, 나아가서는 차라리 신불神佛을 거부하고 내세를 불가지不可知나 사멸로 신념하는 사람보다 더 엉거주춤한 상태인 것입니다. 그러나 나의 이런 이야기가 문학을 종교적 비의秘義나 대오大悟 위에 성립시키려는 이로理路로 오해하지는 마십시오. 형도 아다시피 이제까지 나는 문학에 섣불리 도그마적 실제인식이 개입되는 것을 가장 꺼려하는 사람의 하나요, 또한 문학으로 삶의 근본적 변경이나 이루려는 듯 덤비는 사람을 우스꽝스럽게 여기며, 나아가서는 형이상학적 발돋움도 형이하적 허욕과 매일반으로 부자연스럽다고 여기고 있는 바입니다."217

구상이 보이지 않는 신비로운 영의 세계를 깨닫는 방법은 말씀을 통한 깊은 명상이라 하겠다.

만유일체가 말씀임을 깨닫고 절대자의 존재를 신앙으로 느낄 때 비로소 "모래알보다도 작은 나"는 "오몰거리고 있음"에서 일상을 새롭게 인식하게 된다.

영혼의 눈을 뜨지 못한 "무명無明의 백태"가 벗겨짐으로써 신령한 은혜가 임하여 조물주의 섭리를 깨닫게 되고 하나님의 말씀을 존재론적인 실상으로 느끼게 된다.

우리가 진리의 실상을 깨닫는 것은 결국 관념적인 현상에서가 아니라 실재적 체험에서 가능하다는 평범한 진리를 다시 한번 강조하고 있음은 그의 시가 주는 깊이를 말해준다.

---

217 구상, 『한 촛불이라도 켜는 것이』, 서울: 文音社, 1985, p. 197.

구상은 진리에 대하여 이렇게 정의를 내리고 있다.

"진리란 시간과 공간을 초월하는 거예요. 진리의 증득證得이란 시간과 공간의 제약 속에 있는 자신의 실존적 고투로부터 나오는 것이고, 그것이 문학인 게지요." 218

진리에 바탕을 둔 문학이 바로 참다운 문학이란 구상의 문학관은 그의 시편들을 통하여 우리가 느낄 수 있다.

그다지 모질던 회오리바람이 자고
나의 안에는 신령한 새싹이 움텄다.

<중략>

이제 나에게는 나고 스러지는 것이
하나도 가엾지가 않고
모두가 영원의 한 모습일 뿐이다.

때를 넘기면 배가 고프고
신경통으로 四肢가 쑤시기는
매한가지지만

나의 안에는 신령한 새싹이 움터
영원의 동산에다 피울
새 꽃을 마련하고 있다. — 「신령한 새싹」 일부 —

---

218 이승하, 『한국 시문학의 위기를 극복하기 위하여』, 서울: 중앙대학교 출판부, 2001, p. 287.

다사다난多事多難한 세상사에서 한걸음 벗어나 생각하니 "신령한 새싹"이 내면에 움터있음을 자각한 구상에게 "나고 스러지는 것"이 연민의 시선으로 보이지 않고 영원의 한 모습임을 알게 된다. 신앙의 영성에서 깨닫게 된 내면의 풍성함에서 영원의 동산에 대한 영원성의 귀의로 귀결되어 진다.

전반부의 현실적인 삶과 후반부의 내세적인 삶은 대구를 이루며 영원의 동산에서 생명의 탄생을 알리는 봄의 새싹은 정신적인 자아로 나타나게 된다.

그는 현실에서 체득한 존재의 실존을 현실 체험적이며 관념적인 사유로 재음미하여 종교적인 윤리의식을 회복하고 있다. 윤리의식과 역사의식의 공유는 구상 시의 한 축으로 자리하여 설득력을 지니고 있기에 시적 진실과 진리를 가지게 되는 이유이다. 부조리하며 부도덕한 현실을 이길 수 있고 양심에 투철하게 된 근본적인 이유는 바로 그의 신앙과 생활관이 일치하기에 가능하였을 것이다.

신에 대한 외경과 인간에 대한 사랑과 자연의 상관물에 대한 각별한 관심은 바로 구상 시의 중요한 주제라고 할 수 있다.

날로 범죄는 늘고
凶惡해 가는데
진범엔 손을 못 댄다.

여기 屍體가 있다.
여기 凶器가 있다.
여기 目擊者가 있다.
그리고, 온 몸을 떨며 犯行을 시인하는
자백이 있다.

그러나, 저들을 조종하는 眞犯은
따로 있다.
그 앞에선 모두가 무릎을 꿇고
刑事랑은 쪽도 못쓴다.

저 춤추는 황금송아지!
그 번쩍대는 몸뚱아리에
새 십계판을 던질
義人은 없는가?

- 「眞犯」 전문 -

날로 흉포화하며 흉악해지는 사회적 범죄에 대하여 진범은 결코 그 실체를 드러내지 않는다. 시체와 흉기와 목격자와 자백이 있어도 진범은 아담과 이브로부터 파생된 인간의 원죄의식일 것이다.

마치 이스라엘 사람들이 모세가 시내산에서 하나님의 십계명을 받을 때 황금송아지를 우상으로 만들어 신격화시키다가 하나님의 진노를 받아 모세가 십계명을 던져 우상숭배자들을 심판한 경우를 예로 들어 악행에서 벗어날 수 없는 인간의 죄의식을 우의적으로 다룬 시이다.

진범은 대사회고발의 시로 정의를 내려도 좋은 시이다.

의인은 모세와 같이 죄의 기질을 판단하고 죄에서 회개하고 벗어날 수 있는 유일한 방법은 바로 죄인임을 스스로 고백하고 절대자의 권위와 인간에 대한 사랑과 희생의 화목제와 말씀의 진리를 따르며 순종하는 것이 바로 죄에서 놓임을 받는 것임을 토설하고 있다.

생활의 신앙적 승화

구상은 가톨릭 신자이기에 삶과 분리된 신앙은 생각할 수 없지만 그에게 신앙은 관념적이 아닌 현실에서 신자가 겪게 되는 갈등과 대립과 신자가 누리게 되는 축복과 구원의 확신일 것이다. 교리적인 신앙이 아닌 생활의 신앙이 바로 구상의 신앙일 것이다.

구상은 「현대 가톨릭 문학과 그 문제의식소고」에서 "나는 가톨릭 신자이기 때문에 행복했다기 보다는 고민했다."고 하였는데 이 말은 종교적 이상과 현실적 생활의 괴리에서 느끼는 갈등이 많았음을 은연중 제시하고 있다고 하겠다.

그는 신앙고백구상, 동아일보 2001년 3월 23일, A15면을 다음과 같이 피력하였는데, 그의 신앙에 대한 의식을 엿볼 수 있다.

> "기독교는 인간적인 종교입니다. 나사렛 예수는 우리에게 해탈解脫이나 도통道通을 요구하지 않았어요. 그냥 '너의 십자가를 지고 나를 따르라' 고 했을 뿐이지요."

시집 『말씀의 실상』은 구상의 신에 대한 인식이 잘 드러나는데 신은 인간이 존재하는 근원으로서의 신이며 동시에 삶의 현장에서 느낄 수 있는 우리와 같이 호흡하는 실존의 신일 것이다.

구상 자신은 신심을 가다듬기 위해서 『말씀의 실상』을 쓸 수밖에 없었을 것이다.

구상은 자기 자신이 크리스천인 이유를 다음과 같이 밝히고 있다.

> "예수께서는 겟세마네 밤 동산에서 기도하실 때, '내 아버지여, 만일 할 만하시거든 이 잔을 내게서 지나가게 하옵소서.' 라 하신 말씀에 따르는 것입니다. 그분은 십자가 위에서 고통스럽게 외치셨습니다. '엘리 엘리 라마 사박다니.' 우리말로 '하느님 맙소사.' 이런 말씀이지요.
>
> 그런 고통 속에서도 그분은 당신에게 고통을 준 사람들을 용서해 달라고

기도하지 않았습니까? 그분은 남을 탓하거나 미워하지 않고, 당신을 헤친 사람까지 용서하신 채 끝까지 인간고人間苦를 짐지고 가셨습니다. 이것이 내가 크리스천인 이유입니다.

내 산문집 『그분이 홀로서 가듯』에도 썼듯이, 나도 그 인간고를 감수하기로 했지요. 내 시가 찬미·찬양의 말보다 내면에서 상충하고 갈등을 일으키는 인간고를 담고 있는 것은 이 때문입니다." 219

김현승, 박두진 등 대다수의 종교시가 신앙고백이나 신앙관을 피력하고 있는데 구상은 신 앞에 단독자로 선 인간에 대한 존중과 사랑을 전제로 한 인간의 존엄성 회복을 추구하면서 구원의 문제를 다룬 점이 특이한 점이라고 본다. 역사와 현실과 인간과 신의 합일 이것이 그가 추구하는 신앙시의 장점일 것이다.

신앙시집인 『말씀의 실상』을 두고 이운룡은 종교적 표상성이 시적 진실로 나타나고 있다고 보았다.

"그는 가톨릭교의 태중 신자로서, 아직까지 신의 존재를 부정하거나 신에 회의한 적이 없이 한 생애를 온전히 하느님께 바치고 있는 시인이다. 신은 모든 존재의 전부요 초점이요 최고의 실재로서 구원의 빛을 반사하고 있다는 점, 인간 존재의 내면에 잠입하여 실존으로서의 존재 가치를 규율하고 있다는 점, 그리고 시가 미적 향수의 기능보다는 메시지나 비전이 있어야 한다는 점에서 구상의 종교적 표상성은 시적 진실로 발현되고 있으며, 초월적 정진의 자세를 보여주고 있다." 220

죄로 인하여 멸망해야 할 인간이 복의 근원이신 하나님께 다시 돌아가는 것이 종교라면, 인간이 나약하고 비천함을 깨닫고 거룩하고 위대

---

219 김봉군, 『시인 구상 선생을 찾아서』, p. 28.
220 이운룡, p. 26.
221 빅-파워 성경 편찬위원회, 『빅-파워 성경』, 서울: 아가페 출판사, 1997, pp. 121~122.

한 능력을 가진 하나님과 말씀을 통하여 바른 관계를 맺는 것이 성경적인 종교의 의미일 것이다.

나는 이제사 蕩兒가 아버지 품에
되돌아 온 心懷로
세상만물을 바라본다.

저 창 밖으로 보이는
6월의 젖빛 하늘도
싱그러운 新綠 위에 튀는 햇발도
지절대며 날으는 참새떼들도
베란다 화분에 흐느러진 페츄니아도
새롭고 놀랍고 신기하기 그지없다.

한편 아파트 居室을 휘저으며
나불대며 씩씩거리는 손주놈도
돋보기를 쓰고 베겟모 수를 놓는 아내도
앞 행길을 제각기의 모습으로 오가는 이웃도
새삼 사랑스럽고 미쁘고 소중하다.

오오, 곳간의 재물과는 비할 바 없는
신령하고 무한량한 所有!
정녕, 하늘에 계신 아버지 것이
모두 다 내것이로구나.

－「신령한 所有」 전문 －

구상은 이 시에서 누가복음 15:11~32에 나오는 탕자의 귀가 비유[221]를 통하여 세상에 취하여 잠시 본분을 망각한 탕자와 같은 심령으로 절대자의 사랑을 다시 인식한 소회를 피력하고 있다. 다시 회복한 신앙심의 회복과 삶에서 느끼는 희열과 은혜로움은 그의 신앙고백이 되었음을 느끼게 한다.

아버지 집에 되돌아 온 탕자의 심정으로 세상을 되돌아보니 "6월의 젖빛 하늘도 싱그러운 신록 위에 튀는 햇발도 지절대며 나는 참새떼들도 베란다 화분에 흐드러진 페츄니아도 새롭고 놀랍고 신기하기 그지없다"란 고백에서 자연의 경이로움을 노래하며, 3연에서는 손주와 아내와 이웃에 대한 사랑과 그들에게서 느끼는 사랑을 말하며 더불어 함께 살아가는 존재들에 대한 따뜻한 마음을 시로 표현하고 있다.

자연과 사람과의 따스한 교감은 종구終句에서 잘 나타난다. 아버지가 형을 달래면서 하는 "모두 다 내 것이로구나"란 표현은 현실에서 느끼는 무한한 삶의 충일감을 나타내며 신령한 소유는 곧 영적인 소유를 나타낸다.

구상의 현실의식은 존재와 현실의 상관관계에서 현실의 부조리와 부도덕성에 대하여 관용과 용서와 화해를 통하여 현실을 수용하고 직시함으로써 삶의 모순과 부조리를 해소하려고 하는데서 표출되고 있다.

결국 그는 실존적인 존재의 가치를 삶 속에서 부정적인 요인에 대하여 좌절과 절망하지 않고 신의 섭리를 깨닫는 신앙에 입각한 믿음으로 삶의 변화를 추구하며 긍정적인 세계에 대한 확신을 가지고 추구하고자 하였다. 현실에 대한 관념적이거나 추상적인 것보다 실존적 존재의 삶의 양상을 시적으로 형상화하였다는데서 그의 시는 호소력과 설득력을 획득하였다.

> 却說, 이때에 저들도
> 황금의 송아지를 만들어 섬겼다.
>
> 믿음이나 진실, 사랑과 같은

인간살이의 막중한 필수품들은
낡은 지팡이나 헌신짝처럼 버려지고
서로 다투어 사람의 탈만 쓴
짐승들이 되어 갔다.

세상은 아론의 무리들이 판을 치고
이에 노예근성이 꼬리를 쳤다.

그 속에도 시나이 산에서 내려올
모세를 믿고 기다리는 사람들이
외롭지만 있었다.

자유의 젖과 꿀이 흐르는
가나안!
후유, 멀고 험하기도 하다.

– 「출애급기 別章」 전문 –

위 시는 구상의 말과 같이 우리가 살아가는 현실이 이집트에서 노예생활을 하다가 자유를 찾기 위해 '영광의 탈출'을 하던 이스라엘 백성들에 비유하여 쓴 시로 물신과 배금사상에 빠져 인간성을 상실한 채 욕망의 소욕에 노예가 된 현대인의 부패하고 타락된 현실을 한탄하고 있다.

출애굽기는 모세 5경의 하나로 이스라엘 사람이 이집트의 노예생활을 하다가 하나님이 아브라함에게 약속한 가나안 복지로 지도자 모세의 인도로 들어가게 되는 과정을 다룬 구약성경에 나오는 서사시이다.

모세가 하나님의 언약의 계명을 받기 위해 시내산에 올라갔을 때 이스라엘 백성들은 타락하여 눈에 보이는 감각적 우상인 황금으로 송아지를 만들어 숭배하게 된다. 이것은 10계명을 어기는 것이기에 율법을 어긴 죄로 하나님의 노여움을 받게 된다. 이스라엘 사람들이 믿음과 헌신과 진실과 사랑을 내던지고 불신과 부정, 불의로 사람의 탈을 쓴 짐승이 되어갔듯이 시대를 초월하여 현재도 출애굽한 이스라엘 사람처럼 눈에 보이는 물질적인 것, 돈만을 섬기는 시대 사조가 존재함을 우의적으로 나타내며 아울러 인간의 교활함과 부도덕함을 단편적으로 제시하였다.

세상이 타락하고 기회적이고 이중적인 위선으로 가식화되었으나 "그 속에도 시나이산에서 모세를 믿고 기다리는 사람들이 외롭지만 있었다"란 구절에서 진실을 추구하며 진리로 살아가는 의로운 사람들이 구약시대나 현재도 있다는 자위에서 선을 추구하며 살아가고자 하는 구상의 인생관을 알 수 있다.

신규호는 구상의 시에 나타난 특질을 이렇게 보고 있다.

> "그에게 있어 시는 명상을 통해 얻어지는 정신적 자유와 아름다운 진실을 표현하는 수단인 것이며, 어떤 언어적 조작에 의해 획득되는 경이적인 비유의 세계가 아닌 것이다. 그의 수사가 단순 명확한 것도 그 때문이며, 그의 시적 비유가 지극히 평이한 것도 그 때문이다." 222

1연의 '각설却說'은 이스라엘 사람들이 노예생활을 하던 애급을 탈출하는 과정을 이야기한 출애굽기 31장까지를 요약한 것으로 황금의 송아지로 아론이 우상을 만든 것이 32장의 사건에 나온다.

5연에서 "자유와 젖과 꿀이 흐르는 가나안" 그 복지로 이스라엘 사람들이 홍해를 건너 시나이 반도를 거쳐 가나안 땅으로 들어가는 여정에서 끝없이 회의하고 불평하고 불순종과 불신으로 신의 노여움을 받아 40년을 광야에서 유리하는 죄를 받았지만 결국 회개하고 순종의 믿음으로 가나안 복지에 입성하게 되었다.

구상도 끝없이 방황하고 좌절하며 회의하다가 결국 신과의 관계를 회복하게 되듯이 암담하고 불의와 타락한 시대에 모세와 같이 신의 뜻에

---

222 신규호, p. 269.

순종하며 의롭고 진실되게 살고자 하는 구상의 자화상이 바로 위 시일 것이다.

구상은 생각과 행동이 타협적이지 않고 직선적이며 단선적인 시인으로 실재 선을 양심에 따라 회복하고자 노력하였다는데 문학적인 의의가 있다고 하겠다.

자신의 양심에 따라 내면을 성찰하고 화해와 사랑으로 관용과 용서하며 인간에 대한 인간애는 인류애로 시야를 확대하려고 노력하여 내면의 정화와 존재의 실존의지를 확고하게 하였음은 그의 생활이 결국 종교의 범주에서 벗어나지 않음을 증명한다고 하겠다.

> 세상 사물과 사리의 본질이나 정의·믿음·사랑과 같은 인간의 도리에 속하는 것들은 우리 육안만으로 보이지 않는다. 그런데 불행하게도 오늘날 우리의 세상살이는 저러한 눈에 안 보이는 인간살이는 아주 막살하고 눈에 보이는 것만을 가지고 살려고 덤빈다. 작금의 세태를 표현해 본 것이 〈출애급기별장出埃及記別章〉이다.[223]

구약성경 「출애굽기」의 대표적인 우상인 "황금의 송아지"는 배금주의의 현대에서는 물질적인 것이나 돈을 예표豫表하는 것이다. 영혼에 눈이 먼 현대인을 풍자한 시가 바로 위의 시이다.

죽어 썩은 것 같던
梅花의 옛 등걸에
승리의 화관인 듯
꽃이 눈부시다.

당신 안에 생명을 둔 만물이

---

223 구상, 『詩와 삶의 노트』, p. 29.

저렇듯 죽어도 죽지 않고
또다시 소생하고 變身함을 보느니
당신이 몸소 부활로 증거한
우리의 부활이야 의심할 바 있으랴!

당신과 우리의 부활이 있으므로
진리는 있는 것이며
당신과 우리의 부활이 있으므로
正義는 이기는 것이며
당신과 우리의 부활이 있으므로
달게 받는 고통은 값진 것이며
당신과 우리의 부활이 있으므로
우리의 믿음과 바람과 사랑은 헛되지 않으며
당신과 우리의 부활이 있으므로
우리의 삶은 虛無의 수렁이 아니다.

봄의 行進이 아롱진
지구의 어느 변두리에서
나는 우리의 부활로써 성취될
그날의 누리를 그리며
황홀에 취해 있다.

–「復活頌」 전문 –

구상은 매화의 옛 등걸에 핀 꽃을 보고 만물의 소생을 느끼며 우리가 잊고 있었던 절대자의 모습을 상기하게 된다. 그것은 봄에 만물의 깨어남이란 자연의 섭리에서 인간 부활의 실체를 인식하고 그러한 확신을 통하여 절대자의 존재를 재인식하게 된다.

"그의 문학적 신념은 필연적으로 예수의 인격에서 지각되고 실현되는 부활사상에 이르러서야 마침내 마무리될 성질의 것이다." [224] 라는 말에서 그의 문학적 신념과 좌표를 유추할 수 있을 것이다.

실존의 절대적인 인식은 결국 부활의 절대적인 믿음과 연계되어 봄이 주는 계절감과 아울러 스스로의 자족에 취하게 된다.

현실에서 피상적으로 느낄 수 있는 구체적인 현상을 시로 문학적인 승화를 시켜 종교화되지 않고 자기의 신심信心을 피력하고 있다는 데서 구상의 시적인 감각을 느끼게 한다.

"종교는 갈등과 협력, 가치들간의 경쟁과 화해가 독특하게 뒤섞이는 인간사의 한 영역이다. 어떤 문화권에서건 종교적인 신앙심은 위대한 음악, 건축, 시, 시각예술 등에 의해 영감을 받고 육성되어왔다." [225]

구상의 시는 주제나 제재가 대체로 존재론적 또는 형이상학적 인식의 세계로 일관되어 왔다. 『인류의 맹점盲點에서』는 구상의 70 인생을 마무리한 시편들로 임종고백과 같이 모든 욕심을 비워낸 무욕의 청정심을 기저로 순수한 심경을 엿보게 한다. 절대자의 품안에서 순명하는 마음으로 세상의 모든 것을 감싸안는 우주적 연민의 신비를 내면에서 엿보게 한다.

"구상의 신작시집 《인류의 盲點에서》를 관통하는 주된 생각은 윤리적 감각을 바탕으로 한 인간의 유한성과 구원의 가능성에 대한 문제이다. 따라서 그의 윤리의식은 사회적·역사적 성격이라기보다는 존재론적·형이상학적 성격을 갖는다." [226]

세상과의 교감을 통한 사랑과 화해는 투철한 신앙적 삶의 자세를 구상이 가지고 있었는지를 잘 알게 해준다.

---

224 안수환, pp. 158~159.
225 마거릿 P. 배틴 외, p. 278.
226 황치복, p. 257.

이 밑도 끝도 없는
욕망과 갈증의 수렁에서
빠져나올 수 없음을
나는 알고 있다.

이 밑도 끝도 없는
오뇌와 고통의 멍에에서
벗어날 수 없음을
나는 알고 있다.

이 밑도 끝도 없는
불안과 허망의 잔을
피할 수 없음을
나는 알고 있다.

그러나 나는 또한 믿고 있다.

이 욕망과 고통과 허망 속에
인간 구원의 신령한 손길이
감추어져 있음을,

그리고 내가 그 어느 날
그 꿈의 동산 속에 들어
영원한 안식을 누릴 것을

나는 또한 믿고 있다.

－「나는 알고 또한 믿고 있다」 전문 －

이 시는 시집 『두 이레 강아지만큼이라도 마음의 눈을 뜨게 하소서』에도 같은 제목으로 나오는데 구상은 위 시에 대한 해설을 다음과 같이 하고 있다.

> "우리 인간의 유한성에서 오는 죄악 중 여러 문제도 사실, 우리의 구원의 가능성으로 우리 안에 존재한다는 사실입니다. 바로 이런 것이 저의 체험적 문제의식으로 자리잡고 있다고 말하고 싶습니다." 227

이것은 신약성경, 로마서 7:15에 나오는 사도 바울의 고백과 같다고 할 수 있다.

> "나의 행하는 것을 내가 알지 못하노니 곧 원하는 이것은 행치 아니하고 도리어 미워하는 그것을 함이라"

사도 바울의 고백은 죄에 대한 내적인 투쟁을 말하는데 죄 아래 놓인 사람은 자기의 행하는 것을 알지 못하며 그의 원하는 선은 행하지 못하고 원하지 않는 악은 행하게 된다는 말인데 행위의 주체는 그가 아니고 그의 속에 있는 죄이기 때문이라는 말이다.

구상은 참된 의미의 그리스도인이 되기를 원했고 "참된 의미의 그리스도인은, 정말로 십자가를 지고 따르라는 나자렛 예수의 말씀을 명심해야 하겠습니다." 228 라는 그의 진술에서 그의 신앙관을 엿볼 수 있다.

'아는 것' 과 '믿는 것' 을 지배적 심상으로 전반부는 실존적 자각을 하는 유한성에 대한 자각 곧 원죄를 반복했고, 후반부는 구원의 영원한 세계에 대한 동경과 확신을 피력하였다. '욕망과 갈증', '오뇌와 고통', '불안과 허망' 등은 우리가 누구나 느낄 수 있는 삶의 형태이며 해결하여야 할 과제인 것이다. 구상은 이런 삶의 멍에를 알고 있고 또 믿고 있

---

227 구상, "나는 왜 크리스천인가", 『창조문예』, 2001년 10월호, p. 123.
228 Ibid., p.124.

다고 한다. 그러나 구상은 이런 삶의 구속에 '인간 구원의 신령한 손길'이 감추어져 있음을 영적인 눈으로 알고 '영원한 안식을 누릴 것을' 확신하게 된다. 이것은 바로 믿음의 힘이며 실체이다.

구상의 시가 도덕적이며 윤리적인 감각을 기저로 인식되어 진다면 그것은 그의 시가 실체를 인식하며 이상과 실천에 나아간다는 과정일 것이다.

비로소 두 이레 강아지 눈만큼
은총에 눈이 떠서
세상 만물을 바라본다.

咫尺도 분간되지 않던 無名 속
어둠의 허깨비들은 스러지고
쳇바퀴 돌 듯 되풀이하던
목숨의 시간들이
신비의 샘으로 흐른다.

그저 무심히 눈에 스치던
자연의 생성과 소멸이
나의 흐린 五官을 생동케 하고
나의 녹슨 심장을 고동케 해서
그 어떤 異蹟보다도 놀라웁고
흥부네 박씨보다도 감사하다.

나의 연륜으로 인한 육신의 쇠퇴는
부활을 위한 凋落일 뿐이요,
내 안에는 신령한 새싹이 움터

영원의 동산에 꽃필 날을 기다린다.

비로소 두 이레 강아지만큼
은총에 눈이 떠서
하나도 어제와 달라진 게 없건만
이제 삶의 보람과 기쁨을 맛본다. —「은총에 눈이 떠서」 전문 —

구상에게 있어 신령한 느낌은 우주 만물에서 느낀 절대자의 "크신 혜여惠與를 느낌"으로 일어나는 감동과 기쁨일 것이다. 그의 고백에서 삶의 정신적 가치를 제고提高하고 있음을 발견한다.

"우리가 마음의 빈곤을 극복하고 참다운 삶의 보람과 그 기쁨을 맛보기에 내가 권하는 것은 저러한 물질적, 물리적(출세나 권력), 정신적(인기나 명예) 소유에서보다 존재 그 자체가 혜여惠與하는 무한량한 보화에다 눈을 돌리라고 말하고 싶다." [229]

그리고 참된 삶의 보람은 "결코 어떤 목표의 높고 낮음이나 그 성과의 많고 적음에서 얻어지지 않고, 또 주어진 삶의 행·불행한 여건 속에 있지 않고, 그 삶 자체의 본질적 추구나 감응에 있다." [230] 고 보았으며 1966년 가브리엘 마르셀이 일본을 방문하여 들은 강의 중 깨달은 것이 "삶의 보람이란 소유에서거나 소유가 지닌 기술이 아닌 존재와 존재가 지닌 신비하고 무한한 감각에서 좌우된다." [231] 고 하였다. 이 말은 소유의 행복보다 삶의 보람이 더 자아의 본질을 좌우하고 있음을 알게 한다.

종교적인 면에서 은총은 신이 인간에게 아무 대가없이 주는 축복이다. 인간이 세상을 살아간다는 것 자체가 곧 신의 은혜이다. 신이 주는

---

229 구상, 『우리 삶 마음의 눈이 떠야』, p. 61.
230 구상, 『詩와 삶의 노트』, p. 58.
231 Ibid., p.59.

강江같은 은혜를 깨닫고 비로소 삶의 보람을 느낀다는 구상의 고백에서 신에 대한 마음의 귀의를 알 수 있다.

시방 세계는 짙은 어둠에 덮여 있다.
그 칠흑 속 지구의 이곳 저곳에서는
구급을 호소하는 비상경보가 들려온다.

온 세상이 문명의 이기로 차 있고
자유에 취한 사상들이 서로 다투어
매미와 마치 나침반이 고장난 배처럼
중심도 방향도 잃고 흔들리고 있다.

한편 이 속에서도 태평을 누린달까?
황금송아지를 만들어 섬기는 무리들이
사기와 도박과 승부와 향락에 취해서
이 전율할 밤을 한껏 탐닉하고 있다.

내가 이 속에서 할 수 있는 일은
무엇일까?
저들에게 새 十誡命은 무엇일까?
아니, 새것이 있을 리가 없고
바로 그 十戒版을 누가 어떻게
던져야 하는가?

여기에 이르면 판단 정지!
오직 全能과 무한량한 자비에
맡기고 빌 뿐이다.

— 「인류의 盲點에서」 전문 —

현대문명의 위기를 실체감 있게 다루었다. 문명의 이기로 인해 짙은 어둠에 차 있어 자유와 욕망의 나락에 빠진 현대인들의 타락한 실존을 보며 마치 모세가 시내산에서 '십계명'을 받아 이스라엘 사람들을 계도하듯이 시인도 종국에는 우리 인간들의 마음에 숨어 있는 마음의 때를 헹구어 낼 수 있는 방법은 오직 절대자의 '전능全能과 무한량한 자비에 맡기고 빌 뿐'이라고 한다.

우주 만상에 존재하는 절대자와 마음으로 소통하면서 실존의 의미를 깨닫고 있는 시인의 고백에서 미망迷妄의 우리를 깨우침의 세계로 인도하는 시인의 의표를 헤아리게 된다.

내가 다섯 해나 살다가 온
하와이 호놀룰루 시의 동물원
철책과 철망 속에는

여러 가지 종류의 짐승과 새들이
길러지고 있었는데

지금도 잊혀지지 않는 것은
그 구경거리의 마지막 코스
"가장 사나운 짐승"이라는
팻말이 붙은 한 우리 속에는
대문짝만한 큰 거울이 놓여 있어
들여다보는 사람들로 하여금
찔끔 놀라게 하는데

오늘날 우리도 때마다
거울에다 얼굴도 마음도 비춰 보면서

스스로가 사납고도 고약한 짐승이
되지나 않았는지 살펴볼 일이다.[232] -「가장 사나운 짐승」 전문 -

구상은 1970년부터 1974년까지 하와이대학교 극동어문학과 조교수, 1982년부터 1983년까지 부교수, 1985년부터 1986년까지 동 대학교 부설 동서문화연구소 예우작가로 일본의 노벨문학상 수상자인 카와바다 야스나리川端康成의 후임으로 근무하여 한국문학과 시에 대한 강의를 주로 하였다.

구상이 살다 온 하와이 호놀롤루 시의 동물원 우리 안에서 "가장 무서운 짐승"이란 팻말과 거울이 환기시켜 주는 것처럼 우리가 살아가는 현실에서 거울에다 얼굴과 마음을 비쳐보면서 가장 사납고 고약한 짐승이 되지 않았는지를 스스로 자성하라는 매우 진솔한 시인의 고백에서 "나이든 시의 전형"[233]을 느낄 수 있다.

짐승과 같은 마음을 지닌 인간이기에 항상 바른 심성을 가지고 인간답게 살려고 노력하는 구상의 자기 다짐과 문학을 통한 자기반성을 표출한 시라고 하겠다.

이제사 비로소
두 이레 강아지만큼
은총에 눈이 뜬다.

이제까지 시들하던 만물만상이
저마다 신령한 빛을 뿜고
그렇듯 안타까움과 슬픔이던

232 구상, 『인류의 盲點에서』, p. 90.
233 이시환, 『호도까기』, 서울: 신세림, 1998, p. 191.

나고 죽고 그 덧없음이
모두가 영원의 한 모습일 뿐이다.

이제야 하늘이 새와 꽃만을
먹이고 입히시는 것이 아니라
나를 공으로 기르고 살리심을
눈물로써 감사하노라.

아침이면 해가 동쪽에서 뜨고
저녁이면 해가 서쪽으로 지고
때를 넘기면 배가 고프기는
매한가지지만

출구가 없던 나의 의식意識 안에
무한한 시공이 열리며
모든 것이 새롭고
모든 것이 소중스럽고
모든 것이 아름답다.

-「은총에 눈을 뜨니 1」 전문 -

이 시는 『모과 옹두리에도 사연이』의 81번째 연작시에도 나온다.

아무런 대가없이 주는 절대자의 은총에 두 이레 지난 강아지만큼 적은 눈을 떠서 보니 "이제까지 시들하던 만물만상이 저마다 신령한 빛을 뿜고 그렇듯 안타까움과 슬픔이던 나고 죽고 그 덧없음이 모두가 영원의 한 모습"임을 깨닫고, "나를 공으로 기르고 살리심을 눈물로써 감사"하며 "의식意識 안에 무한한 시공이 열리며 모든 것이 새롭고 모든 것이 소중스럽고 모든 것이 아름답다"는 시인의 고백에서 은총에 눈을 떠 새롭게 변신한 자아의 각성을 인식하게 됨을 알 수 있다.

구상은 신의 은총에 눈을 떠서 비로소 생의 의미와 가치를 발견하게 되고 자신이 영원 속의 한 피조물임을 새롭게 깨닫게 되며 아울러 생과 사를 초월하게 된다.

인간의 유한한 생에서 영원의 세계를 지향하고 소유할 수 있게 된 것은 큰 특권일 것이며 "나고 죽고 그 덧없음"을 극복할 수 있음은 전적인 신의 은총으로 느끼며 "신령한 빛"을 발견하게 된다.

5연은 시적 전개상 전환부에 해당이 되는데 "출구가 없던"을 기점으로 신령한 은총에 눈을 뜨기 전과 눈을 뜨고 난 후의 의식의 변화를 알게 된다. 은총에 눈을 뜨기 전에는 유한한 존재로서의 한시적인 존재였던 시적 화자가 은총에 눈을 뜨고 난 후에는 무한한 시공의 영원성을 알게 되며, 절대자의 피조물인 인간이 그 품에 안길 때 비로소 "모든 것이 새롭고 모든 것이 소중스럽고 모든 것이 아름답다"고 고백하게 된다.

진정한 의미의 진리는 말씀에 기초를 하여 절대자를 인정하고 발견할 때 깨닫게 되어지고 새롭게 되어지는 은총을 누리게 된다는 의식을 구상의 시에서 인식하게 된다.

이제는 신비의 샘인
목숨의 시간들을
헛된 욕망으로 흐리고 더럽혀서
연탄빛 폐수廢水로 흘러보내진 않으련다.

나의 삶을 감싸고 있는
신령한 은총에 눈 떴으매
현재로부터 영원을 살며
진선미眞善美의 실재實在를
스스로 증거하여 보이리라.

<중략>

이제 나에게는 나의 무능과
무력無力도 감사하고
앞으로 살기에 필요로 하는 것은
오직 마음의 순결.
그 하나뿐이로다. -「은총에 눈을 뜨니 2」 일부 -

이 시는 『모과 옹두리에도 사연이』의 82번째 시이며 「은총에 눈을 뜨니」의 두 번째 시이다. 첫 번째 시가 신령한 은총에 눈을 뜬 시적화자의 감격에 찬 고백을 노래한 시라면 두 번째 시는 은총을 개인적으로 구체화하고 심화하여 앞으로의 삶을 다짐하고 있는 시다.

『말씀의 실상』에는 「하루」로 실려 있고, 『그리스도 폴의 강』 20에도 실려 있는 1연의 구절에 다음과 같은 구절이 있다.

오늘도 신비의 샘인 하루를
구정물로 살았다.

구상의 고백과 같이 은총에 눈을 뜨지 않은 생활은 구정물로 살았지만 이 시에서는 "목숨의 시간들을 헛된 욕망으로 흐리고 더럽혀서 연탄빛 폐수廢水로 흘러 보내진 않으련다"는 다짐에서 그의 생활관이 전도된 것을 발견할 수 있다.

은총에 눈을 뜬 지금의 그에게 현재의 시간은 "목숨의 시간"과 같으며 "현재로부터 영원을 살며 진선미眞善美의 실재實在를 스스로 증거하여 보이리라"는 고백에서 믿음으로 현실을 살며 헛되이 시간을 허비하지 않으리란 다짐을 확인할 수 있다.

구상이 생각하는 진리는 헛된 허상이나 망상이 아닌 실재이며 그 진리를 스스로 증거하며 살겠다는 시적화자의 의지를 천명하고 있다. 구상의 진리는 생활 속에서 터득한 진리이며 경험한 진리로 언어의 유희나 관념적인 것은 아님을 쉽게 발견할 수 있다.

각주 152, 「나의 문학, 나의 시작법」에서 구상은 "진리가 실존적인 삶 속에서 진정으로 체득되고 증거되어야 한다."고 했다.

『신약성경』, 「요한복음」 8:32의 "진리를 알지니 진리가 너희를 자유케 하리라"에서 말하는 진리는 "신적 계시"를 말하고 아울러 죄와 질병과 이생의 모든 저주로부터 자유를 얻는 비결이며, 예수는 이러한 저주로부터 인간을 해방시키기 위해 십자가에서 돌아가셨는데 구상은 은총에 눈을 떠 이러한 영적 자유를 얻게 된다고 보았다.

구상은 3연에서 "지난날 나는 똑똑히 보아왔노라"와 4연에서 "그리고 나는 또한 보아왔노라"란 구절에서 그가 느낀 진리의 실체를 말하고 있는데 그것은 관념적인 것이 아닌 생활 속에서 직접 느낀 경험의 산물임을 발견하게 된다.

그는 신령한 은총에 눈을 뜨기 전에는 "눈에 보이는 사물만을 받들어 섬기고 눈에 보이지 않는 도리道理는 외면하던 모든 소유의 파탄破綻"과 "믿음과 소망과 사랑을 굳게 안고서 영원의 깊은 요구에 응답하는 마음 가난한 이들의 불멸의 모습"이었다.

그러나 "나의 무능과 무력武力도 감사하고" 시적 화자의 앞으로 삶에서 필요한 것은 "마음의 순결"이라고 하며 절대자 앞에 순수하고 정결하게 살 것을 다짐한다.

성경에서 모든 은사 위에 뛰어난 것이 사랑이라고 사랑의 찬가라는 「고린도전서」 13장에서 말하고 있으며[234] 종결연에서 "범사에 우리 주 예수 그리스도의 이름으로 항상 아버지 하나님께 감사하며「에베소서」 5:20"

---

234 고린도전서 13:13.
"그런즉 믿음, 소망, 사랑, 이 세 가지는 항상 있을 것인데 그 중에 제일은 사랑이라"

란 감사의 신앙관을 구상은 보이고 있다.

"마음의 순결"은 『신약성경』, 「마태복음」 5:3에 "심령이 가난한 자는 복이 있나니 천국이 저희 것임이요"란 산상설교에서 그 신앙적인 배경을 알 수 있다.

저 성현들이 쳐드신 바
어린이 마음을
지각知覺 이전의 상태로
너희는 오해하지들 말라!

그런 미숙未熟의 유치란
본능적 충동에 사로잡히거나
독선과 편협을 일삼게 되느니,

우리가 도달해야 할
어린이 마음이란

진리를 깨우침으로써
자기가 자신에게 이김으로써
이른바 '거듭남'에서 오는
순진이요, 단순이요,
소박인 것이다.

– 「거듭남」 전문 –

거듭남은 영적으로 재창조 받음을 의미하며 하나님께서 예정하시고 택하신 자를 구원하시는 최초의 사역이고 하나님의 일방적 역사로 이루어지며 성도가 거듭나면 과거의 모든 죄를 씻음 받고 성령께서 내주하심으로 영적인 새 생명이 이루어진다고 한다.

"우리가 도달해야 할 어린이 마음"에서는 신약성경 마태복음 18:3절에 "가라사대 진실로 너희에게 이르노니 너희가 돌이켜 어린 아이들과 같이 되지 아니하면 결단코 천국에 들어가지 못하리라"라 구절에서 예수의 어린 아이를 통한 교훈은 순진성과 교훈을 받아들임으로 천국에 들어갈 자격을 얻게 됨을 말한다고 할 것이다.

구상은 "애송시 이야기"에서 타고르의 「나의 생명의 생명이신 이여」를 들고 그 이유를 말하고 있다.

나의 생명의 생명이신 이여
나는 항상 내 몸을 정결하게 하리니
당신의 살아 계신 손이 내 몸을 구석구석 닿고 있음을 아옵기 때문입니다.
나는 항상 내 마음에서 모든 거짓을 멀리 하렵니다.
당신의 진리가 내 마음 속의 이성의
불을 켰음을 아옵기 때문입니다.

나는 항상 내 가슴에서 모든 악을 내쫓고
내 사랑을 꽃피게 하렵니다.
당신께서 내 가슴 깊은 성전聖殿에 자리하셨음을 아는 때문입니다.

그러나 내가 할 바는 당신을 내 손발로 나타내는 것입니다.
나에게 일할 힘을 베푸시는 이가
바로 당신인 줄 믿기 때문입니다.

"그의 작품은 좀 고전적이지만, 철학적인 깊은 명상 속에서 신과 자연과 인간의 합일과 조화와 그 아름다움을 아주 경건하면서도 소박하게 그의 모국어인 벵골어로 노래하였다. 시의 표현은 소박하지만 그 뜻은 깊어서 절대자에게 향한 굳센 믿음과 절절한 열정으로 차 있다. 인도의 바라문교적 표현을 빌리면, 우주의 중심 생명인 브라만과 개인의 중심 생명인 아트만 일치를 그는 신비주의적인 필치로 노래하고 있는 것이다." 235

위의 글은 구상의 시 세계에 영향을 끼친 타고르의 시를 읽은 소회를 쓴 글인데 절대자에 대한 굳은 믿음과 열정에 대하여 구상은 극찬하고 있다.

거듭남은 과거의 죄를 씻고 새로운 영적 생명을 가진 존재로 탄생하는 것이므로 중생을 통하여 구원에 이르게 된다는 깨달음을 시로 형상화하였다.

저들은 저들이 하는 바를
모르고 있습니다.

이들도 이들이 하는 바를
모르고 있습니다.

이 눈먼 싸움에서
우리를 건져주소서.

두 이레 강아지만큼이라도
마음의 눈을 뜨게 하소서. ―「기도」 전문 ―

우리가 살아가는 현실은 한 치의 앞을 내다볼 수 없는 영적인 소경 상태라는 시인의 자탄이 강렬한 메시지로 다가온다. 절대자에게 눈먼 싸움에서 지켜달라는 소망은 그만큼 우리 삶이 낙관적이지만은 않다는 것

---

235 구상 외, 『나를 매혹시킨 한편의 시』, 서울: 문학사상사, 2001, pp. 33~40.

이며 우리의 마음의 눈이 조금이라도 띄어져 실존의 존재 가치를 인식하여야 한다는 고백의 시라고 할 수 있다.

김광림은 "이 시에서 답답하고 아니꼬운 현실을 통탄한 시사시時事詩의 한 전형을 보게 된다."[236] 고 하였는데 세상사에 갈래갈래 찢긴 오늘의 현실을 역사의식으로 조명해 볼 수 있는 것 같다.

전구의 2연은 누가복음에 예수를 십자가에 못 박은 당시와 2천 년 후의 현실을 비교할 때 인간의 의식에 뿌리박은 죄악이 변화가 없다는 전제하에 '강아지 눈 만큼이라도 보이게' 하여 죄악이 횡행하는 세상을 바로 보고 의식하여 순수와 진실과 정의가 바로 선 세상을 염원하고 있다.

어두운 마음의 눈은 곧 오늘의 비극과 절망으로 연결이 되어 여러 가지 갈등과 대립과 혼란의 원인이 된다고 하겠다. 실존적 삶에서 일어나는 여러 가지 문제점의 원인을 규명하려면 그 원인의 실체를 모른다는 데에 근본적인 원인이 있다고 본다.

"두 이레 강아지만큼이라도 마음의 눈을 뜨게 하소서"란 기원조의 결구에서는 실존적 실체에 대한 깨달음의 묵상이 절박하게 느껴진다. 구상은 영적인 소경 상태에서 벗어나 영원한 진리를 추구하려고 한다. 기도는 구도의 첩경이며 구원의 방법임을 알 수 있다.

구상의 또 다른 시인 「새해」의 6연에는 그의 기도에 관한 자세가 잘 피력되고 있다.

> 꿈은 나의 충직忠直과 일치하여
> 나의 줄기찬 노동은 고독을 쫓고
> 하늘을 우러러 소박한 믿음을 가져
> 기도는 나의 일과의 처음과 끝이다.[237]

---

236 김광림, "情意와 存在와 新現實", 『현대시학』, 1980년 6월호, p. 17.
237 구상, 『두 이레 강아지만큼이라도 마음의 눈을 뜨게 하소서』, 서울: 바오로딸, 2001, p. 102.

구상은 「참된 기도」란 수상에서 참된 기도에 대하여 정의를 내리고 있다.

"참된 기도란 우리의 소망으로 하나님의 뜻을 변화시키려 드는 것이 아니라 우리의 소망을 하나님의 뜻에 순종시키려는 원망願望 이외에 다른 것이 아님을 우리 모두 깨닫도록 하여야 하겠습니다." 238

일반적으로 신앙생활 중의 기도는 말씀, 성례와 함께 신자들에게 은혜의 방편이며 하나님께 자기의 뜻을 전하는 것이다. 그래서 기도를 '하나님과 인간과의 인격적 대화' 라고 하는데 그것은 하나님과 알고 있으며 어떤 인간관계가 전제되어 있을 때 가능하다고 할 것이다.

구상은 기도를 생활의 전부라고 지칭했으니 기도는 구상에게 하나님과 항상 영적 교제의 생활을 하고 있다는 믿음의 표상이라고 할 것이다.

구상의 제자인 이일향은 월간문학2005년 5월호에서 추모의 마음을 시로 표현하고 있는데, 구상의 후학에 대한 영향력이 어떠하였는가를 알 수 있게 한다.

詩는 산처럼 푸르고
인품은 드맑은 강이네 －「山이요, 江이신 님」1연－

구상이 작고한 후 한국문인협회이사장인 시인 김년균은 시집 『그리운 사람』239 에서 구상의 문학적 좌표를 시로써 설정하고 있다.

이렇게 큰 사람이 가셨다.
나자로 예수처럼 몸 낮추시며

---

238 구상, 『실존적 확신을 위하여』, p. 69.
239 김년균, 『그리운 사람』, 서울: 계간문예, 2007, p. 90.

어둡고 거친 골목을 찾아 불의不義를 눕히시고,
외로운 이, 슬픈 이들을 보면 손잡아 주시던
우리 시대의 의인義人,
죽어도 죽지않는 부활을 믿던
사랑의 전도사傳道師.　　　　　　　　　　　－「별이 뜨다」 2연 －

이상에서 구상의 시 세계를 현실의식과 구원사상으로 살펴보았는데 그의 시는 형이상학적 인식을 통해서 구체화된다.

그는 윤리적, 신앙적으로 인간존재의 문제를 탐구함으로써 삶에서의 모순, 분열, 대립의 인간고와 사랑, 진실 등을 총체적으로 다루면서 결국은 이것을 신의 구원의지에로 귀납시킨다.

그의 이런 형이상학적 특성은 대체로 단편성을 특징으로 하는 서정시를 지양하고 연작시의 형태를 취한다는 것이다.

이것은 자기 세계의 확립을 위한 방편으로 하나의 세계를 다각도로 바라봄으로써 삶에 대한 집중적인 내면탐구를 취하기에 사변적 특성을 반영하기 때문이다. 즉 체험과 상상을 바탕으로 사회의 여러 현상을 시적으로 형상화하려고 노력한 시인의 의식을 엿볼 수 있다.

또 그가 전고典故를 많이 인용한다는 점인데 특히 연작시 145여 편 중 약 20여 편에서 각각 1번 내지 3번 나타났다. 시어에 있어서 인용의 기법이라든가 내용의 심화를 위한 이러한 특색은 내적인 사유의 한계를 깨뜨려 사색적인 심도를 가중시키는 역할을 한다.

그리고 언어로 표상하기 힘든 관념을 표출할 때 난해한 한자 어휘를 조어造語해서 사용한다는 점이다. 이것은 형이상학적 주제를 표상하기에는 적절한 장치이다.

아울러 평이한 일상의 언어에서 벗어나 속어까지 거리낌없이 사용하여 진솔한 사실적 근거를 과장하지 않고 표출해 낸다는 점도 간과할 수 없다.

『밭 일기』에서는 의태어나 의성어의 첩어 사용이 두드러져 생동감을 느끼게 하며 심상心象의 선명함도 고조시키고 있다.

『까마귀』에서는 심상과 관념을 상상에 의하여 연결시킨 상징象徵을 통하여 물질만능, 기능주의로 치닫는 시대 상황의 예지와 경보의 사명을 시적 표현화 하였으며 이런 특성은 그의 형이상학적 인식의 시를 보다 용이하게 이해시켜주며 강한 호소력과 설득력을 확보한다.

그리고 그의 시는 비시적非詩的, 산문적散文的 경향을 띠며 이는 그의 시에 보편적으로 내재하는 강한 현실 인식과 역사의식에 기인한 것이다.

구상의 인간관은 삶에 있어서 다수의 인간에 보편하는 문제의식이나 고민, 장벽 및 그 때문에 맛보는 괴로움이나 슬픔에 대한 구제와 자기희생으로써 기독교가 바라고 원하는 사랑의 실천이 핵심을 이루고 있다.

한스 로베르트 야우스는 '기대의 지평horizon of expectations—어떤 주어진 시기의 문학 텍스트를 평가하기 위해 독자들이 사용하는 기준' 을 말하면서 "작가란 자기 시대의 지배적인 기대에 감연히 맞설 수도 있음을 인정한다." **240** 고 하였다.

시의 기능에 대한 구상의 관점은 "사물의 진수와 존재나 인간의 진수를 투명하게 독자들에게 제시하여야 하며 인간의 영혼을 일깨워 주는 기능을 시가 계속해 나가야 한다." **241** 는 것이다.

구상의 형이상학은 자연이나 우주, 인간이나 사회에 대하여 그 내면의 깊이를 응시함으로써 영원성을 추구한 데서 기인한다.

또 기독교적 상상력이란 것도 궁극적으로는 따뜻한 인간애가 교류하는 신앙심의 구현이라고 볼 수 있다. 자기의 고백에서는 에토스적 입장에서 존재론적인 명제를 시의 조건으로 하여 현재까지 일관해 왔다는

---

240 이선영 편, p. 357.
241 구상, 『나의 文學 나의 詩作法』, p. 139.

것이다. 그래서 독자로 하여금 고민하게 하고 인생의 의미를 깨닫도록 계발하고 인간의 참다운 삶을 탐색하도록 각성시켜준다.

따라서 그의 시는 윤리의식은 물론 철학적 인생관이나 종교의식이 주조를 이루고 있다.

1946년 『응향』은 해방이후 혼란한 사회상을 배경으로 한 구상의 정신적 방황의 시기에 존재론적인 자아에 몰입하게 되는 작자의 심경이 잘 나타난 시로 그의 시 세계의 방향이 잘 나타나 있다.

1950년대 『초토의 시』는 한국전쟁으로 말미암아 초토가 된 현실의 생존현장을 적나라하게 고발하고 나아가 전쟁의 비참성을 그의 〈비애적 실존의식〉에 투영하고 있다.

따라서 전편이 그 내용에 있어 전쟁의 산물을 단순히 담고 있는 것이 아니라 전쟁에서 비롯되는 인간성 자체의 황폐를 자기 존재의 문제와 결부시켜서 노래하고 있음을 알 수가 있다.

1960년대 『밭 일기』는 역사의 터전인 밭의 생성 → 소멸 → 신생의 질서로써 역사적 사실을 변증법적으로 반추해 나간다. 여기서 밭은 생성과 소멸의 본체를 포장할 뿐만 아니라 전쟁으로 인한 각박한 생활의 터전으로서 의미를 지닌다. 밭의 이런 의미는 오늘의 분단된 상황에 절망하면서도 조국통일의 명백한 의지를 반영하는 그의 변증법적 역사관에서 추구된 것임을 알 수 있다.

70년대 자전 시집 『모과 옹두리에도 사연이』에서는 자아성찰을 보이며 『까마귀』는 현실의식을 바탕으로 현대사회의 물질문명 만능의 시대상황을 고발하고 비판한 시이다. 구상은 자신을 까마귀로 비유하여 현대사회의 물질, 문명 만능의 시대상황을 고발하고 나아가 인류의 장래를 예언하고 경고한다.

80년대 전기前期 『그리스도 폴의 강』은 객관적 상관물인 강江에다가 지적 명상을 집중시킴으로써 그 본질을 밝히고 나아가 형이상학적 깨달음을 보여준다. 그는 강江의 영원성과 재생적 이미지로써 존재의 근원을 밝히고 죽음을 영원성에 의한 기독교의 부활이나 불교의 윤회사상으로 인식하였다.

『말씀의 실상』은 구상의 구도정신과 영적인 교감과 사물에 대한 깊은 성찰이 사랑과 화해의 원리로 신앙생활의 신심을 표출하였다고 하겠다. 후기後期 『개똥밭』은 자연의 서경과 서정에서 느낀 시적 감흥을 사계四季의 질서에 조화시킨 삶을 묘사함으로써 정신의 고향을 꿈꾸었다. 그 속에는 세상살이의 꿈과 비애, 사물의 정기 등이 생동하는 특성을 발견하게 한다.

90년대 연작시선집 『오늘 속의 영원, 영원 속의 오늘』은 그 동안의 연작시집을 선별하여 존재론적인 치열한 인식과 그의 강렬한 역사의식과 그 체험의 부피에서 오는 메시지 즉, 사상성의 깊이와 넓이와 부피를 보여줌으로써 그의 시의 진미를 느끼게 한다.

98년 판인 『인류의 맹점盲點에서』는 70대代를 마무리 짓는 시로서 작자의 오늘의 삶의 관상觀想이 주主가 되며 내면의 실상을 형식에 구애됨이 없이 쓴 시로서 결국 죽음 앞에 임종고백臨終告白하듯 모든 것을 진실로 감싸 안으려는 우주적 연민의 경지를 보여준다.

2002년 『두 이레 강아지만큼이라도 마음의 눈을 뜨게 하소서』는 유고시집에 해당하는 작품으로 영원한 진리에 대한 감동을 통해 믿음의 길로 인도하여 주는 명상과 신령한 세계에 대한 신앙의 시집이다.

이상에서 시에 나타난 주제 양상은 휴머니티와 실존의식, 윤리의식과 공동체의식, 자의식 성찰과 극복, 구도적 명상과 깨달음, 자연친화와 리얼리즘, 현실 고발과 비판, 우주적인 연민 등으로 규정할 수 있다.

시사적 의의 詩史的 意義

일제 치하의 암흑기를 거친 우리 문학은 1945년 광복을 맞아 새로운 시대 상황에 맞는 문학을 모색하였다. 민족의 사상과 감정이 폭압적인 정치에 얽매여 억압당하고 우리의 말과 글이 민족정신과 더불어 말과 글의 역할을 다하지 못했던 현실에서 우리 문학은 민족성의 회복과 자유사상의 구현이란 명제 아래 새로운 방향을 설정하게 되었다.

그러나 해방 정국은 민족이념의 구현과 민족정기의 회복을 염원하던 우리 민족에게 좌익과 우익의 사상적 대립과 사회적, 문화적 혼란상만 가중시켰다.

임화, 김남천, 이원조, 윤기정 등의 좌익문인들은 1945년 12월에 〈조선문학가동맹〉을 결성하였고 서정주, 김동리, 백철, 조지훈, 김달진 등의 우익문학가들은 1945년 9월 〈중앙문화협회〉를 결성하였으나 이듬해인 1946년 3월 〈조선문필가협회〉로 개칭하여 서로 첨예한 대립과 갈등을 보였다.

자연을 노래하는 서정시가 시로 인식을 받으며 현실에 대한 비판과 주장은 사상적인 시로 간주되어 꺼리게 되는 문학의 불균형 현상이 해방이후 우리 문단의 현실이었다.

가톨리시즘을 사상적인 근간으로 역사와 인간의 실존 문제를 추구한 구상은 민족의 격동기인 한국전쟁을 전후로 공산주의 체제하에서 문학동인 시집 『응향』을 발간했다가 〈북조선문학예술총동맹〉으로부터 반동시인으로 몰리는 필화筆禍를 겪고 남하한 이후 50여 년의 시작 활동을 통해 아픈 민족사와 존재의 상관관계를 그의 시적 제재로 차용하면서 삶과 문학과 신앙을 실존과 역사적 관점에서 다루어 온 현대 한국 시단의 대표적 시인이다.

1950년대의 특징을 가장 극명하게 보여 준 구상의 시사적 의의는 본고의 연구를 토대로 다음과 같이 설정할 수 있다.

첫째, 동족상잔의 비극인 한국전쟁을 직접 체험하여 전쟁의 비참한 모습과 아픔을 시적으로 형상화하였다. 전쟁이란 참혹한 현실을 시대상에 반영하여 문학으로 고발하고 비판한 점은 구상 문학이 갖는 특징으로 볼 수 있을 것이다.

구상의 연작시집 『초토의 시』는 수적으로나 질적으로나 가장 주목받는 전쟁시戰爭詩로 볼 수 있다. 전쟁의 비극성과 참혹한 모습뿐만 아니라 전쟁으로 인한 인간성의 황폐성도 시적으로 형상화하였으며 아울러 화해와 사랑이란 종교적인 신념도 시에 적절하게 형상화되어 있기에 많은 공감대를 형성하고 있다.

구상은 1950년 한국전쟁부터 50년대 말까지는 주로 비극적 상황과 폐허화된 전후의 풍경을 그린 전쟁 체험을 시적으로 형상화하였는데, 전쟁이란 극한 상황을 시대상과 관련시켜 기록한 기록문학적인 면전쟁의 참화와 이로 인한 인간성의 황폐화와 가치관의 실종을 고발은 강하였다.

구상은 1956년 발간된 15편의 연작시집 『초토의 시』를 통하여 전후적 현실 극복의 대안을 제시하고 전쟁의 비극성을 폭로하면서 개인적 차원이 아닌 민족의 동질성을 확보하기 위한 역사 현실에 대한 의식을 보편화하였다는데 문학적인 공로가 있다고 하겠다.

특히 『초토의 시』에서는 적대적 관계로 대하는 민족의 대치가 아니라 사랑과 화해를 통한 관용과 연민의 정을 느끼게 한다.

둘째, 구상은 시의 예술성과 순수성과 전통성에 대한 순수지향의 시보다는 1960년 4월 19일 학생들에 대한 혁명으로부터 분출된 부조리하며 불의한 사회현실을 외면하지 않고 직시하여 사회의 부조리를 고발하고 비판하는 현실참여적인 시의 역할을 강조하였다.

현실의 부조리를 외면하지 않고 참여하며 냉정한 비판의식과 고발의식을 바탕으로 역사의식을 시로 표현하고자 하였다. 구상은 시가 현실의 삶을 떠나서는 존재할 수 없다는 당위성을 느껴 문학의 사회적이고 역사적 책무를 주장하였다.

구상은 동족상잔의 한국전쟁과 4·19 학생혁명, 그리고 5·16 군사쿠데타에 연이은 군부독재시대와 국민들의 민주화 열망 속에서 부조리한 사회 현실을 직시하고 통찰하여 우리의 삶과 밀접한 상관을 가진 시를 창작하였다.

다시 말하면 현실에 대한 지적인 인식을 바탕으로 부조리하고 불합리한 사회현실의 모순상과 민중의 불안감을 시로 형상화하였다.

셋째, 현실과 적당한 타협을 거부하고 양심과 진리에 입각한 그의 생활신념은 정지용에 의해 시도된 사랑과 화해의 가톨릭적 관념의 시적 수용으로 형상화하여 자아 성찰과 신앙적 교의教義가 신앙과 삶의 일치로 구체화된 시가 되었다.

존재론적인 입장에서 그의 시를 형성하는 사상적인 기조가 가톨릭적인 구원의 세계관을 드러내고 있지만 시의 틀은 영적인 교감을 통한 사물에의 열린 시각으로 범신론적인 사상을 가졌고 역사의 현장인 시대와 사회 속에서 이루어졌다고 본다.

현실에 대한 방관이 아니라 현실에 동참함으로 문학의 대사회적인 기능을 중요시하였으며 내면적 실존의 규명을 밝히기 위하여 노력하였다.

넷째, 시문학사상 위상을 정립하면 시를 단순한 미적美的 조직으로 보지 않고 이미지의 문제보다 관념의 문제에 천착함으로써 역사 속에서 진실을 추출하여 인간적 실재성을 파악해내고 형이상학적 인식의 시 세계를 창출해 낸 한국현대 시문학사상 괄목할 성과를 남겼다.

이 점에서 그에게 요구되는 것은 무조건적인 시의 이미지나 기교의 배제가 아니라 그것의 적절한 수용과 변용이라고 본다.

다섯째, 연작시, 이야기 시, 산문적인 시, 극화된 시, 대화 형식의 시,

이미지 중심의 시 등 시 형식의 다양한 실험으로 우리 시의 지평을 넓혔다고 할 수 있다.

특히 시에서는 시적 체험과 진실성으로 기교를 절제하고 간명한 수사로 시의 대사회적 윤리의식을 환기시켰다.

구상은 휴머니즘과 신에 대한 구원사상을 담아 시대상에 구현하기 위해 시로 형상화하였으며 때로는 예언자적인 자세로, 혹은 시대에 대한 비판과 울분어린 자세로 의지를 다져 왔다고 할 수 있다.

현실의 불의에 대하여 치열한 시대양심과 신앙적 양심으로 민중의 삶과 의식을 대변하며 올곧게 시인의 역할과 사명을 다하였다고 본다.

구상은 현실에 대한 인식을 휴머니즘으로 구현하였으며 미래지향적인 세계를 구원이란 영적세계로 제시한 순수한 시적 고백을 통하여 종교적인 사명감과 아울러 정신사적인 생활인으로서의 사명에도 충실하였다고 할 수 있다.

신앙과 생활과 시가 혼연일체가 된 관념적인 시화는 구상 시의 중요한 특성일 것이며 아울러 관념에 치우친 것은 일반 대중에게 외면당할 수 있는 여지를 남겼다고 보겠다.

에필로그

구상具常은 1946년 원산문예총이 발간한 시집 『응향凝香』에 발표한 「여명도」, 「길」, 「밤」 등이 북조선 문예총의 비판을 받는 필화 사건으로 1947년 월남했다. 그 이후 남쪽 문단에서 구상具常은 존재론적인 사유와 실존적 삶 속에서 깨달은 시적 진실을 형이상학적으로 형상화하여 나름대로 독특한 시 세계를 구축하여 왔다.

현재의 시간인 오늘과 미래의 시간인 내일은 불가분의 관계에 있으며 오늘이 내일의 한 과정이고 영원 속의 한 존재가 인간이란 인식을 깨닫고 존재의 본질을 추구하였다. 그렇기에 그에게 있어서 존재는 본질적으로 영원의 세계를 노래한다고 본다.

이 책의 목적은 구상具常의 시집과 5백여 편의 시를 정리하고 분석하여 시정신의 주요한 특징을 규명하고 아울러 그의 시문학사적 의의를 밝히려는데 있다. 이를 위하여 그가 살았던 당대의 현실적인 사람이 그의 시정신에 어떤 방식으로 투영되었는지를 밝혀내고, 이것이 주제와 어떤 양상을 갖는지 살핌으로써 구상시의 본질을 해명해내고 아울러 그의 시가 갖는 시문학사적 위상을 정립해 보았다.

이 책에서는 구상의 시에 나타난 시정신을 그의 의식과 사상적 측면에서 총체적으로 규명하기 위해서 구상 시의 배경이 되는 생애를 성장과 가족관계, 시집 『응향』사건, 한국전쟁과 종군, 필화사건과 문단활동으로 묶어 구상 시의 궤적을 추적하였다.

아울러 구상 시가 갖는 형식적 특성을 연작시, 이야기 시, 산문적인 시, 극화된 시, 대화 형식의 시, 이미지 중심의 시로 나누어 분석하여 시의 형식적인 특성을 고찰하였다.

그리고 구상의 시 세계를 밝히기 위해 5백여 편의 시를 분석한 결과 다음과 같이 구상의 시세계에 대한 결론을 얻게 되었다.

첫째, 구상의 시는 현실의식에 토대를 두었다는 점이다.

동족상잔이라는 한국전쟁을 구상은 직접 체험하면서 전쟁의 비참과 비극성을 시로 증언하였다. 그러나 그의 시는 남북이 서로 총부리를 겨누지만 같은 민족임을 인식하고 따뜻한 동포애로 사랑할 것을 호소하고 있다. 그것은 초토焦土가 된 분단조국의 현실을 직시하면서 전쟁의 참혹을 고발하고 인간의 비애적 실존의식을 반추하고 있다. 전쟁이 가져다 준 자기 존재는 인간성 황폐와 민족 동질성의 회복이라는 명제를 시로 제시하고 있다고 하겠다.

둘째, 긍정적인 삶의 자각과 변증법적 역사관에 투철하였음을 알 수 있다. 우리 삶의 공간이 되는 현실에서 생성과 소멸과 신생이 주기로 변화하는 역사적 사실을 변증법적으로 반추하였다.

특히 우리가 살아가는 생활의 터전인 밭의 의미를 시로 재조명하여 분단상황에 절망하면서도 통일의 의지를 반영하는 구상의 역사관이 그의 시에서 구체화되었음을 발견하게 되었다.

셋째, 물신주의와 배금주의가 팽배한 70년대의 당대 현실을 구상은 현실의식을 바탕으로 적나라하게 폭로하면서 순리에 어긋난 모순된 시대상황을 고발하고 비판하였다.

특히 자기 자신을 까마귀로 상징화하여 인간성의 소멸을 경고하면서 인류의 장래를 예언하고 있음은 작가 특유의 사상관을 반영한 것이라고 하겠다.

넷째, 구상의 시를 이루는 두 개의 축은 현실의식과 구원사상이라는 결론을 얻게 된다.

가톨릭 신자인 구상에게 있어 신은 구원자일 뿐만 아니라 그의 대변자였으며 후견인이었다. 그는 신 앞에서 진정한 평화를 얻을 수 있었으며 신과의 교감을 통한 인류의 구원을 얻을 수 있음을 확신하게 된다.

구상은 가톨릭에 뿌리를 두고 종교적 범신론을 통하여 다른 종교와 화해의 길을 찾았으며, 존재론적인 자아의 길을 모색하였다.

다섯째, 구상은 객관적인 상관물인 강에 지적인 명상을 집중하여 존재의 본질을 밝히고 형이상학적 깨달음의 세계로 나아간다.

강의 영원성과 재생적 이미지로 존재의 근원을 규명하고 죽음을 죽음 자체로 보기보다는 영원성으로 인식하여 기독교의 부활사상이나 불교의 윤회사상으로 인식하였다.

여섯째, 구상은 존재와 영원을 종교적으로 승화하여 우주적 연민을 가지고 신비의 실체를 밝히려 하였다.

이상에서 살펴보면 그의 시적 특성은 역사적 현실과 영원에 관한 '오늘과 영원의 조화', '존재와 영원의 조화', 다시 말하면 철학[형이상학]과 현실[형이하학]의 조화로 규정할 수 있다.

구상 시의 형식적 특징은 다양성을 토대로

첫째, 형이상학적 인식을 통하여 구체화되는데 대개의 시가 연작시 형태를 취한다.

둘째, 개인적 경험이나 사회적 현상에서 느낀 점을 담담히 서술한 이야기 시로 사색적인 심도를 가중시키고 있다.

셋째, 비시적으로 보는 산문적인 시로 주제의식을 강하게 표출했다.

넷째, 극화된 시와 대화 형식의 시를 사용, 시적 공감대를 형성했다.

다섯째, 이미지 중심의 시를 통하여 설명이나 묘사보다는 더욱 절실한 형이상학적 가치를 추구했다.

아울러 평이한 일상 언어를 사용하여 사변 일변도로 치우치지 않고 이해와 설득력을 확보하고 있음을 알 수 있었다.

그의 시문학사상 위상을 정립하여 보면 다음과 같다.

그는 시를 단순한 미적 조직으로 보지 않고 이미지의 문제보다 관념의 문제에 천착함으로써 역사 속에서의 진실을 추출하여 인간적 실재성을 파악해내고 형이상학적 인식의 시 세계를 창출해낸 한국 현대 시문학사상 괄목할만한 성과를 내었다.

그러나 그의 시는 지나친 평이성 때문에 널리 암송되지 못하고 독자들의 외면을 받아 왔던 것이 사실이다. 이런 점을 감안할 때 그에게 요구되는 것은 시의 이미지나 기교의 배제가 아니라 그것의 적절한 수용과 변용이라고 믿어진다.

구상具常의 시 세계를 본격적으로 다룬 논문과 참고자료가 빈약하다는 현실의 제약점 때문에 전반적으로 구상의 시 세계를 다루었지만 시론試論에 불과하여 미비한 점이 많을 것이다.

그리고 구상의 시 세계를 연구하면서 다른 가톨리시즘의 시인들과 비교 고찰을 하여 구상의 시 세계를 좀 더 정치精緻하게 형이상학적으로 규명하여야 했으나 본고에서는 구상의 시 세계만 다루었기에 아쉬운 점으로 남았다.

앞으로 보다 폭넓은 자료의 섭렵과 이론적 구명을 통해 구상具常 시의 총체적인 전모를 연구할 과제를 앞에 두고 있다.

참고문헌

〈기초자료〉

1. 시집

구상, 『焦土의 시』, 청구출판사, 1956.

구상, 『말씀의 實相』, 성바오로출판사, 1980.

구상, 『具常文學選』, 성바오로출판사, 1983.

구상, 『드레퓌스의 벤취에서』, 고려원, 1984.

구상, 『具常連作詩集』, 시문학사, 1985.

구상, 『具常詩全集』, 서문당, 1986.

구상, 『개똥밭』, 자유문학사, 1987.

구상, 『다시 한번 기회를 주신다면』, 종로서적, 1988.

구상, 『오늘 속의 영원, 영원 속의 오늘』, 미래문화사, 1996.

구상, 『인류의 盲點에서』, 문학사상사, 1998

구상, 『두 이레 강아지만큼이라도 마음의 눈을 뜨게 하소서』, 바오로딸, 2001.

2. 시화집

구상, 『유치찬란』, 삼성출판사, 1989.

3. 이야기시집

구상, 『저런 죽일 놈』, 지성문화사, 1988.

4. 희곡 · 시나리오選

구상, 『黃眞伊』, 백산출판사, 1994.

5. 묵상집

구상, 『나자렛 예수』, 성바오로 출판사, 1979.

6. 산문집

구상, 『沈言浮語』, 민중서관, 1961.

구상, 『그리스도 폴의 강』, 성바오로출판사, 1977.

구상, 『그분이 홀로서 가듯』, 홍성사, 1981.

구상, 『한 촛불이라도 켜는 것이』, 문음사, 1985.

구상, 『詩와 삶의 노트』, 자유문학사, 1988.

구상, 『실존적 확신을 위하여』, 홍성사, 1992.

구상, 『예술가의 삶』, 혜화당, 1993.

구상, 『우리 삶, 마음의 눈을 떠야』, 세명서관, 1995.

구상, 『삶의 보람과 기쁨』, 자유문학사, 1995.

구상, 『현대시창작입문』, 현대문학, 1997.

구상추모문집 간행위원회, 『홀로와 더불어』, 나무와 숲, 2005.

〈단행본〉

강희근, 『우리 시문학 연구』, 예지각, 1985.

구중서, 『문학과 현대사상』, 문학동네, 1996.

김보현, 『데리다의 정신분석학 해체』, 부산대학교 출판부, 2000.
김봉군, 『한국현대작가론』, 민지사, 1984.
김성영, 『기독교문학이란 무엇인가』, 예술, 1994.
김우규, 『기독교와 문학』, 종로서적, 1992.
김우창, 『지상의 척도』, 민음사, 1981.
김일영, 『건국과 부국』, 생각의 나무, 2004.
김재홍, 『현대시와 역사의식』, 인하대학교 출판부, 1990.
김치수 외, 『현대문학비평의 방법론』, 서울대학교 출판부, 2005.
김학동 외, 『한국 전후 문제시인 연구 05』, 예림기획, 2005.
김해성, 『현대 한국시인분석연구』, 한국시사, 1994.
김혜니, 『다시 보는 현대 시론』, 푸른사상, 2006.
----, 『외재적 비평문학의 이론과 실제』, 푸른사상, 2005.
김희보, 『기독교와 문화』, 종로서적, 1996.
노철, 『시 연구방법과 시 교육론』, 보고사, 2003.
류근조, 『한국현대시특강』, 집문당, 1992.
마광수, 『상징시학』, 청하, 1997.
----, 『시학』, 철학과 현실사, 1997.
문덕수 외, 『한국현대시인연구』 하, 푸른사상, 2001.
박도식 편, 『가톨릭 교리 사전』, 가톨릭출판사, 1998.
박이문, 『예술철학』, 문학과 지성사, 1996.
박철석, 『한국현대시인론』, 민지사, 1998.
변학수, 『프로이트 프로이즘』, 책세상, 2004.
서범석, 『한국 현대문학의 지형도』, 보고사, 1999.
신규호, 『한국현대시와 종교』, 국학자료원, 2003.
신영덕, 『한국전쟁기 종군작가 연구』, 국학자료원, 1998.

신용협 편, 『한국현대시 대표작품 연구』, 국학자료원, 1998.
안수환, 『상황과 구원』, 시문학사, 1993.
오세영, 최승호 편, 『한국현대시인론 I』, 새미, 2003.
유봉준, 『가톨릭 입문』, 가톨릭출판사, 1997.
유종호, 『시란 무엇인가』, 민음사, 2005.
유창근, 『문학을 보는 눈』, 학지사, 2001.
윤병로, 『한국 근 · 현대문학사』, 명문당, 1992.
이기철, 『작가연구의 실천』, 영남대학교 출판부, 1986.
이무석, 『정신분석에로의 초대』, 이유, 2006.
이상빈, 『에로스와 타나토스』, 학지사, 2005.
이승하, 『한국의 현대시와 풍자의 미학』, 문예출판사, 1997.
이승하 외, 『한국 현대시문학사』, 소명출판, 2005.
이승훈, 『정신분석 시론』, 문예출판사, 2007.
이운룡, 『한국현대시인론』, 지평, 1990.
----, 『한국시의 의식구조』, 신아출판사, 1995.
이인복, 『한국문학과 가톨리시즘』, 우진출판사, 1990.
----, 『우리 시인의 방황과 모색』, 국학자료원, 2002.
이지훈, 『예술과 연금술』, 창비, 2007.
이진엽, 『존재의 놀라움』, 북랜드, 2006.
이철범, 『현대와 현대시』, 문학과 지성사, 1977.
장도준, 『현대시론』, 태학사, 1999.
전미정, 『한국 현대시와 에로티시즘』, 새미, 2002.
정신재, 『퓨전시학』, 새미, 2001.
정진홍, 『종교문화의 이해』, 청년사, 1996.
정창범, 『전후시대 우리 문학의 새로운 인식』, 박이정, 1997.

조동일, 『문학연구방법』, 지식산업사, 1997.
최문자, 『현대시에 나타난 기독교사상의 상징적 해석』, 태학사, 1999.
한국문학평론가협회 편, 『한국현대시인작가론』, 신아출판사, 1987.
한국문화상징사전편찬위원회, 『한국문화상징어사전』, 동아출판사, 1994.
하현식, 『한국시인론』, 백산출판사, 1992.
홍문표, 『현대문학비평이론』, 창조문학사, 2003.
톰슨성경 편찬위원회 편, 『관주 톰슨 성경』, 기독지혜사, 1984.

〈번역서 및 외국서적〉

가브리엘 비하니안, 변선환·고진환 역, 『신의 죽음과 현대문학』, 현대사상총서43 (현대사상사), 1984.
나탈리 골드버그, 김훈 역, 『당신도 작가가 될 수 있다』, 고려원미디어, 1991.
다니엘 베르제, 민혜숙 옮김, 『문학비평방법론』, 동문선, 1990.
로만 야콥슨 외, 박인기 역, 『현대시의 이론』, 지식산업사, 1969.
루드비히 포이에르바하, 박순경 옮김, 『기독교의 본질』, 종로서적, 1997.
마알리즈 K. 댄지거·W.스테이시 존슨, 이인철 역, 『文學을 어떻게 읽을 것인가』, 한국문학사, 1976.
미셸 아리베, 최용호 옮김, 『언어학과 정신분석학』, 인간사랑, 1995.
수잔 갤러거·로저 런든, 김승수 역, 『문학』, 한국기독학생회 출판부, 1999.
수잔 워커, 이영주·권희순 역, 『침묵의 대화』, 고려원미디어, 1993.
아리스토텔레스, 천병희 역, 『시학』, 문예출판사, 1997.
앤서니 기든스, 김미숙 외 역, 『현대사회학』, 을유문화사, 2003.

엘리자베드 라이트, 권택영 역, 『정신분석 비평』, 문예출판사, 1997.
윌프레드 캔트웰 스미스, 길희성 역, 『종교의 의미와 목적』, 분도출판사, 1995.
유협, 최동호 역편, 『문심조룡』, 민음사, 2005.
이선영 편, 『문학비평의 방법과 실제』, 삼지원, 1998.
장 폴 사르트르, 김붕구 역, 『문학이란 무엇인가』, 문예출판사, 1998.
쟈끄 마리땡, 김태관 역, 『시와 미와 창조적 직관』, 성바오로출판사, 1985.
존 홀 휠록, 박병희 역, 『시란 무엇인가』, 울산대학교 출판부, 1996.
줄리아 크리스테바, 김인환 역, 『사랑의 정신분석』, 민음사, 1999.
클라이드 S 킬비, 양혜원 역, 『C.S. 루이스의 기독교 세계』, 예영커뮤니케이션, 1999.
피에르 자마, 정수철 역, 『문학의 사회비평론』, 태학사, 1996.
헤롤드 블룸, 윤호병 역, 『시적 영향에 대한 불안』, 고려원, 1991.
David Jasper, 이준학 역, 『문학과 종교연구서설』, 동인, 1999.
N. Frye, 임철규 역, 『비평의 해부』, 한길사, 1982.
R. Wellek & A. Warren, 『Theory of Literature』, Penguin Books, 1949.
Sean Homer, 김서영 옮김, 『라캉 읽기』, 은행나무, 2006.

〈논문 및 평론〉

구상, 「나의 문학, 나의 시작법」, 『현대문학』, 1983.6.
----, 「원로문인의 회고록」, 『시와 의식』, 제5집, 1975.
김광림, 「신심과 구도의 시」, 『현대시학』, 1981.5.
----, 「전쟁고발과 죽음의 증언」, 『현대시학』, 1988.4.

김봉군, 「존재론적 시학」, 『문예한국』, 1994. 봄.

----, 「시와 믿음과 삶의 합일」, 『현대시학』, 1983.10~11.

----, 「구상의 '초토의 시' 연구-한국기독교작가작품론」, 성심여대 논문집 14집, 1983.7.

김영수, 「신화적 상상력」, 『한국문학』, 1976.7.

김윤식, 「구상론」, 『현대시학』, 1978.6~8.

김원태, 「기독교적 신앙의 구명-구상의 경우」, 『현대시학』, 1974.12.

나태주, 「화해와 사랑의 정신」, 『현대시학』, 1987.6.

문덕수 외, 「구상론」, 『현대시학』, 1981.5.

박명희, 「구상의 연작시에 나타난 주제 양상 연구」, 부산여자대학교 석사학위 논문, 1995.2.

박철석, 「삶의 변증법」, 『현대시학』, 1979.1.

성찬경, 「체험과 뜻, 그 언령의 연금술사」, 『오늘 속의 영원, 영원 속의 오늘』, 미래문화사, 1996.

신익호, 「한국기독교시연구」, 전북대학교 박사학위논문, 1987.8.

심원섭, 「지옥도와 절대 영원의 사이-1950년대 구상의 시와 삶의 편력」, 『비평문학』 9, 1995.8.

안수환, 「구상문학과 케류그마」, 『시문학』, 1979.11.

안토니 티그, 「깊은 명상과 신비에 눈뜬 시」, 『조화 속에서』, 미래사, 1991.

원형갑, 「시인 또는 영원한 형이상학적 갈등」, 『다시 한번 기회를 주신다면』, 종로서적, 1988.

----, 「산문을 통해서 본 구상의 문학정신」, 『수필문학』, 1975.11, 1975.12.

이동구, 「문예시평」, 『가톨릭청년』, 1933.7.

이승훈, 「한국전쟁과 시의 세 양상-구상, 박양균, 전봉건」, 『현대시학』, 1974.8.

이영걸, 「구상시집 '까마귀'」, 『현대시학』, 1982.5.

이우영, 「지키는 시」, 『현대시학』, 1983.5.
이운룡, 「한국 기독교 시 연구」, 조선대학교 박사학위논문, 1988.10.
----, 「한국전쟁과 시의 세 양상」, 『현대시학』, 1974.12.
----, 「존재내면의 시와 역사의식-구상의 '초토의 시'에 중심으로」, 『표현』, 1984.3.
----, 「존재와 영원을 조명한 시」, 『현대시』, 1991.2.
----, 「가톨리시즘과 구상 시의 형상성」, 『종교연구』 제7집, 한국종교학회, 1991.11.
이철범, 「현대와 현대시」, 『문학과 지성사』, 1977.
장백일, 「고독 속에서 찾는 구도」, 『기독교사상』, 1976.8.
조남익, 「시대정신의 준론과 심화」, 『현대시학』, 1986.3.
최은희, 「구상 시 연구 -가톨리시즘을 중심으로-」, 세종대학교 석사학위논문, 1999.12.
최종수, 「한국의 기독교시」, 『신학지남』, 1978. 가을, 겨울.
하현식, 「존재의 발견」, 『현대시학』, 1983.10.
----, 「인간의 실재와 형이상학적 인식」, 『현대시학』, 1984.10, 1984.11.
鴻農映二, 「한국의 전후 시인-구상 · 박인환 · 한하운」, 『아시아공론』 133, 1984.3.
홍신선, 「초월과 물의 시학」, 『시문학』, 1985.7.

구상 시 비평집

시인 구상의 문학세계

지은이 우종상
만든이 하경숙

만든날 2011년 2월 10일
펴낸날 2011년 2월 20일

만든곳 글마당
등 록 제02-1-253호(1995. 6. 23)

서울 강남사서함 1253호
전 화 02)451-1227
팩 스 02)6280-9003
E-mail 12him@naver.com
www.gulmadang.com
www.글마당.com

값13,000원

ISBN 978-89-87669-59-5 (03810)